国家와 革命과 나

朴 正 熙 著

向 文 社

이 책은 박정희 대통령의 저서 『國家와 革命과 나』(향문사, 1963)를 도서
출판 기파랑이 영인하여 2017년 11월 출간한 것입니다.

박정희 전집을 펴내며

올해는 박정희 대통령이 태어나신 지 백 년이 되는 해(1917~2017)입니다.

박정희 대통령은 민족사 5천 년을 통해 거의 유일하게 사람들에게 영감을 준 리더였고 그 비전을 몸으로 실천한 겨레의 큰 공복(公僕)이었습니다. 그래서 노산 이은상 선생은 박정희 대통령을 「세종대왕과 이순신 장군을 합친 민족사의 영웅」이라 칭했을 것입니다. 그런 거인의 탄신 백 주년이 온 나라의 축제가 되지 못하고 아직도 공(功)과 과(過)를 나누어 시비하고 있으니 참으로 안타까운 일이 아닐 수 없습니다. 그러나 오늘날의 대한민국이 박정희 대통령의 비전에 의하여 설계되었고 그분의 영도력으로 인류역사에 유례없는 경제발전을 이루었다는 데 대하여는 모두가 동의하고 있다고 생각합니다. 이제 큰 것은 보지 못하고 작은 것으로 흠을 삼는 역사적 단견(短見)에서 벗어나길 간절히 바랍니다.

애국(愛國)과 애족(愛族)은 박정희 대통령의 혈맥을 타고 흐르는 신앙이었습니다. 그 신앙으로 박정희 대통령은 가난을 추방했고, 국민들에게 우리도 할 수 있다는 자신감을 심어 주었습니다. 그 결과 우리 민족은 5천 년의 지리멸렬한 역사를 끊어 내고 조국근대화와 군건한 안보를 달성할 수 있었습니다. 민족 개조와 인간정신 혁명, 그것이 바로 박정희 정신입니다. 그 정신을 이어 가는 것이 현재를 살고 있는 우리의 사명일 것입니다.

박정희 대통령 탄신 백 주년을 맞아 그분의 저작들을 한데 모으는 작업은 역사에 대한 최소한의 예의입니다. 그것은 감사의 표현인 동시에 미래에 대한 결의이기도 합니다.

박정희 대통령은 생전에 네 권의 저서를 남겼습니다. 『우리 민족의 나갈 길』, 『국가와 혁명과 나』, 『민족의 저력』, 『민족중흥의 길』이 그것인데, 우리 민족의 역사와 가야 할 길에 대한 탁월한 예지가 돋보이는 책들입니다. 그 네 권의 초간본들을 영인본으로 만들고, 거기에 더해 박정희 대통령의 시와 일기를 모아 별도의 책으로 묶었습니다.

박정희 대통령은 다방면에 재능이 풍부한 분이셨습니다. 〈새마을 노래〉를 직접 작사, 작곡한 것은 많이 알려져 있지만, 직접 그림도 그리고 시도 썼다는 사실은 의외로 아는 사람이 많지 않습니다. 문학가가 보기에는 아쉬운 점이 있을지 모르지만 박정희 대통령의 시에 담긴 애국과 애족의 열정은 그 형식을 뛰어넘는 혼이 담겨 있다고 할 수 있습니다. 특히 아내를 잃고 쓴 사부곡(思婦曲)들은 우리에게 육영수 여사에 대한 기억과 함께 옷깃을 여미게 하는 절절함이 가득합니다.

또한 후손들이 박정희 대통령의 저작들을 쉽게 읽게 하자는 취지에서 네 권의 정치철학 저서를 일부 현대어로 다듬고 풀어 써 네 권의 「평설」로 만들었습니다. 방향을 잃고 표류하는 대한민국에 큰 지표가 되리라 생각합니다. 부족한 부분에 대한 아쉬운 마음이 없으나 그나마 처음 시도된 작업이라는 사실로 위안을 삼고자 합니다. 질책 주시면 기꺼이 반영하여 더욱 완성도 높은 저작집으로 만들어 나가겠습니다.

늦게나마 박정희 대통령의 영전에 이 저작집을 바칠 수 있게 되어 기쁩니다.

이 작업은 박정희대통령기념재단 좌승희 이사장 이하 임직원 여러분의 적극적인 지원과 많은 분들의 협조가 없었더라면 결코 쉽지 않았을 일입니다. 『박정희 전집』 편집위원 여러분과 평설을 담당하신 남정욱 교수, 그리고 흔쾌히 출간을 맡아 주신 기파랑의 안병훈 사장께도 깊은 감사의 말씀을 드립니다.

박정희 대통령님! 대통령님을 우리 모두 기리오니 편안히 잠드소서.

박정희 탄생 100돌 기념사업 추진위원회

위원장 정홍원

책·머·리·에·

一九六三年 七月 下旬。

暴雨가 쏟아지는 夜半 零時。

그 때 나는 書齋의 一隅에 앉아 붓을 멈추고, 멍하니 비에 젖어가는 밤의 街路를 내다보고 있었다.

문득 저 거리로 뛰어나가, 내 재주로 저 비를 막거나, 아니면 저 비 때문에 數없이 울고 있을 同胞와 더불어, 이 밤을 지새워 보고 싶은 激情을 느꼈다.

五千年을 하루같이 시달려 온, 이 疲困한 民族이 모처럼 일어서려는 悲壯한 마당에, 다시금 하늘은 試鍊을 내리다니——。

그러나, 우리는 일어서야 하고, 이 고비를 싸워 넘어서야 했다.

民族의 試鍊과 來日의 榮光을 爲하여 하늘은 試驗을 우리에게 주고 있는 것이다.

나는 며칠 前 靑瓦臺에서 某 外國 人士를 接見하고、

〈이 나라의 野黨들이 바란 것처럼、 내가 二·二七宣誓대로 하였더라면、 오늘 이

風水害와 食糧 걱정은 野黨들이 할 번하였소。 國難을 當하여 逃避할 수 없는 나

의 決意가 오늘 이처럼 나를 괴롭히게 하였소。〉

하면서 웃어넘긴 적이 있다。

本人은 지난 한 동안 人爲的 災難 또는 自然의 災禍를 혼자 도맡았다。

그러나 本人은 그 激浪 속의 獨舟를 저어가는 사공일지언정、 조금도 落望하지 아니

하고 失意하지 아니했다。 그 波濤의 물결이 모질면 모질수록 더욱 더 強해져 가고 있

고 또한 不退轉의 決意에 불타고 왔었다。

이제、 우리들 앞에는、 第三共和國의 榮光이 期約되고 있다。

지금 이 歷史的 瞬間이 永遠한 民族의 希望있는 구름다리가 될 것이냐、 아니면 絕望

의 斷涯가 될 것이냐는 오로지 國民의 判斷에 달려 있다。 神의 攝理로써 이제는 우리

도 幸福하여질 수 있는 權利를 가졌다고 할진대、 반드시 民族의 叡智는 昭乎한 大道

를 發見해 줄 것으로 確信하고 있다。

여기 壯嚴한 歷史의 새 團圓에 즈음하여、 本人의 心情은 淡淡하다。

本人은 其間 많은 것을 느꼈고、 많은 것을 보았고、 많은 것을 體驗하였으며、 또 限

없는 意欲에 불타고 있다.

本人은、 政務의 餘暇 餘暇、 腦裏에 오가는 생각들의 圓光을 좇아 한줄 두줄 흩어

진 所感들을 整理하여 보았다.

文筆家 아닌 나의 拙文이라 읽기가 역겨울 것이지만、 이 보잘것 없는 한 斷片의 글

이 愛國하는 싹에 거름이 된다면 더 바랄 것이 없겠다.

一九六三年· 新秋、 獎忠壇 公舘에서

著 者 謹識

目 次

目　次

目　次

目 次

目　　次

序

章

序　章

─國家·民族·歷史의 命題　敬愛하는 國民諸位가 賢察하는 바와 같이 지금 우리 祖國의 歷史는 實로 存亡의 竿頭에 直立해 있다. 有史 以來로 世界의 그 어느 民族, 어느 國家도 일찍 겪어보지 못한 勘耐할 수 없는 이 重難한 試練을 싸워 이겨 뚫고 나가느냐, 아니면 우리의 勇氣와 叡智와 忍耐의 不足으로 이 鬪爭에 慘敗되어 다시는 일어설 수 없는 困辱의 深淵으로 빠지고 마느냐의 重大한 岐路의 한 복판에 서 있다.

檀君 聖祖 國基를 세운지 五千年──。

이 民族은 겨우 三千里의 좁은 邊疆 속에서 世界 稀有의 純血 同胞이면서도 或은 分邦 或은 相殘을 거듭하면서 오랜 歲月동안 두터운 封建 속에서 貧困과 奈落과 安逸 無事主義의 惡循環 속에서 分裂 派爭만을 일삼아 왔다. 純粹한 同胞 民族、天惠의 錦繡江山、無比의 固有文化를 지녔으면서──、알맞는 國土、알맞는 人口、알맞는 資源을 가지고도 單 한번 國家다운 國家를 세워 보지 못하였음이 오늘까지의 우리 歷史이다.

생각하면 참으로 困辱과 血淚에 點綴된 것이 우리의 歷史였다. 스스로 痛嘆과 悲憤

過 恥辱을 雪할 수 없는 우리의 過去였다.

안으로 이러한 일로 지내 내려온 民族이 어찌 밖을 내어다볼 수 있었겠는가.

邊境을 넘어 海外에의 雄飛는 姑捨하고 한 치의 앞마저 내어다보지를 못하고 恒時

中·日·露의 强壓 속에 숨막히는 窒息生活을 營爲하여온 우리 民族이었다.

一九四五年 八月 十五日——.

그것은 確實히 이같이 지루하도록 持續되어 온 오랜 沈滯의 歷史로 하여금 決定的

인 終幕을 告하게 하는 새 民族史의 起點이었다.

그러나, 그後 十九年間의 歷史가, 創業의 起點이 되기는커녕, 언제나 새로운 惡循

環의 反復에 不過하지 않았는가. 自由·民主 兩黨 政權이 歷史的으로 짊어져야 할 罪

責의 深度가 바로 거기에 있다.

그들이 獨裁와 腐敗와 無能과 惰怠主義로 國事를 엉망으로 만들어 놓은 일도 容恕

할 수 없으려니와, 그보다 더 큰 罪는 實로, 半萬年만에 처음 만난 新 民族國家 創建

을 爲한 千載의 好機를 윗길로 誤導하고 모처럼 뻗으려는 세찬 再起의 氣運을 沮止한

데 있다.

이리하여, 우리 民族은 영영 機會를 놓치고 疲困한 背信의 쓴 맛을 滿喫해야 했으

며, 二十年 가까운 歲月을 徒勞 속에 虛送해야 하였다.

解放 以後, 우리 民族이 收穫한 것은 果然 무엇이었던가.

六十萬으로 編成된 世界 四位의 强軍을 가졌고, 相當한 數의 建物과 工場을 짓기는 하였다.

그러나, 그것이 아무리 값진 것이라 하더라도, 解放 風潮로부터 始作된 精神的 惰落、亡國的 外來風潮、이에 깃든 腐敗、虛榮、奢侈、惰怠를 凌駕할 수도 없으려니와、또 三八線으로 分斷된 民族 斷腸의 悲劇을 메울 수도 없는 것이다.

要컨대、解放後 十九年間의 總決算——、그것은 얻은 것보다는 잃은 것이 더 많은 反面에、단 하나의 所得이 있었다면 덮어놓고 흉내낸 式의 절름발이 直輸入 民主主義의 强制 移植이 있었을 뿐이다.

疲困한 五千年의 歷史——、절름발이의 歪曲된 民主主義——、텅 빈 廢墟의 바탕 위에 서서 이제 우리는 果然 무엇을 어떻게 하여야 할 것인가.

바로 이 命題야말로 國家의 命題요, 民族의 命題이며 歷史의 命題이다. 二千四百萬 同胞가 이 命題의 解決을 爲하여 總整列할 때는 왔다. 우리들은 이 點에 對하여 叩頭 思索하고, 있는 慧智를 찾아내어 一大 國論을 提高하지 않으면 안된다.

四・一九에 이은 五・一六革命──

그것은、 바로 叙上의 命題를 索出、 發見하기 爲한 民族正氣의 陣痛 結果였고、 이

革命의 國民革命으로의 昇華는 바로 이 命題에 解答하기 爲한 歷史에의 民族的 總蹟

起를 뜻한다。

〈國家와 革命과 나〉──

이것은 本人의 國家觀을 말하는 것이요、 本人의 革命觀을 말하는 것이며、 또한 自

身의 人生觀을 말하는 것이다。

國民諸位께서 諒察하는 바와 같이、 本人은 自身이 바라든 안 바라든 旣히 國家와

民族과 歷史를 떠나 分離될 수 없는 處地에 있으며、 革命의 責任者로서 萬金 같은 使

命感에 重壓되고 있다。

本人의 從來 生長過程이 全혀 그러한 바 없었던 바는 아니었으되、 特히 五・一六을

岐點으로 한 지금의 本人은 祖國과 民族과 歷史앞에 自身의 生命을 걸지 않을 수 없게

되어 있다。

本人이 선 位置、 그것이 政界이고 軍이고 草野이고를 莫論하고、 本人은 오로지、 이

나라 國民의 한 사람으로 直接 보고 느끼고、 決心한 바에 따라、 民族革命의 마지막

結實을 爲하여 全部를 바치려 한다。

國民諸位가 아는 바와 같이 沈滯된 社會의 打破에는 往往 革命을 必要로 할 때가

있다.

그러나, 柔弱한 後進社會의 連鎖反應的 革命의 反復은, 때에 따라 革命 以前보다 더 한 破滅을 招來할 수도 있다.

그런 故로 革命은 本是 함부로 있을 수 없는 同時에, 萬若 있다면 分明히 國家와 國民과 歷史의 絶對的 要請에서만 있어져야 하며, 그러한 革命이 一旦 提起된 以上은, 오직 個人을 떠나 公에 殉하려는 救國의 信念과 正確한 觀察, 明哲한 判斷, 不屈의 鬪志를 가지고 窮極의 目標를 向하여 군세게 前進하지 않으면 안된다.

올바른 革命의 發生 自體가 國家, 國民, 歷史의 要請을 바탕으로 이루어진 것인 以上, 이 革命의 完遂는 全國民的 共同意識, 共同努力, 共同責任下에 成就되지 않으면 안된다.

이러한 共感, 共同運命感이 없이, 革命의 國民化나 成功은 期待할 수 없다.

五·一六民族革命——

이것은 위에 論及된 바와 같이 單純한 政權交替가 아니고, 멀리는 分邦과 相殘의 古, 中世代——, 가까이는 李朝 五百年間의 沈滯와, 倭帝 三十六年間의 피 맺힌 虐政——, 解放 以後 異質的인 構造위에 胚胎된 각가지 痼疾을 總決算하여 다시는 가난하지 아니하고, 弱하지 아니하고, 못나지 아니한 叡智와 勇氣와 自信을 가진 新生 民族의 우렁찬 新登程임을 뜻한다.

그러므로, 이 革命은 그 契機 自體가, 韓國 近代史 轉換의 起點이며, 解放 前後 다

을가는 第三의 出發이자、 民族 中興創業의 마지막 機會인 것이다。

그런 故로、 이 革命은 精神的으로 主體意識의 確立革命이며、 社會的으로 近代化革命이요、 經濟的으로는 産業革命인 同時에、 民族의 中興 創業革命이며、 國家의 再建革命이자、 人間改造――、 即 國民改革革命인 것이다。

우리는 이제、 이같은 革命의 所産으로 第三共和國을 樹立하려 하고 있다。

이 第三共和國의 樣相 如何에 따라、 앞으로 民族 久遠의 目標가 이룩되느냐 안 되느냐가 판가름될 것이다。

우리는 여기에 있어 그 基礎作業으로 許多한 일들을 處理하여 왔다。

그것은 最大限의 體質改善、 世代交替、 社會淨化、 各構造의 改新을 通하여 새로운 哲學과 새로운 바탕 위에 새로운 國家를 建設할 수 있는 素地를 마련하지 않으면 안 된다。

이 革命의 前程에는 定해진 時限이 없다。
第三共和國의 樹立만으로 革命이 끝나는 것도 아니요、 어디에서 어디까지라고 期限이 定해질 수도 없다。

이 革命은 民族의 永久革命이다。
우리가 發見하고、 생각하고、 志向하는 目標가 具體的으로 結實을 볼 때까지 이 革

命은 代代로 繼承되지 않으면 안 된다.

嚴格한 意味로서 革命의 本質은、本是 根本的인 政治思想의 代替와 社會 政治構造의 變革을 뜻한다.

그러나 韓國에 있어서의 兩次의 革命은 이런 點에 있어 限界가 制約되어 있고、그 革命의 推進에 各樣의 制動作用이 隨伴되고 있다.

우리는 共産主義를 反對하고 自由民主主義를 原則으로 함을 벗어날 수는 없다.

民主主義의 信奉을 堅持하는 限、與論의 自由를 막을 수는 없다.

〈討論의 自由〉 속에 〈革命의 求心力〉을 찾아야 하는 革命.

바로 이것이、本人이 追求하는 理想革命이다. 그러나、그것은 매우 힘이 들고 어려운 길이다.

그러나、우리는 이 힘드는 歷程을 싸워 克服하지 않으면 안된다.

政治活動의 自由를 許容한 以後의 事態는 革命의 純粹性에 큰 變化를 가져왔다.

孤高한 象牙塔 속의 神話가 市場의 商品처럼 俗化되었다.

우리는 이 公開된、是非의 책상 머리에서 肯定과 理解를 求하지 않으면 안된다. 이 論爭의 勝敗 與否는、곧 革命이 昇華되느냐、다시 歷史가 汚辱되느냐의 판가름이 될

本人은、여기에 한 餘暇를 빌어、다시 붓을 들고、〈왜 革命은 必要하였는가〉를 새

삼 回顧해 보면서、其間의 발자취와 來日에의 希望 等을 엮어 보기로 하였다。

이것은 오로지 本人 自身은 勿論、모든 革命同志 自身의 反省과 새로운 覺悟에 對

한 거울로 삼음과 아울러 國民諸位에 對한 切實한 呼訴이자、參考의 一端에 드리려는

丹心에서이다。

國家·民族·歷史의 命題

朴 正 熙 著

國家와 革命과 나

第一章

革命은 왜 必要 하였는가?

第一章　革命은 왜 必要하였는가？

―一九六〇年代의 國內情勢

우리는 이點에 對하여, 그 論理的 根據를 分明히 하여 둘 必要가 있다.

또 國民은 왜 이 革命을 支持하였는가.

우리는 왜 革命을 일으키지 않을 수 없었는가.

본시, 革命은 그것이 아무리 좋고 훌륭한 것이라 하더라도, 얼마간의 反對 勢力은 依例 따르기 마련이다.

더구나, 舊政治人에 對한 政治活動을 全面的으로 解除한 以後 相當數의 그들이 革命의 必然性을 否定 乃至 非難함으로써 國民의 判斷을 誤導케 하고 또한 現實에 對한 不滿을 誇張、煽動함으로써 最大限의 反射的인 自家 利得에 汲汲하고 있다.

일이 國家와 民族의 運命에 關係되는 以上、우리는 이러한 일들을 感傷的인 한 人

間의 過去事 처럼 간단히、健忘症의 彼岸에 묻어 버릴 수는 없다。

過去가 없이 現在가 없고 現在가 없는 곳에 未來가 없는 것처럼、原因 없는 곳에 結

果는 있을 수 없는 것이다。

四·一九의 學生義擧、그리고 五·一六의 軍事革命은 解放以後 十六年間의 政治가 決

定的으로 破綻되었음을 말한다。

이 두 차례의 革命을 學生이 일으키고 軍隊가 成功하게 한 것은、本質的으로 政治와

無關하여야할 이들의 特殊社會 以外에는 革命으로서 國家와 民族을 救할만한 勇氣와

情熱、그리고 힘이 없었기 때문이다。

무슨 까닭으로 學生은 研學을 잠시 두고、軍人은 國土防衛의 任務를 뒤로 하고 革

命의 隊列에 參加하지 않을 수 없었던가。

그것은 革命 二年이 지난 오늘날、이 時刻에 와서 새삼 強調할 겨를 조차 없이、革

命이 없었던들 정작 나라는 亡하였을 것이고、道義는 지금쯤 찾아 볼 길 조차 없었을

것이기 때문이다。

豪言 壯談하는 政客에 救國의 奇蹟을 바란다는 것은 이미 너무나 때가 늦었고、지칠

대로 지친 民間社會에 이를 期待하기에는 事實 無理가 아닐 수 없었다。

都大體、그토록 絶望的이고 切迫한 狀況이란 어떤 것이었던가。

以下、本人이 革命當時 뼈저리게 느꼈던 몇 가지 斷想을 回顧하여 國民諸位의 判斷

1960年代의 國內情勢

에 資코자 한다。

一、三十億弗의 受
援內譯과 그 顛末

무릇 人間生活에 있어 經濟는 政治나 文化에 앞서는 것이다。

이렇게 볼 때、우리 韓國民族의 經濟的 事情은 더욱 切實한 바가 있다。

멀리는 李朝代의 自體的 貧困과 日政時의 酷毒한 植民地的인 收奪、가까이로는 解放後 國土分斷에서 招來된 資源의 不均衡과 一九五○年代의 六・二五動亂 等으로 民族經濟는 完全히 灰燼化된데다가 國家의 財貨마저 逸失의 運命에 當面하였다。

經濟的으로 自立 能力이 없는 한 人間은 끝내 남을 依支하지 않으면 안되듯 이의 自立없이、한 民族이나 國家의 온전을 期待하기란 文字 그대로 椽木求魚格이 아니겠는가。

果然 우리의 經濟實情은 어떠하였을까。統計로 살펴 보면 이렇다。

1、48%對 52%의 國家豫算 해 마다 數많은 國民들은 굶주림과 싸우지 않으면 안되었다。사람이 먹고 산다는 것은 何等 奢侈도 아니고 지나친 慾心도 아니다。至極히 좁은 槪念下에서 保障되어야 할 最極小의 權利에 不過하다。이것이 問題된다니 참으로

우리들의 生活은, 生存의 延長 以外 何等 生의 目的이 없다는 結論이 나온다.

勿論 이것은 어제 그제에 비롯된 것은 아니다. 우리의 先祖들은 이렇게 억울한 한

平生을 살다 가셨다.

그러나 이 같은 悲劇의 歷史에 매듭을 지을 때가 왔다. 다시는 우리의 착하고 貴한

子孫들에게만은 그와 같은 運命的 遺傳을 물려 줄 수는 없는 것이 아니겠는가.

그러나 우리의 過去는 너무나 使命感을 저바렸다.

國家의 基幹産業인 工業水準은 말이 아니었고, 農村은 農村대로 그 疲廢相이 目不

忍見의 慘狀에 이르렀고, 都市에 넘치는 知識層의 失業群은 너무도 막하였다.

以上의 事實은 무슨 緣由에서 비롯 되었는가. 두 말 할 것도 없이 가난에서 온 것

이다. 나라가 가난하였기 때문이다.

나라가 가난하였다고 하지만 其實 얼마나 가난하였던가. 여기에 하나의 산 資料가

있었다.

革命이 나던, 一九六一年度 民主黨 政權의 追加更正豫算案이 바로 그것이다.

總規模 六、〇八八億圜의 內譯인즉、國土開發事業費條로 提供된 剩餘農産物 一〇〇

〇萬弗을 換算한 一三〇億을 合하면 美 對充資金의 總規模는 三、一六九億圜으로 이는

國內資源 二、九一九億圜에 對하여 五十二%의 比率이다.

이 같이, 國家運營의 基本살림인 나라의 豫算마저가 折半을 넘도록 美國에 依存하

고 있었던 것이다.

獨立된 國家이면서도, 統計上으로 보는 韓國의 實價値는 四十八%에 不過한 것이었다.

달리 말을 바꾸어 본다면, 韓國에 對한 美國의 發言權은 五十二%를 차지하고 우리는 그만큼 依存되지 않을 수 없다는 意味도 된다.

同時에 그것은, 韓國에 對한 美國의 關心度를 나타내었다고도 말할 수 있을 것이다. 美國의 援助가 없으면 우리 政府는 당장에 門을 닫게 된다는 것을 劇的으로 表示하는 것이기도 하다.

勿論 우리는 이러한 事情을 들추어서 寸毫도 意識的인 曲解를 일으킨다거나 感謝하는 마음에 검은 보자기를 씌우려 하는 것은 아니다.

고마운 것은 어디까지나 感謝하여야 하는 것이다. 왜냐하면 이것은 어디까지나 禮儀에 關한 것이기 때문이다.

우리도 美國에 對하여 무엇인가, 큰 貢獻을 하고 있다고 記憶된다. 틀림없이 韓國에 對한 美國의 援助에는 무슨 까닭이 있으리라 믿고 있다.

그러나 問題는 相對的인데 있는 것이 아니고, 어디까지나 우리 自體에 있는 것이다.

援助의 金額이 몇 푼이고 간에 그것이 우리 살림살이 以外의 建設을 爲한 윗돈으로 받는 것이라면 더 말할 與否가 있으랴.

그런데 不幸히도 그 많은 援助의 大部分이, 이 나라 살림살이의 基本 밑천으로 날라가 버렸다.

이러고도 우리는 果然 獨立된 自由, 民主主義의 主權國家라고 自負할 수 있을 것인가. 참으로 딱하고 기막힐 일이 아닐 수 없다.

한 國家나 한 個人의 살림살이에서도 우리는 많은 共通點을 가지고 있다.

分家의 境遇에서 우리는, 國家의 事情을 充分히 터득할 수도 있다.

本家의 援助에 依存한다 하드라도 그것은 오래 持續도 하기 힘들거니와, 또한 무작정 앉아서 받아 먹기란 事實 苦될 뿐만 아니라, 한 家長으로서도 體面이 말이 아닐 것은 分明한 일이다.

더구나 本家의 事情이 如意치 않거나 그 父母에 不幸이 닥쳤을 때는, 連鎖的인 反應을 입게 될 것은 當然하다.

그러므로 當事者는 平素, 이러한 事態를 豫測하고 準備하여야 하는 것이다.

自手成家하는 覺悟와 努力을 게을리 할 수는 없을 것이다. 이렇지 않고 어찌 將來를 觀望하여 나갈 것인가.

況且, 남남끼리의 境遇는 참으로 민망하고 딱하다.

어떤 사람을 爲하여, 무슨 일을 하여 주었다거나, 또는 하고 있다는 것 하나만의 일로서 自身의 生活能力 不足을 말하며, 그 生活費의 折半, 또는 그 以上을 十年이고 二十年을 身勢진다고 假定만이라도 하여 보라. 實로 아찔할 結論은 明若觀火하다 할 것이 아니겠는가.

30億弗의 受援內譯과 그 顚末

우리가 나라의 살림을 이 地境으로 끌고 온지가、於焉 二十年을 내다 보게 되었다.

한 世代가 지나간 것이다.

언제까지나 이러고만 앉아서 지낼 것인가. 別段의 決意와 勇氣없이、無感覺하게 傍觀만 하고 있을 것인가.

來日이라도 美國의 援助나 關心이 끊어진다면 우리는 무슨 對備를 講究할 것인가.

더구나 戰鬪나 政治 以前에 앞장서는 經濟戰에 있어、強力한 大敵을 三八線 저쪽에 두고 있는 現情勢下를 생각한다면、一時라도 머뭇거릴 수도 없고 思考할 겨를 조차 없는 것이다.

總力을 民族經濟의 打開에 集結케 하고 復興에 一路 邁進이 있을 뿐이다.

하루라도 빨리 自主經濟를 確立하고 내 살림을 내가 맡아 해 나가는 宿願을 이룩하여야 한다.

一九六一年 五月 以前、本人으로 하여금 革命을 擧事케한 直接的인 主要目標가 바로 이것이었다.

自主！ 그것은 오직 自主經濟 以外에 잡을 그물이 없는 것이다.

2、 施設材나 消費材나

그러면、政府豫算에 對한 美 對充資金의 이와 같은 比重은 豫算以外로 第一次産業、第二次産業、第三次産業等 自立經濟建設을 爲한 施設 源資材 等의 工業化와 其他 全般 經濟部門에 對한 支援을 다한 나머지의 剩餘資金 處理에서 나타난 現象인가――、 本人은 그렇지 않은 것으로 알고 있다.

一九六〇年 十二月號 韓銀 調査月報에 依하면, 解放後 即 一九四五年부터 一九五九年까지 이 期間에 二六九,〇〇〇萬弗에 達하는 美國 援助를 받아 왔다. 이 莫大한 돈을 가지고 우리는 무엇을 하였던가.

이 같이 尨大한 規模의 援助를 받았으면서도, 國家의 基幹産業은 後進國의 初步狀態에 踏步되고 있었을 뿐, 中小企業(産業), 輸出産業은 萎縮될 대로 되어 極甚한 需要不足과 物價의 昂騰, 輸出의 不振으로 해 마다 數千萬弗을 算하는 國際收支의 逆調를 나타내고 있었다.

全般的인 經濟의 이같은 結果는, 數百萬의 失業者와, 年年 數萬戶에 達하는 絶糧農家의 續出을 낳게 되었고, 지난날의 米穀輸出國으로서의 位置는 莫大한 外穀導入으로 겨우 現狀維持할 수 있는 線까지 後退하였다. 그 뿐인가 酷甚한 物價高와 通貨의 膨脹으로 《인플레》는 크게 國民生活을 威脅하였다.

이리하여 韓國은 一九六〇年代의 五—六年동안 不過 四—五%의 經濟成長率을 示顯하여 왔을 따름이다.

普通、 未開發 後進國의 境遇에 보면, 그 經濟成長率이 七—十二%線을 上下廻하는데 比하여 우리의 實數는 그 事情을 如實히 말하여 주고도 남음이 있는 것이다.

그러면, 惡循環과 沈滯와 退步속에 소용돌이 치게된, 그 原因은 어디에 있다 할 것인가.

勿論、 이것은 앞에서도 言及한 바 있는 國土의 兩斷、 그리고 六·二五 動亂과 數百

萬을 헤아리는 越南 避難民等 不可抗力的인 要因이 없지 않은 것은 아니다。 그 보다

도 우리가 여기서 새삼 看過할 수 없는 것을 몇 가지 들자면、

첫째、 援助하는 美國側이 우리가 切實히 必要로 하는 內容과 距離가 먼 方式을 取하였다는 것과

두쨰、 우리 韓國側의 政策 貧困과 努力의 不足、 그리고 舊政權의 腐敗等이다。

自立經濟 確立의 中核이 되는 生產性 增大를 爲한 工業化가 援助 當局의 政策上 蹉跌로서 全然 所期의 目的을 達成할 수 없었다는 것은 ICA援助의 施設部門과 源資材部門에 對한 援助 比率을 보면 쉽게 理解가 갈 것이다。

生產性의 增大를 爲한 工業의 發展이 工業施設의 新設、 擴張에 있음은 贅論을 要하지 않는다。

그런데 여기서 一九五五年으로 부터 一九五九年까지의 五年間에 걸쳐 ICA가 提供한 施設部門과 源資材部門에 對한 援助 比率을 보면 다음과 같다。

一九五五年度

施設部門　　　九、七四六萬弗(四七・四%)

原資材部門　一〇、八三五萬弗(五二・六%)

一九五六年度
施設部門　八、五三九萬弗(三一·四%)
原資材部門　一八、五六五萬弗(六八·六%)

一九五七年度
施設部門　九、二七二萬弗(二八·七%)
原資材部門　二三、〇五三萬弗(七一·三%)

一九五八年度
施設部門　六、三八九萬弗(二四·一%)
原資材部門　二〇、一七三萬弗(七五·九%)

一九五九年度
施設部門　四、三六一萬弗(二二%)
原資材部門　一六、四六八萬弗(七八%)

以上에서 보는 바와 같이, 이 무렵의 美國 援助가 우리가 要望하는 工業生産施設에 對하여 얼마나 인색하고, 되려 願하지도 않는 消費材 分野에만 積極的이었다는 것을 알 수 있다.

一九五三年에 援助를 시작하여 同五四年까지의 二年間, 初步段階에서 이 機構가 提

供하여준　八,八○○萬弗까지를　合한　前記　一九五九年까지의　七年間에　있어서　韓國의　工業化를　爲한　施設部門　援助가　不過　二○─四○%　內外를　맴돌고　있을　뿐이었다.

이　外에도　이러한　偏重　傾向은　一九五五年의　四七%에서　一九五九年의　二二%로　더욱　激減되었다는　것은　注目할　일이며、援助를　가운데　두고　兩國間의　見解가　그만큼　날이　갈　수록　멀어져　갔다는　것도　看過할　수　없는　일이　아닐　수　없다.

그리고　이　程度의　施設部門　援助마저도　總額　三八,三○八萬弗中、鐵道를　中心한　交通部門의　一七,六六二萬弗에　比하여　鑛業、電力、製造　加工業　等을　內容으로　하는　鑛工業部門은　一一,○七六萬弗에　지나지　않았고、이　두　部門을　除外한　나머지　九、五七○萬弗이　農業　및　自然資源과　保健衛生　部門에　쓰여졌다.

이　가운데　特히　우리의　立場으로　가장　切實히　要請하여　마지않는　製造、加工業　分野는　겨우　五、七三三萬弗로서　美國으로서는　正反對로　全혀　輕視한　것이었다.

原資材部門에　있어서는　五個年間의　總額　八九、○九七萬弗　中에서　小麥、大麥、原糖、原綿을　內容으로　하는　農産物이　二二、四一一萬弗이고　石油、有煙炭　等을　內容으로　燃料가　一一、三九六萬弗을　차지하고　있다.

여기서　國家的　立場으로　볼　때、이같이　厖大한　剩餘農産物、揮發油　等屬의　導入이　우리의　農村과　都市에　어떠한　影響을　가져왔는가에　留念하면서　이같은　不合理한　點에　對하여는　다시　別項에서　論及하기로　하고　이　援助問題에　對하여는　좀　더　時間을　두고 다시 檢討하기로 하겠다.

以上에서 말한 바와 같이 韓國經濟의 再建을 主目的으로한 ICA 以外에도 우리는 몇 개의 機構로부터 援助를 받은 바 있다.

即、 美國의 占領地域 行政救濟 計劃과 經濟協助處 美 公法에 依한 援助活動 以外에 國際聯合 機構로서 國際聯合 救護機構 및 國際聯合 韓國再建團 等이 그 것이다.

이 中 美國의 占領地域 行政救濟 計劃에 依한 援助事業은 一九四五年 美軍의 南韓進駐 以來 一九四九年 末까지의 五個年間에 五億弗의 豫算으로 經濟援助와는 相關 없이 純全하게 救護物資 提供으로 解放收拾 救護資金으로 쓰여진 것이었다.

그 後 産業開發을 目的으로 하는 經濟協調處(ECA)의 活動이 一九四九年에 시작을 보았으나 그 翌年 一九五〇年에 發生한 六·二五 動亂으로 因하여 이 機構는 一九五三年까지의 期間中에 不過 一〇、九一五萬弗을、 그것도 戰亂의 激動 속에 이렇다할 所得 없이 所謂 浪費性 援助에 그치고 말았다.

國際聯合 韓國再建團(UNKRA)이 創設되어 韓國의 經濟再建을 企圖하였으나 資金의 不足、 運營機構의 不合理等의 事情으로 하여 單只 一二、一六〇萬弗、 그것 亦是 至極히 散慢하게 提供되었던 것이다.

以上에서 보는 바와 같이, ICA 以外의 韓國關係 援助機構들이 提供한 各種 援助는

그것이 韓國의 經濟再建이란 旗幟와 至上課題와는 달리 거의 全部가 解放과 美軍 進駐를 前後한 混亂期의 收拾과 六·二五 動亂의 克服을 爲한 戰災收拾 資金으로, 事實上 轉用됨으로써 韓國經濟의 向上이나 開發은 念頭에 조차 없이 純全히 消費材로, 即 純消費性 援助에 그친 것이다.

一九五三年 ICA를 通하여 美國은 單獨 援助에 나섰다. 同年 十二月 韓美合同經濟委員會를 組織하여 비로소 韓國經濟再建을 〈테제〉로 하는 活動에 나섰다. 그러나 그 以後의 事情은 前述한 바와 같이 되어 버렸다.

勿論, 이와 같은 點에 對하여는 獨逸이나 日本과 같이 經濟再建에만 專念할 수 있는 與件을 갖추지 못한 우리의 特殊한 事由도 있다.

未曾有의 戰亂이나 國土 分斷의 現實, 經濟再建 以前에 時急한 〈인플레〉의 抑制로 財政을 安全케 하여야 하는 韓國 固有의 狀況이나 그 經濟는 우리도 充分히, 그리고 所詳히 理解하고 있다.

그러나 무엇 보다도 時急한 韓國의 要請은 經濟死活의 關鍵이 되어 있는 美國의 援助政策이 이대로의 狀態로 나가서도 안된다는 그것이라고 確信하는 바이다.

國民諸位가 아시는 바와 같이 本人은 經濟를 알거나 政治에 造詣가 깊은 것은 아니다. 革命이 있기까지 本人은 單純한 軍人이었을 뿐이다.

다만, 祖國과 民族의 危機가 經濟에 오직 달려있다는 것을 痛感하고 革命 以前에 틈

틈히 한 조촐한 經濟學徒로서 이 方面을 더듬어 보았고 政治에 얼마간의 關心을 기울

여 본데 지나지 않는다.

特히 革命 以後로는 모든 與件이 本人으로 하여금 이 方面에 自然 制約하므로써 本

人으로서는 하나의 信念을 갖게 될 것이다.

우리의 經濟問題 解決은 率直히 말하여 美國의 援助를 떠나서는 想像조차 할 수 없

는 現實이다.

그러므로 이 問題의 早速한 解決은 어디까지나 美國의 새로운 理解와 積極的인 協

調 如何에 달려 있다고 하지 않을 수 없다. 그리고 꾸준하고 誠實한 우리의 피나는

努力 與否에 매여 있다.

어떻게 하면 보다 많은 援助를——우리의 希望하는 原則에 立脚한—— 그리고 우

리 스스로가 自律的으로 執行할 수 있게 할 것인가에 總 集約되지 않으면 안 된다.

3、 剩餘農産物 導入과 韓國의 農村

二一、四一一萬弗에 達하는 美國의 剩餘農産物과

石油、有煙炭等을 內容으로 하는 一一、三九六萬弗의 燃料等으로 된 莫大한 原料 및

消費材의 導入은 그 大部分이 市場에 賣却되어 그 代價는 對充資金으로 豫置되고 이

것은 곧 政府의 歲出 財源으로 充當되었다.

國家豫算의 根本 構造가 이같이 되어 있는 以上 完全한 意味에서의 獨立의 自律性이

保障되기는 期待할 수 없을 것이다. 그렇다고 당장에 이와 같은 豫算 編成을 拒否할

수도 없는 處地에 놓여 있는 것이다.

30億弗의 受援 內譯과 그 顚末

周知하는 바와 같이 韓國은 六十萬의 大軍으로 編成된 世界 第四位의 軍力을 維持하고 있다。 이러한 軍事力의 維持는 客觀的으로 그것이 아무리 크고 不均衡 以上의 것이라 하더라도 百萬의 强敵을 目前에 對決하고 있는 우리로서는 不可避하다。 언제 어디에서 어떠한 事態가 勃發할지도 모르는 休戰狀態 下에서나、 또는 國土統一의 課業、 나아가 美國을 中心한 自由 太平洋地區에 있어서 亞細亞大陸에 構築된 唯一한 橋頭堡라는 點에서도 六十萬의 軍隊는 오히려 小規模라 할 것이다。

그러기에 美國도 그 大部分이 여기 軍事力 維持에 使用되는 援助를 繼續하지 않을 수 없고、 따라서 우리로서도 이 엄청난 不均衡의 狀態를 마다 할 수 없게 되어 있는 것이다。

以上과 같이 美國은 對充資金을 通한 莫重한 間接軍援 以外에 一九四五年 九月 以來로 一九五九年 末까지만 하더라도 約十三億弗에 達하는 直接 軍事援助를 提供하였다。 이것으로 보아도 우리의 國防豫算이 얼마나 큰 規模의 것인가를 알 수가 있을 것이다。

萬若、 우리에게 이와 같은 兵力維持가 必要없게 된다고 假定한다면 어떤 結果가 나타날 것인가。

年間 數百億원이란 厖大한 資金을 産業分野에 投資할 수도 있고、 또 달리는 國民의 租税負擔을 지금 線에서 훨씬 引下할 수도 있게 된다。

그러나、 이것은 어디까지나 지금에 있어서는 한갓 白日夢에 不過하다。

軍을 維持하려면 經濟再建을 制約하여야 하고, 經濟를 再建하려면 軍을 減縮하여야 한다. 國家의 事情은 進退 維谷, 이러지도 못하고 저러지도 못하고 있는 形便이다. 어찌 難關이 이 한가지에 그치랴.

韓國의 苦憫이 바로 그것이다. 그러나 우리는 그저 長嘆息만 하고 앉았거나, 安價한 感傷에만 젖어 있을 수는 到底히 없는 것이다. 運命을 主食으로 삼던 우리의 傳統을 이제 完全히 拒否하고 나선 革命이 아니었던가.

方法은 없는것이 아니다. 다만 그 時機가 오지않고 있다는 것 뿐이다. 이것은 本人 自身이 革命以前부터 하루의 寸刻도 腦裏에서 사라져본 적이 없는 構想인 것이다.

다음으로는, 援助總額의 三〇%線을 上下하는 剩餘農産物에 關한 것이다. 年間 三百萬石 平均의 絶對 不足量을 메우는데 所要되는 唯一한 解決策이라 할 수 있는 剩餘農産物의 導入은, 그 餘波로 國內 穀價를 때려 눕히고 이로 因하여 農家의 所得은 激減을 甘受하지 않을 수 없게 되었다. 農民의 士氣와 農村經濟는 甚한 打擊으로 酷甚한 萎縮을 招來케 한것은 這間 우리가 잘 알고 있는 事實들이다.

剩餘農産物의 導入에 따른 功罪는 여기에 그치는것이 아니다. 農村의 極端的인 疲弊는 自然히 農家의 購買力을 壓迫함으로써 國內 消費品 工業의 不振을 가져오게 하고 因하여 中小産業의 發展에 크게 阻害가 되었다. 十二年間에 걸친 舊政權은 바로 이런 點에 留念하여 重點的이고도 彈力性 있는 效率的인 施策을 迅速하게 施行하였어야 옳았을 것이다.

그러나 稅政은 農村政策을 外面하고 消費性的 第三次 産業部門에만 沒頭하는 一方

30億弗의 受援 內譯과 그 顚末

腐敗와 政爭으로만 寧日이 없었던 것이다.

穀價의 適正價格 調整, 農地의 改良과 擴張 營農技術의 普及과 種子의 改善, 그리고 營農資金의 適期放出, 水利 灌漑施設의 充實, 農村構造의 現代的인 合理化, 이 밖에 이루 헤아릴 수 없이 많고도 時急한 諸問題에는 아랑곳 없이 오직 그들이 直接 間接으로 連關되는 産業部門에 값싼 處分을 賦與하여 國政의 基本인 農政을 恣意로 弄絡하였다. 結果的으로 農村은 貧益貧化하였고 급기야는 都市에로 流浪케하지 않았던가.

生産意慾의 減退와 勞動力의 離散은 끝내 오늘과 같은 爆發的인 食糧危機를 齊來하게 하였다. 참으로 오늘 이 마당에 즈음하여 아무리 돌려 생각하여 보아도 時急하고도 根本的인 것은 農村이 優先되어야 한다는 것이다. 바로 至上課題라 할 수 있는 것이다.

그 누가 政權을 맡아 보든, 먼저 이 亂麻相의 農村의 再建 없이는 國家再建도 虛事일 것이다. 하물며 民族經濟의 復興 云云은 한갓 하잘것 없는 口頭禪에 不過할 것이라 믿는 바이다.

우리는 하루 바삐 空疎한 觀念論이나 講壇의 理論을 박차고 冷嚴한 現實과 對決할 새로운 決意를 하지 않으면 안된다.

더구나 農村問題를 바라본 사람이면 누구나 그같은 意志의 鍛磨를 切實히 느낄 것이다。

韓國에 솟는 太陽은 東海에서가 아니고 農村의 山이나 들이어야 한다。 여기에서 우리의 希望은 밝아오기 때문이다。

4、 消費材 置重 援助와 그 結果   揮發油를 主로 하는 一一、三九六萬弗의 燃料導入이 政府의 對充資金 增大에 큰 役割을 하고 있다는 것은 前述한 바와 같다。

그러나 뜻있는 國民들이 다함께 念慮하는 바와 같이, 國民經濟는 말이 아닌데 自動車의 洪水는 참으로 關心밖으로 돌릴 수 없는 問題다。

生產은 없는데 高度化한 消費性에만 慣性이 된 우리 韓國社會의 畸型的인 固疾 이것을 바로 이 自動車의 境遇에서 찾을 수 있다。

數千萬弗의 外貨가 이같이 奢侈를 爲한 消耗에 날아가 버리다니 생각할 수록 아깝다。

거의가 前近代的인 風土下에 놓여있는 後進國家의 國民들의 一部가 自動車를 타지 않고서는 外出할 수 없다니 기가찬 일이다。

事態가 거기에만 局限되었다면 오직 多幸이랴。 이것은 漸次的으로 政治、經濟、文化、社會 全般에 파고들어、 隨忌와 腐敗와 虛榮과 奢侈를 造成 助長케 하였으니 實로 놀라운 事像이 아닐 수 없다。

傳來의 純朴한 民族情緒와、 너무나 고지식하리만큼 勤勉하던 우리 民族性은 餘地없이 破逸되고 말았으니 말이다。

勿論 本人은 姑息的인 하나의 統制觀念을 늘어놓자는 것은 아니다。 自動車라는 交

30億弗의 受援 內譯과 그 顚末

通利器가 우리 生活에 가져다준 功도 없도 모르는바 아니며, 그 必要性이 있다는것까지도 充分히 認知하는 것이다. 그러나 國家經濟가 튼튼하고 기틀이 잡혀지기 까지에는 스스로 自覺하는 態度가 要望되지 않을 수 없다.

山積되어있는 諸 難關을 直視하고 民族이라는 共同運命體의 發展을 瞬時나마 念頭에 두었다면 우리는 벌써 이보다는 훌륭한 環境을 마련하였을 것이 分明하다.

要는 國民의 精神部門 自體가 恒時 問題가 되는 것이다.

舊政權下에 있어서 消費性 物資의 市場 販賣는 또한 다른 症狀의 副作用을 가져왔다. 實需要者制度 等으로 因한 特惠層의 登場을 演出시켰고 이것은 곧 政治라는 怪物과 野合하여 끝내는 官僚的 特權 腐敗階層과 戰後派的 上流階級을 만들어내었다. 이들은 政治와 社會의 中間을 자리잡고 亡國的인 風潮를 督促하는 魔的 存在로 化하였을 뿐만 아니라, 民族의 主體意識을 痲痺 乃至 抹殺하는것 까지 주저하지 않았다.

놀고 먹는 卑屈性을 培養하고 不勞所得이며 至極한 個人主義, 그리고 拜金主義 思想을 彌滿하게 만들었다.

美國의 援助政策을 基底로 하는 韓國經濟政策의 이러한 傾向은 基幹産業, 中小企業 等 國內生産工業을 踏步狀態에 落後시킨 反面, 앞에서 말한 바와 같은 國民의 精神面에 恢復할 수 없이 큰 멍을 드리게 되었다는 것을 指摘하지 않을 수 없다.

極端的인 奢侈, 虛榮은 뒤이어 各種 外來商品의 國內侵透를 손짓하게 만들었다. 革

命 直前 韓國의 市場이 第三國의 獨舞臺化된 것도 그 緣由에서 실마리를 찾을 수 있는 것이다.

一九六○年代의 韓國은 確實히 外來 商品이 韓國 市場을 占領한 時期였다.

이 무렵에 있어서 純粹한 意味의 國産品、 그것은 商品과 思想을 除去한 우리들의 알몸둥이에 比할 수 있었고、 한편으로는 最後로 남은 愛國的 抵抗의 保壘였다。

活活 불 타오르는 外國의 값진 商品들!

그것을 바라보며 누더기를 감은 우리들의 兄弟 姉妹들은 그저 말 없이 오래도록 그 자리에서 떠나지 않고 있었다。 아깝기는 한 모양이었으나 그 누구 한 사람도 차마 그런 말은 하지 않았다。

젊은 靑年들은 그들대로 무엇인가 눈을 닦고 있었다。 萬感이 오고 갔으리라。 그리고는 입을 꼬옥 다무는 것이었다。 그 表情을 信號로 모두 約束이나 한듯 서로의 얼굴을 바라보는 것이었다。 本人도 그 中의 한 사람이었다。

머지 않은 그날을 決心하는 참으로 痛憤의 瞬間이었다。 韓民族의 새出發을 象徵하는 그와 같은 불 길은 그 以後에도 오래도록 繼續되었다。 낡고 때문고、 남의 나라 생각에 배인 마음의 옷을 활활 불 사르자면 그 만한 時日도 要하였을 것이다。

本人은 勇氣를 百倍、 아니 千倍도 더할 수 있었다。

그러나 跛行的으로 經濟 構造가 構築된 當時 社會의 危機、 滔滔히 흐르는 亡國의 思潮는 相當한 隘路와 犧牲을 強要하였으나 多幸하게도 國民의 積極的인 協調로 이

어려움은 克服되었다.

二、 破綻에 直面
하였던 民族經濟

그러면 五·一六 革命 以前、 即 一九六〇年 當時 韓國의 輸入代替產業이나 特種 基幹產業 部門은 어떠하였는지 살펴보자.

本格的인 經濟開發 階段에는 아직 발을 들여놓지 못하였지만、 그래도 解放後 混亂期의 克服、 六·二五 動亂의 遂行과 戰災復舊 等을 通하여 美國의 對韓 援助가 韓國의 經濟面에 어쨌던 크게 寄與하였음은 認定할 수 있다.

그러나 이와 같은 美國側의 誠意에도 不拘하고 그 援助政策에 妙를 得하지 못한 것과 韓國 政府의 政策 貧困 및 腐敗等 要素로 國家經濟의 中軸分野가 破綻 直前에 허덕이지 않으면 안되었다.

1、 國民 總生產量과 產業構造
—— 農村의 犧牲과
國際 收支의 逆調

一九六〇年 即, 革命以前의 國民 總生産量(G·N·P)의 趨移를 더듬어 보면 一九五三

年의 不變價格 G·N·P 八, 三六三億圜이 一九五八年에 와서는 一一, 一一二億圜으

로 올랐으나, 一九五三年을 一〇〇의 指數로 보면 一九五八年은 一三三·九가 되어

年間 平均 六%의 成長을 보였을 뿐이다.

그 內譯을 産業別 構成 比率로 보면 一九五八年에 있어 第一次 産業 四〇·一%,

第二次 産業은 一七·二一%이고, 第三次 産業은 四二·七%로서, 이렇게 볼 때 第三次

産業이 壓倒的으로 肥大한 反面에 第二次 産業은 너무나 貧弱하고 沈滯되어 있다는 것

을 쉽게 알 수 있다.

그리고 第一次産業의 太宗은 農業生産品으로서 當時 全 人口의 七五%를 占하였던

農民生産이 全體의 四〇%에 不過하였다는것은 그만큼 農家의 生産構造가 畸型的이었

다는 것과 함께 그 經濟의 悲慘함을 如實히 證明하는 것이라 할 수 있다.

以上과 같이, 剩餘農産物의 過重한 導入이 얼마나 農村經濟를 威脅하였고, 그로 하

여금 生産意慾을 蠶食케 하였는가를 알 수 있는 同時에 政府의 外換率 維持政策이 全

혀 農村을 度外視하고 農民으로하여금 必要 以上의 犧牲을 强要하여 마침내 오늘날 破

綻의 地境으로 몰아 넣고 말지 아니하였는가.

이러고서 어찌 韓國의 農村이 健全하게 發展되기를 期待할 수 있었을까.

實인즉, 우리의 農村은 解放 以後 이 時期까지 作付面積이나 單位 生産力에 있어서

破綻에 直面하였던 民族經濟

는 全혀 한 걸음도 앞을 디디지 못하고 있었다는 結論이 나온다.

이와 같이 舊政權下의 韓國經濟는 農業面에 壓迫을 加하고 工業面의 不振을 劃策함으로써 結局 第三次産業의 肥大 만을 促進시켰다 할 것이다.

여기에서 一例를 들어 보자.

大部分을 第一、二次産業에 依存하고 있는 貿易面을 보면、輸出이 輸入을 따르지 못하고 있다.

一九五九年 輸出 總額은 不過 一、九一六萬弗인데 對하여 輸入 總額은 어떤가、놀라읍게도 入超가 五、九三六萬弗인 七、八五二萬弗이다.

年平均 約 五、〇〇〇萬弗線의 이 國際收支의 逆調는 一九五五年 以來、五・一六革命때까지 그대로 持續되어 왔다.

當時의 爲政者들은 마땅히 最大限으로 輸入代替産業 振興策을 構究했어야 옳았다.

그러나 十年을 하루 같이 이들은 吾不關인양 無關心 하나 만으로 一貫하여 왔다.

한 푼의 外貨가 얼마나 所重한 것인가. 外貨獲得을 爲한 産業、即 工業製品、鑛石物、水産資源의 開發에 使用함으로써、아울러 國內 工業化와 失業者의 吸收、國民生活의 向上도 期할 수 있는 外貨가 아닌가.

赤字貿易에서 黑字貿易으로! 이것은 自立經濟建設과 國內의 自給自足을 期하는 意味에서라도 기어코 成就되어야 할 課業中의 課業이라 할 것이다.

2, 工業化의 原動力과 石炭問題

모든 것이 苦難의 連續인 韓國經濟에도 한 가닥 希望的인 地帶가 있으니 이것이 곧 特殊產業과 地下資源이다.

無煙炭、 重石、 鐵鑛과 水產資源인 海苔、 石花、 새우、 其他 海產物과 工藝品 人蔘類、 陶磁器、 綿實油、 해바라기油、 特殊 化學藥品、 그리고、 農牛等은 우리의 輸出 部門에서 큰 比重이 있는 것들이다.

그럼에도 不拘하고 이러한 寶庫도 結局은 無誠意한 舊政權의 處事로 因하여 放置되어 未開發狀態를 免하지 못하였다.

한편 國家經濟의 工業化 過程에 있어 不可缺한 要件인 動力部門은 果然 제대로 돌아 갔던가 살펴 보자.

世界 資源年鑑(一九五三年版)에 依하면 韓國(南・北)의 石炭 埋藏量은 約 五六億頓이다。 全世界埋藏量의 ○・一%에 不過하다。 그것도 南韓 만으로는 六億五千萬頓, 그러니까 全世界埋藏量에서 보면 그 比率은 ○・○一%로 줄어든다。

本人이 調査한 資料에 依하면 石炭의 埋藏量과 維持 年數는 美國이 四、四○○年、英國은 八二○年으로 되어 있고 佛蘭西와 日本은 各各 三七五年과 二○○年이다。

그러면 우리 韓國은 어떤가。

民主黨 政權時의 石炭開發 十個年間 計劃에 보면 目標量이 一、二○○萬頓、 그것이 確實하고 根據있는 算出이라면 單 四十年의 維持 밖에 될 수 없다。

이같이　石炭　埋藏量으로　본다면　韓國의　動力源은　至極히　悲觀的이므로　代身　水力發電等　電力部門의　開發에　나서야　옳았다.

그러나　이　部門은　石炭事情　以上으로　말이　아니었다.

石炭의　埋藏量이　적다고　하는　것은　어디까지나　將來에　關한　걱정이　되겠지만　보다도　當面한　苦衷은　炭價의　昂騰과　需要不足에　있었다.

韓國動亂　以來,　世界의　炭價(國際價格)가　九弗　內外임에도　不拘하고　우리는　언제나　이　線을　훨씬　上廻하여　왔었다.

需要面은　어떤가.

舊政權時의　計劃이　一九六一年度의　五、四三九、○○○噸에　比하여　그　五年後는　九、九八一、○○○噸이　需要　豫見量으로　되어있다.　이러자면　一九六○年代의　二倍增産이　뒤따라야만　되는　것이다.

그러나　當時의　採炭　實績은　多分히　悲觀的인　現象을　露呈하는　것이었다.

工業面에서는　動力　役割을　하고　國民　生活에는　衣食住와　對見할　수　있는　生活必需品인　이　石炭이　舊政權下에서는　前述한　需給　遲滯와　炭價의　高率로하여　그만큼　나라의　살림살이　뿐만　아니라　個人의　生活까지　크나큰　威脅을　加하였던　것이다.

3、 놀라지 않을 수 없던 電力事情

石炭과　더불어　自主經濟　確立의　原動力이자　現代工業의　基礎資源이요　國民生活에　必須　資源인　이　電力은　어떤　處地에　있었던가.

여기서 다시금 强調하고자 하는것은 이의 確保 如何에서 비롯되는 놀라운 結果에 對한 것이다.

오늘날 現代 文明社會、特히 國際社會에서의 電力이 차지하는 比重은 너무나 큰 바 있다.

電力은 곧 國力이라고도 말하고 있으니 말이다.

더구나 韓國과 같이 後進國에 있어서 이것이 감당하는 役割은 國力 以上이라고 까지 말하고 있다. 鐵路가 動脈으로 通한다면 電力은 그 心臟에 該當될 수 있는 問題다.

이 같이 重要한 電力! 그러나 우리는 이와는 너무나 因緣이 멀었었다.

一九四五年 八月 當時、南韓은 八一、〇〇〇KW의 自體電力을 保有하고 있었으나 別途로 北韓으로 부터 六〇、〇〇〇KW의 量을 供給받고 있었다.

그러니、三年後인 一九四八年 五月 十四日에 와서 北韓側은、一方的으로 斷電을 宣言하고 말았다.

모든 産業은 中斷되다시피 되었고、거리는 暗黑化한 느낌조차 있어、그 답답함을 우리 國民은 이미 滿喫한바 그대로다.

六・二五 動亂에 와서는 이 八〇、〇〇〇KW의 出力마저 機能을 잃고 말았다.

舊政權은 여기에 對하여 얼마만큼의 關心을 기울였던가.

腐敗와 無能으로 그저 傍觀하고만 있었던 것이다.

革命直前、民主黨政權 自身에 依하여 發表된 電力要綱에 依하면、當時의 平均出力 一九五、〇〇〇KW、最大出力 二六五、〇〇〇KW로 되어 있고、그 需要量에 있어서는

破綻에 直面하였던 民族經濟

平均 二五七、〇〇〇KW、 最大需要量에 있어서는 三七二、〇〇〇KW라 公表되어 있다。

이 렇게 舊政權 自身의 公表에서도 보는바와 같이 그 不足量은 一七七、〇〇〇KW 이다。그러나 不足量은 여기에 끝나는 것이 아니다。

年間 五〇、〇〇〇KW의 自然需要 增加를 計算한다면 그 때부터 十年後의 總 需 要量은 七九五、〇〇〇KW가 된다。

舊政權下 一七七、〇〇〇KW의 不足量과 一九七〇年의 純增量 六〇〇、〇〇〇KW 의 建設事業은 到底히 그들에게 期待할 수는 없는 노릇이 아니겠는가。

本人은 革命 以前부터 恪別히 電力에 對하여는 注意를 傾注하여 왔다。

더구나 外國과 우리를 比較하였을 때의 놀라움은 지금 瞬間에도 生生하게 되살아나 는 것을 어찌 할 수 없다。

一九六〇年代를 基底로 하여 先進 各國의 一人當 年間 需要 消費量과 우리의 實情을 살펴보면 다음과 같다。

노르웨이 ……… 五、二一〇KW
캐나다 ……… 四、八三〇KW
美國 ……… 三、二一〇KW
스위스 ……… 二、七九〇KW
뉴질런드 ……… 一、八三三KW

日　本 ……… 八〇〇KW

韓　國 ……… 六七KW

참으로 놀라운 計數이다.

人口 二、四〇〇萬을 算하는 堂堂한 獨立國家인 이 나라가 美國 〈데트로이트〉市 所

在 〈포오드〉自動車會社 하나의 發電量 三四〇、〇〇〇KW 보다도 훨씬 그 아래를

오가는 狀態다.

이러고서 어찌 自主며 自主에의 꿈을 꿀 수 있겠는가 말이다.

이러고서 어떻게 韓國의 工業化를 소리칠 수 있는 일일까.

이러고서도 舊政權은 무슨 面目으로 政權을 또 감당하겠단 말인가.

우리는 死力을 다하여 電力의 開發을 다투어 앞장 서야할 것이다.

電力 없이 生産이 있을 까닭 없고 生産 없는 곳에 民族經濟의 生長은 바라볼 수 없

기 때문이다.

4、 버림 받은 地下資源　　韓國 地下資源 가운데서도 〈달러 박스〉라 할 수 있는 것

은 重石과 黑鉛이다.

重石은 鐵 合金 資料로서 戰略物資에 必須한 것이며 이는 自由世界에서 美國 다음가

破綻에 直面하였던 民族經濟

는 生産量을 가지고 있고 全世界 需要量의 1/3을 韓國이 擔當하고 있는 것이고

그러나 過去에는 經濟施策으로서도 이 重石이 빛을 보지 못한것이 事實이다.

約 一五〇、〇〇〇頓으로 推定되는 埋藏量의 開發에 있어 上東鑛山 程度를 빼 놓는

다면 其外 것은 볼품이 없다.

當時 全國에는 一三二個所의 重石 鑛山이 있었다.

그러나 大部分이 選鑛施設의 未備와 生産〈코스트〉의 超過로 그대로 廢鑛狀態에 放

置된채 있을 따름이었다.

世界 最大의 規模를 자랑하는 化學處理工場을 保有하고 있으면서도 高品位 鑛石을

輸出하는 것으로 겨우 體面을 維持하여 왔다.

가령, 一三〇餘個의 이같은 鑛山이 上東鑛山처럼 稼動을 繼續하였다면 年 平均 五、

〇〇〇頓의 그 몇 倍나 增産을 보게 되었을 것이며, 그로하여 얻어지는 外貨가 얼마

나 되었을까. 생각하면 아까운 일들이 한 두가지가 아니다.

그 만큼 舊政權은 無能하였다. 〈重石弗事件〉이나 〈重石事件〉等으로 이를 오직 自身

들의 榮華나 致富에 利用하려 하는等 腐敗에만 一念하였을 뿐이었다.

實로 重石은 世界市場에 脚光받는 韓國 唯一의 地下資源이다.

이 같이 所重한 重石鑛은 힘자라는 데 까지 採掘하여 外貨를 獲得하고 一方으로는 外

資導入에 對한 償還財源으로 活用하였어야 하였다.

다음에는 重石과 함께 또한 輸出價値가 높은 黑鉛을 들지 않을 수 없다.

推定 埋藏量으로 보면 土狀黑鉛이 三〇〇萬頓、鱗狀黑鉛이 一六〇萬頓이다.

이 黑鉛은 그 埋藏量이나 生產量、 그리고 그 質에 있어서 斷然 自由世界에서 第一

位를 차지하고 있다.

그러나 이 黑鉛에 있어서도 뚜렷한 實績이 없고 滿足할 것이 못되는 것이다.

革命 以前、總稼動鑛區 二六四個中 그 大部分이 海外市場을 開拓하지 못하고 萎縮되

었으며、 또한 採鑛、選鑛施設의 不備로 事實上 休鑛狀態를 벗어나지 못한채 있었다.

現代工業에 있어서 基礎工業 資源으로서、 또는 그 發展의 〈바로미터〉인 鐵鑛石은 그

埋藏量이 二、〇〇〇萬頓으로 推定되고 있다.

이 鑛區 亦是 四一〇餘個所를 헤아린다고는 하나 舊政權下 年平均 生產量이 三九二、

〇〇〇頓台를 오르내렸다 하니 可히 그 作業 內容을 알아 보고도 남음이 있다.

그리고 여기서 우리가 한가지 奇異하게 생각되는 것은 이들 生產量은 거의가 海外

로 輸出되고 國內需要量인 十五~二十萬頓中 大韓重工業、 三和製鐵等의 生產 銑鐵을 除

外한 六萬頓은 逆輸入하고 있었다는 것이다.

이 하나의 事實만 보더라도 舊政權 때의 經濟施策이 얼마나 盲目的이었던가를 알 수

있을 것이다.

銑鐵 以外에도 世界市場의 寵兒가 되고 있는 放射性 鑛物이 十五餘種에 達하고 그 埋

破綻에 直面하였던 民族經濟

藏量이나 質面에서도 相當히 有望視되고 있다.

그러나 눈에 안보이는 천길 물속의 노다지는 아무 所用이 없다.

旣設 鑛區는 休業狀態로 내버려 두었고 鑛業開發은 念頭에 두지도 않는 그들에게 언제까지나 나라를 맡겨 놓았다가는 오늘 이 時刻에 어찌 되었을 것인가.

叙上의 몇가지 實例로서 地下資源 開發의 斷面을 살펴보건데, 結論的으로 建國 十二年間의 實績은 事實上 解放 當時에 比하여 別로 進展을 보지 못했다고 할 수 있다.

그도 그럴 것이 大部分이 팽이와 소쿠리等의 연장과 손으로 만져야하는 그와 같은 原始的 産業過程이며 製品化하지 못하고 鑛物 自體, 그것도 化學的 處理없이 粗惡品으로 輸出의 命脈을 維持하였으니 말이다.

民主主義도 좋고 自立經濟 確立의 口號도 좋지만, 그 보다도, 아니 그 훨씬 以前에 바쁜 일은 오랜 時日을 버림 받아온 여기 鑛山地帶에 발을 直接 들여 놓는 일이다.

5、 國家管理 企業體의 破綻 二二一%對 七八%란 높은 比率로 消費材에 偏重되었던 美國의 對韓援助와 舊政權의 無秩序한 經濟施策의 影響은 먼저 重要 基幹産業 部門에 決定的인 打擊을 가져오게 하였다.

元來、 經濟開發 長期計劃에 對한 根本政策의 許容 없이、 年間 會計年度에 依한 短期援助 計劃을 實施하여온 援助 當局에 對하여 基幹産業의 建設을 希望하였다는 것은 當初부터 큰 잘못이었다. 이것은 韓國政府의 重大한 矛盾이었다.

이로하여 基幹産業面으로 본 三十億弗의 受援結果는 單只, 援助精神의 權化나 그 政治的인 象徴처럼 되어버린 仁川의 板硝子工場과 聞慶의 《시멘트》工場 그리고 忠州 肥料工場이 《차아트》에 남을 뿐이었다.

外資의 支援으로 이 部門의 建設이 이러한 實情인데 鑑하여 그렇다고 內資를 動員 하여 工場을 建設한다는 것은 全然 現實을 어기는 일 밖에 아무 것도 아닌 것이었다.

그래서 本人은 여기에 基幹産業의 唯一한 支軸이 되어 있는 國營 企業體에 論及하지 않을 수 없게 되었다.

朝鮮電業, 大韓重工業, 南鮮電氣, 京城電氣, 大韓造船公社, 大韓海運公社, 大韓石 炭公社 等은 그 무렵의 韓國經濟를 支撐하는데 그 中軸的인 役割을 하고 온 것이 事實 이다.

最少限度 이 管理企業體 하나 만이라도 合理的인 運營과 제대로의 發展을 볼 수 있 다면 그래도 工業化까지에는 經濟維持에 도움이 될 수 있는 것이다.

그러나 그러한 우리의 期待는 亦然 水泡가 된지 오래가 아니였던가. 一例로 一九五 九年度 下半期 決算書 報告에 본다면 엄청난 損失金만이 列記되고 있다.

朝鮮電業　　　　二三四億圜

大韓重工業　　　　七三億圜

南鮮電氣　　　　四六億圜

破綻에　直面하였던 民族經濟

京城電氣　　　三五億圓

이렇다.

勿論、이外에도 政府 直轄 八大企業體는 勿驚 四四五億圓의 赤字를 내고 있었던 것이다.

國家의 獨占企業이란 크나큰 利點과 政府의 强力한 支援을 입었으면서도 어찌하여 이같은 損失金을 가져오게 하였는지 都是 모를 일이다.

이것은 곧 舊政權이 얼마나 여기에 손을 대었는가를 歷歷히 證明하여주는 살아 있는 證據다. 굶주린 獅子 앞에 내던져진 토끼格으로 貪慾한 舊政治人들의 腐敗를 나타낸 實感 있는 〈그라프〉라 할 것이다.

그들은 自己系의 管理人을 任命한다. 말하자면、下手人을 두고 그 下手人으로 하여금 榮座의 代價를 上納받는다.

經濟再建이나 그 意慾은 찾아 볼 길 조차 없고、政權이 오갈 때 마다 管理企業體 周邊은 市場化하였고、차마 눈뜨고는 못볼 數많은 醜態가 벌어지고 갖가지의 喜悲劇이 公演되었음은 國民諸位가 直接 目擊한바도 있으므로 省略하기로 한다.

애초、여기에 生産性의 增大를 믿고、需要供給을 바라며 施設의 改善、擴張을 빌것 顧客本位의 運營을 希望하는것조차 잘못이였는지 모른다.

顧客本位의 말이 나왔으니 말이지、그들은 國民에 奉仕하고 親切할 事業人이기는커녕 바로 暴君이었다는 것도 숨길 수 없는 일이 아닌가. 如何間、 그같이 亂脈相의 管理企業體를 그대로 둔다면 將次의 樣相은 어떻게 다가 올것인가에 注目하여 보자.

一例를 京城電氣와 南鮮電氣의 境遇에서 보면 이들 두 企業體는 早晩間에 負債와 資産이 相殺될 수 밖에 없는 형편이었다.

京城電氣는 總資産額이 九十億圜이고 南鮮電氣는 百億圜이다. 萬若 赤字 三五億圜과 四六億圜의 一九五九年度의 決算報告書가 그대로 繼續된다면 不過 三年未滿에 結末을 보지 않을 수 없을 것이오、 그 다음에는 不得不 負債를 걸머지고 나갈 道理 밖에 딴 方法이 없을 일이었다.

이것은 四・一九以後 〈데모〉隊가 街頭를 누비던 恐怖보다도 더한 것임은 새삼 말할 나위가 없다.

여기에서도 革命의 不可避한 要素가 쉽게 찾아질 것이 아닌가.

6、 三十四個 主要 企業體의 斷面   政府의 管理企業體가 그러할 즈음 國家産業의 또한 中軸을 擔當하고 있는 重要 官民企業體인 銀行의 實態는 어떠하였던가.

一九六一年、 當時 民議院 豫算決算 分科委員會가 行한 國政監査 報告에 나타난 産業銀行의 延滯貸出 內譯을 우선 다음 表에서 보자.

破綻에 直面하였던 民族經濟

第1章　革命은 왜 必要하였는가？

企業體	總貸出額（圜）
泰昌紡績	七、二四三、四四九、〇〇〇
東立産業	五、九七六、九一六、〇〇〇
大韓造船公社	四、三四四、五三〇、〇〇〇
中央産業	五八六、八〇四、〇〇〇
大韓重工業	五二二、八二一、〇〇〇
拓邦鹽業	八五三、八七六、〇〇〇
朝鮮住宅營團	八、五七八、一八八、〇〇〇
大明鑛業開發	七九六、八五四、〇〇〇
新興製紙	七〇六、八三〇、〇〇〇
首都映畫	一、四一六、六七九、〇〇〇
大韓造船鐵工所	一、八五三、八六六、〇〇〇
三和肥料	一、三六四、一二八、〇〇〇
起亞産業	四五七、九〇二、〇〇〇
聖岩酒精	二二四、五九六、〇〇〇
朝鮮製粉	七三〇、四六一、〇〇〇
韓一工業	四一三、四八二、〇〇〇
金剛絨氈	二二一、〇四九、〇〇〇
朝鮮機械製作所	七八〇、〇六八、〇〇〇
韓國米倉	三三七、九六一、〇〇〇
大韓中央産業	五五五、〇三六、〇〇〇

農協中央會　　九六一、五四〇、〇〇〇
海南硝子工業　　四三八、〇六三、〇〇〇
大韓酒精工業　　二〇四、三三五、〇〇〇
濟州酒精工業　　二一四、五一六、〇〇〇
三吉鑛業　　一四六、一三五、〇〇〇
富國陶磁器　　一五六、一三二、〇〇〇
大韓産業開發　　二九九、四七二、〇〇〇
興和工作所　　二七〇、七三四、〇〇〇
國安紡績　　二七〇、四〇七、〇〇〇
國慶製粉　　二〇五、五三一、〇〇〇
東海實業　　七二八、三二一、〇〇〇
南北建設　　二五六、三二二、〇〇〇
東洋畜産工業　　二八四、九三一、〇〇〇
三益貿易　　一五六、二五九、〇〇〇
計(三十四個所)　　四八、五七四、一三一、〇〇〇
(利子　一〇、二七一、〇〇〇、〇〇〇)

놀라운 貸出도 貸出이려니와、그 보다도 이들 企業體들은 그 元金의 全額 乃至 그 中 一部、또는 그 利子에 이르기까지도 全然 갚지 못하고 있었다 함에는 정말 열린 입이 닫히지 않는 것이다。

그리고、이 中 그 殆半은 事業의 繼續運營으로、元利金 償還의 機會가 있을 수 없었고 따라서 企業體 自體를 競賣處分하여야 할 事情에 있었으며 延滯 利子의 超過마저도 擔保價値의 未達로 缺損處分 않을 수 없는 實情에 있다고 들렸다.

建國 草創期라 할 그 當時에 있어 千金같은 한푼이、말을 바꾸자면、國民의 피땀 어린 이 많은 巨額들을 融資받고 特權層의 그들은 果然 무엇을 어떻게 하였단 말인가. 이 돈이 간 行方은 都大體 어디며 이 資金으로 하여 놓은 그 實績이 어떤 것이었고 當局은 當局대로 이런 꼴을 悉知하고 있었으면서도 어찌하여 袖手 傍觀하였던 것일까. 政權과 企業이 不正의 그늘아래、結託한 좋은 標本을 우리는 여기서 生生하게 찾아 볼 수 있다.

이러고서도 무슨 面目이 있다고 舊政客들은 다시 民衆앞에 나서려는가.

──그것은 내가 한 짓이 아니고、나 아닌 나의 同僚가 한 것이다──

잠시는 이렇게 때묻은 손을 호주머니에 감출 수도 있을 것이다. 그러나 民衆은 그가 살고 있는 마을 사람들은、종래는 알아내고야 말 것이다.

民衆은 잘 알고 있다. 萬若에 그와 같은 不正한 野合이 몇 年을 더 繼續되었더라면 오늘 이 時刻이 果然 어떻게 되었을 것이며、또 이 앞으로 그들에게 다시 前과 같이 마음대로 料理할 수 있는 機會를 준다면、國家의 資産이、다음 世代의 子孫들이 어떤 環境에 直面하게 될 것인가를 이제는 똑똑히 알게 되었다는 것을 舊政客 또한 깨달아야 하는 것이다.

――마치 불 난、 도둑 맞은 廢家를 引受하였구나!――

이는 本人이 舊政權을 引受하였을 때의 卒直한 心境이었다.

쓸쓸한 荒野 가운데서 초라한 초가집을 터전으로 하여 全然 새로운 살림을 꾸려 나가
지 않으면 안되었다. 그러나 조금도 놀라워한 것은 아니었다. 왜냐하면 그것은 우리가
革命 以前에 充分히 살펴 온 現實이었기 때문이다.

이 같이 革命 以前、 即 一九六〇年代에 있어서의 韓國經濟는 그러 하였고、 美國의
對韓援助 亦是 큰 成果를 보지 못한 것은 그 동안에 累累히 指摘한바 그 대로다.
年間 二億弗 內外의 美國援助와 每年 平均 五千萬弗線을 上下廻하는 國際收支의 逆
調로 韓國經濟의 收支는 年間 平均 三億弗의 赤字를 내고 있다는 것도 前述에서 特記
하였다.

이것은 다시 말이 되겠거니와、 韓國民이 外國의 援助 없이도 自立經濟를 成就하고
國家를 維持하려면、 우리 自身의 힘으로 年間 三億弗 即 舊貨로 換算하면 三千九百億
圓을 더 벌어들여야 한다는 뜻이 된다. 그러나 이 額數는 어디까지나 國家經濟의 收
支에 그칠 뿐이다.

國家의 工業化、 其他 諸經濟의 向上을 爲하여는 그 보다 몇 倍나 더되는 額數를 벌
어들이지 않을 수 없는 것이다. 不可能하다고 돌아 앉을 것인가.

破綻에 直面하였던 民族經濟

그러나 舊政權은 이 돈을 벌어 드리기는 커녕, 外國에서 공짜로 주는 돈도 제대로 使用하지 못하였거니와 徹頭, 徹尾, 浪費에 一貫하였을 뿐이다.

國內는 政治, 社會의 破局的인 事態가 間斷 없고, 이를 틈타서 物價는 昂騰 一路 上昇하였으며, 通貨의 膨脹은 앞날의 韓國經濟에 크나큰 威脅을 加하고 있은데 對하여, 國外는 美國의 援助가 順次的으로 削減되어 갔고, 外來商品이 奔流처럼 흘러 들어와, 國家經濟를 一敗塗地의 境으로 化하게 하는데도 舊政權은 그저 無感覺한채 낮잠에 閑暇하였다.

하루 速히 自主經濟를 確立하고 이렇게 함으로써 第一次的으로 經濟戰에서 共産 北韓을 이겨내고, 最少限度나마 國際社會의 一員으로서 對應할 수 있는 力量을 示顯 行勢하였어야 하였다.

다시 여기서 거듭 말하거니와, 革命은 이같은 經濟的인 使命感에서 擧事되었다는 것이다.

三、四·一九革命의
流産과 民主黨 政權

數많은 犧牲者를 내어야 하였던 光榮의 四·一九革命은 마침내 全民衆이 渴求하여

마지않았던 第二共和國의 出現을 보게 되었으나, 不勞所得으로 政權을 차지한 民主黨

政權은

1、 그토록 高貴한 犧牲의 代價로 成就한 革命을 未完成으로부터 完成에로 이룩하였
어야 할 責任있는 政權이었음에도 不拘하고 그 使命에서 逆行한 말하자면 反革命的
背信者였으며,

2、 韓國民族이 史上 最初로 成事한 民權革命을 그대로 이끌고 나아가 民族中興의
一大 契機를 지을 好機를 스스로 門 닫은 歷史에의 反動이었고,

3、 革命自體의 國民的 支持는 勿論、 院内 2/3 線을 凌駕하도록 絶對的인 安定線을
賦與함으로써 國家 大權을 白紙委任하다시피 하였는데도 國民의 所望을 完全히 背叛한
不信 集團이었다.

또한 그들은

1、 分裂과 相殘으로 國政을 뒤로 하였으며,

2、 美國의 精力的인 支援에도 不拘하고 스스로의 柔弱과 無能으로 恒時 政權 自體
가 흔들리고 있었고,

3、民主政治의 發芽期라고 할 수 있는 이 時機에 있어 스스로의 잘못으로 政黨과

國會와 政治自體를 國民으로 하여금 不信하게 하였고、

4、自由黨의 暴政과는 反比例한다 하여 허울 좋은 民主假飾으로 社會 全般에 混亂

을 招來하고 道義를 땅에 떨어뜨렸다。뿐만 아니라、

5、自由黨 못지않는 疑獄事件이 續出하였고、

6、哲學과 理念과 政策을 生命으로 하고 組織과 科學과 知識을 발판으로 하는 現

代政治에 있어서、時代錯誤도 類萬不同인、그야말로 春秋戰國時代에 흔히 있어 오던

群雄割據의 天下처럼、聲大誇張의 態가 아니면 封領、閥族類의 系譜政治를 서슴치 않

는 後進政治의 典型이 되었으며、

7、政治의 本道를 忘却하고 輕薄한 巷說에 迎合하기 爲하여、人氣 賣名主義로 또는

小兒病的인 英雄主義에 사로잡히는 等、民主黨 政權에 對한 國民의 失望과 憤怒는 一

히 여기서 늘어 놓을 겨를조차 없다。

이것은 이미 國民學校 高學年程度이면 直接 目睹한 일일것이고、또한 別著 〈우리

民族의 나갈길〉에서도 所詳히 論及한바 있으므로 大略하고자 한다。

七・二九選擧를 當하여는 벌써 不正選擧를 敢行하였고、暴徒的 選擧事犯을 庇護하

였고、一國의 元首、總理、議長의 選出을 當해서는 公公然히 票를 買收하는 蠻行을

恣行하여 마침내 國家와 民族의 威信을 失墜하게 하고 말았다。

그 有名한 重石事件은 무엇을 말하며, 自由黨과의 內通說이며, 不正蓄財者의 處罰

은 事實上 그들의 政治資金 收奪과 흥정되었고, 執權 幾個月間에 政府나 國會內에 敢

行된 不正 情實人事 件數는 無慮 二千餘件에 達하였고, 大小의 利權인 그 爭奪相이 흡

사 魚市場 樣相을 露呈하였다.

中小企業者는 一部 前項에서도 論及한바 있지마는, 八割以上을 문닫게 하였으며 國

民의 購買力은 極度로 衰退되고, 國內生產品은 外製로 因하여 姑息的狀態를 免치 못하

매 終局은 深刻한 社會不安과 國家의 安危를 물을 境地까지 몰아 넣었다.

이러한 틈을 타서 共產毒牙는 漸次 눈에 보이도록 까지 接近하였으며, 革新勢力의

자국을 따라 그 勢는 可히 解放以來 最大規模로 強盛하였고, 〈中立朝鮮〉을 提唱하는 等

及其也는 南北韓 自體의 共同委員會가 板門店에서 提起되기에 이르렀다. 그 뿐이랴!

白晝에 暴力이 議事堂에 亂舞되고, 日本의 勢가 짙어와 政治、經濟、文化、社會에

그 얼굴을 선 보이는가 하면, 더러는 〈解放前으로 되돌아 가지나 않았나〉하는 錯覺마

자 느끼게 했던 것이다.

眞正한 意味에서의 韓國과 日本의 提携라면 누가 마다 할 것인가. 이것은 民主黨 政

權의 無原則 無定見과, 이 以前에 政權內部에 潛在하고 있던 親日 韓民黨勢力의 擡

頭에서 비롯된 結果일 뿐, 其 以外의 아무것도 아니었다.

첫째, 親日과 美國 一邊倒主義로 우리의 主體意識을 喪失케한 排他政權이요,

이렇게 볼 때 民主黨 政權은,

두째、 잠잠하던 赤色、 灰色、 白色이 再擡頭하였으나 끝내 吾不關으로 放任하던 色

盲政權이요、

세째、 朝夕으로 都市와　農村에 넘치던 데모隊로 因하여 갈피를 못잡던　流浪政權

이었다고 할 수 있다。

要컨대、 民主黨 政權이 交替되지 않을 수 없는 根本原因은、 自由黨 政權에 對하여

〈못살겠다 갈아보자〉던 갖가지 自由黨政權의 〈失政事項〉、 그것이 곧 執權後 民主黨

政權에 依해서 되풀이 되었다는 것이다。

이렇게 볼 때 民主黨이란、 看板만 다를 뿐 그 內容은 自由黨과 조금도 다를바 없었

다는 結論이 나올 수 밖에 더 없지 않은가。

四・一九 學生革命은 表面上의 自由黨 政權을 打倒하였지만、 五・一六 革命은 民主

黨 政權이란 假面을 쓰고 妄動하려는 內面上의 自由黨 政權을 뒤엎은 것이었다。

本人이 機會있을 때 마다 五・一六 軍事革命이 四・一九 學生革命의 延長이라고 强

調한 理由가 實로 여기에 있었던 것이다。

熾烈을 極하던　數많은 戰鬪에서 우리 國軍同志들은 참으로 勇敢하였다。

外敵을 물리치고 이번에는 國內에서 外敵以上으로 나라를 亡치고 있는──分明히

이것은 內敵이다──舊政客들을 向하여 漢江을 건넜다。

누구는 그 같은 非常手段을 不滿하였다。

누구는 國土防衛의 使命에 背馳된다고도 하였다。

・74・

그러나 그만한 雜音은 우리 귓전을 어쩌지 못한다。 그 만큼 우리의 鼓膜은 戰鬪場에

서 이미 그렇게 옅을수 없게 되어 왔었던 것이기 때문이다。 말하자면 國民의 眞正한

喊聲外에는 들리지 않는다는 뜻이기도 하다。

漢江을 건너면서 本人은 많은 생각을 하고 있었다。

民主黨 政權의 舊惡도 舊惡이려니와、 보다도 本人의 腦裏에 맴돌고 있는 것은 韓國의

政治的인 病弊와 그 至毒한 痼疾을 어떻게 解決하느냐는 問題였다。

韓國政治의 이 같은 症狀은 非單 民主黨 政權 하나에 局限되는 것이 아니었다。 自由

黨이고 新民黨이고 無所屬 할것없이 거의 共通的인 것으로、 말하자면 韓國 特有의 惡

遺産的이라 볼 수 있다。

따라서 이에 對한 根本的인 對策없이는 우리는 恒時 마음을 놓을 수 없는 政治〈노

이로제〉를 免치 못할 것이다。

故로、 여기에 必然的으로 提起되는 課題는 〈舊政客과 第三共和國의 關係〉를 어떻게

設定할 것인가에 集約된다。

이는 어디까지나 一個人이나、 一集團에 局限된 것이 아니고 根本的으로 韓國政治의

生理를 體質改善하여 完全히 새로운 政治風土를 造成하는 길을 말한다。

다음으로、 民主政治에서도 하나의 强力한 指導原理가 確立되어야 하겠다는 것이

다。 勿論 民主政治에 있어 그 基幹은 政黨과 議會에 있고、 그 精神的인 基底나 理念、

政綱 政策等에 있다는 것을 모르는바 아니나、 같은 保守主義 路線으로 同一性의 社會를

實現할바에는　民主的　政治權能보다　一貫性　있는　强力한　指導原理가　要請되지　않을　수 없는　것이다.

그리고는　制度에　關한　것이다.

西歐的　民主主義制度가　우리　韓國과　같은　後進國　事情과　調和되지　못하고　갖가지 副作用을　招來하였음은　이미　우리가　切實히　痛感하여　왔던　事實이다.

간신히　封建社會의　範圍를　벗어나자　急作스럽게도　完全한　民主社會로　轉換하자니　馴 致될　理가　없다.

따라서　우리는　어떠한　形態이던,　하나의　새로운　制度를　設定하여야　할　것이다.

끝으로는,　韓國政治의　病弊原因을　찾아　改善하는　일이다.

이　原因은,　보는　사람에　따라서는　달리　볼　수도　있을　것이나,　本人은　去頭　切尾하고 다음　세　가지를　들고싶다.

첫째,　有權者　大衆이　政治에　對하여　無關心하고　너무나　輕視하고　있다는　것이다.　말 하자면　政黨과　議員의　選擇에　소홀하다는　것이고

두째,　政治人　自體의　派閥　意識을　들　수　있고,

끝으로　政治資金의　非公式　調達制度等이　그것이다.

따라서,　우리는　恒久的으로　政策을　通하여,　經濟的　施策을　通하여,　社會的　啓蒙을

通하여、 民度의 向上을 期하고、 舊政客과 代替할 수 있는 世代交替를 促進하고、 選擧
内容을 硏究하는 一方、 政治資金에 對한 公式調達制度를 講究하지 않으면、 到底히 그
와 같은 韓國의 政治를 面目一新하게 할 수 없을 것이라 確信하는 것이다。

四、 廢墟의 韓國社會
　　―우리의 것을
　　　잃어 버렸다

革命以前의 韓國政治가 이러할진대、 한편 이 나라의 社會는 어떠하였는가。
不安한 政治情勢와 刻薄한 經濟事情 等으로 社會 諸狀況은 한 마디로 말해서 來日
없는 破局前夜라 할 수 있었다。

精神的으로는 正常的인 焦點을 喪失한지 오래였고、 寸步前도 내다 보이지 않는 앞
날의 景況! 정말 어떤 詩人이 노래하였듯이 캄캄한 〈코리어〉의 대낮! 그대로였다。
들리느니 嘆息이요、 저주요、 아우성! 그러나 짓궂게도 바로 이 이웃에는 金樽美酒
에 高歌聲이 있었다니、 참으로 딱한 合唱이었다。

政治活動을 全面的으로 解除한 後에 民主黨 再建派들은、 그들이 執權하던 九個月間
을 가리켜 民主政治의 滿發期라고 詭辯을 吐하고 國民들을 眩惑하고 있으나、 事實인즉

千萬의 말씀이다.

史前史後 있어 보지도 않았고 이저질 수도 없을、그 混亂과 恐怖、그리고 商去來조

차 無秩序한 社會事情、그 뿐만이 아니었다.

六五〇對一의 換率은 하루 아침에 一躍 一、三〇〇對一로 껑충 뛰어 올랐고、社會의 混亂을 틈타 저들은 利權과 派爭에 골몰하지 않았던가. 完全히 無政府狀態라 할 수 있었다. 眞正 그와 같은 것을 民主主義의 滿開相이라 한다면、우리는 우리가 아는 民主常識에 修正을 加하지 않을 수 없겠다. 그것을 가르켜 自由의 樂園이라 한다면、우리는 우리가 알고 왔던 自由의 槪念에 疑問符를 달지 않을 수 없을 것이며、그에 對한 恐怖를 느끼지 않을 수 없다.

왜냐하면、그 當時에 누리던 自由란 딴 것이 아니고、破壞와 暴行、無法、間諜의 橫行等을 더불고 있었기 때문이다.

本人은 그와 같이 退潮하는 社會 諸相보다도、國民의 精神이 解弛되고 無氣力하게 되어 가는데 크게 關心하였다. 말하자면 〈우리의 것〉、〈韓國的인것〉、〈韓國人的인 것〉은 漸次 退化 消滅하여 가고、代身 〈美國的인 것〉、〈西歐的인 것〉그리고 〈日本的인 것〉이 登場하려는데는 끝없는 憤怒를 누를 길이 없었다.

民主黨 政權은 이를 釋解하여 現代文明社會에의 發展이요、開花라 할른지 모른다.

그러나、이것은 分明히 韓國을 잃어 가고 있다는 것이다.

우리의 權威、우리의 尊嚴性、우리의 主體性이 이렇듯 자꾸만 거세인 〈남의 것〉에

밀리어 마치 風前 燈火格으로 깜박거리고만 있었으니, 참으로 痛憤한 일이다. 그러나

누구 하나 이 憤怒를 憤怒로 抗拒한 사람이 있었던가.

勿論、 젊은 學徒가、 空疎한 愛國論만을 高唱하는 政治家가、 感傷的인 文學家가 이

斜陽에 선 國家와、 染色되어가는 民族魂을 바로잡기 爲하여 몸부림 치지 않았다는 것

은 아니다.

그러나 이들의 純粹한 몸부림이 果然 무슨 힘이 되었던가.

집은 있어도 門牌는 남의 것이었고、 族譜는 있어도 私生兒를 免하지 못하였던, 지난

날의 그 責任은 누구에게 있는가? 두말 할 것 없이 舊政客들에 있다.

五、 五・一六革命

軍은 政治에 關與하기를 願하지 않는다. 또 할 수도 없다.

四・一九 學生革命이 逆徒의 銃擊으로 事實上 危機에 直面하였을 때도、 軍은 忍耐

하며 單只 그 歸趨만 注視하였을 뿐、 끝내는 本然의 任務에만 充實할 수 밖에 없었

던 것은 國民諸位가 實際 본바 그대로다.

그러나 勘耐와 傍觀은、 結局 同一한 槪念下에 集約될 수 없는 일이었다.

限度가 있는 法이요、 結코 無能한 채로 있을 수 없는 일이었다.

叙上한 바와 같이 民族經濟가 破綻 弄絡되고、 舊政客들의 妄擧와 罪惡이 極에 達하

며 社會가 混亂될 대로 混亂됨으로 하여, 不遠한 將來에 亡國의 悲運을 맛보아야 할 緊迫한 事態를 보고도, 勘耐와 傍觀을 美德으로, 허울 좋은 國土防衛란 任務만을 固守하여야 한단 말인가.

恒時, 正義로운 愛國軍隊는 勘耐나 傍觀이란 虛名을 내세워 腐敗한 政權과 〈共謀〉할 수는 到底히 없었던 것이다.

말하자면, 五·一六 革命은 이 〈共謀〉를 拒否하고, 박차고 內敵의 掃蕩을 爲하여 出動한 軍의 作戰上 移動에 不過하다고 要約할 수 있을 것이다.

그같이, 本人은 四十平生의 全 生涯를 걸고, 뜻 있는 同志들과 寸時를 아껴가며 救國의 方法을 熟議하였다. 自由黨 政權의 末期무렵이었다.

마침내, 二·二八 大邱學生 示威가 端初되어, 거센 四·一九 學生革命이 爆發되었다.

참으로 多幸한 일이었다. 軍의 出動없이도 民權革命은 벅찬 感激으로 一旦 成功된 것이다.

그러나, 數百學生의 犧牲과 數十萬 民衆의 示威로 爭取된, 이 民族의 希望은, 民主黨 政權의 登場과 同時에 이미 깨어지기 시작하였다.

民主黨 執權 九個月의 無能과 危急을 告하던 當時의 諸事態는, 前述한 바와 같거니와, 本人은 마침내 革命同志들과 더불어 蹶起하기로 決心했다. 조금도 興奮하지 아니 하였다.

어떤 思想的 指導者로 自處하려는 爲人은, 四·一九革命을 대낮의 公事에 比하고,

五·一六 革命을 밤의 學事에 比喩하여, 이 革命에 흠을 잡으려 하였지만, 여기서 明白히 指摘하려는 것은, 그 時刻이 밤이 아니고, 바로 〈새벽〉이었다는 事實이다.

새벽! 그것은 바로 이 革命의 目的을 象徵하는 時刻이다.

〈民族의 黎明! 國家의 새 아침!〉

金浦의 革命街道를 밟으며 本人은, 밝아오는 오늘의 아침을, 그리고 그 太陽을 마음 속으로 가득히 그리고 있었다.

그 때, 앞서 가고 뒤 따르던 革命 同志들의 表情은 지금도 잊을 수가 없다. 三十代의 靑春을 民族에 걸고, 오직 한 나라의 運命을 바로 잡으려던 저들 모습 뒤에는, 사랑하는 아내와 아들 딸, 그리고 老母와 老父가 계시지 않는가. 아니, 人生의 꽃으로 아직 열매조차 맺지 않는 靑春이었다.

눈물 겨웁도록 聖스러운 人間像이었다. 흐르는 漢江을 내려다 보며, 本人은 그 江물이 어제 흐르지 않던, 새 물결이었음을 깨닫기도 하였다.

묵은 것은 있을 수 없고, 언제나 새로운 것으로 歷史는 저렇듯 흐르는 것이다. 그것은 어길 수 없는 大自然의 攝理요 敎訓이 아닌가.

革命의 公約 우리의 至上目標는 두 말할 것 없이 四·一九 革命을 繼承하고, 經濟政治、社會、一般文化의 向上과 新民族 勢力을 培養하는데 있었다. 本人은 이 互創한 새 歷史의 素地를 닦기 爲하여, 當面한 行動綱領으로서 革命公約을 公布하였다.

反共을 國是의 第一義로 삼고, 지금까지 形式과 口號에만 그쳤던 反共의 態勢를 再整備 强化함

으로써, 外侵의 危機에 對備하고,

國聯憲章을 忠實히 遵守하고 國際協約을 履行하며, 美國을 爲始한 自由 友邦과의 紐帶를 强化함

으로써, 國際的인 孤立에서 벗어나야 하고,

舊政權下에 있었던, 모든 社會的 腐敗와 政治的인 舊惡을 一掃하고, 淸新한 氣風의 振作과 頹廢

한 國民道義와 民族正氣를 바로 잡음으로써, 民族 民主精神을 涵養하며

國家自立 經濟再建에 總力을 傾注하여, 饑餓線上에 彷徨하는 民生苦를 解決함으로써, 國民의 希

望을 提高시키고,

北韓共産勢力을 뒤엎을 수 있는 國家의 實力을 培養함으로써, 民族的 宿願인 國土統一을 이룩한다.

以上의 目標를 達成하기 爲하여, 軍官民이 總力을 集中하여야 한다는 內容이, 바로 그

것이다.

革命 初期, 우리는 舊惡의 一掃에서 부터 着手하여, 經濟開發 五個年 計劃에 이르기

까지 不撤晝夜, 온갖 精力을 傾注하였다.

밤이 이슥한데도, 全國의 官公署 建物은 참으로 歷史上 類例 없이 밤에도 執務하는

電燈으로 밝아 있었다.

그러나, 이같은 우리의 努力에도 不拘하고, 目的하는 課業은 제대로의 成果와는 달

리 相當한 蹉跌을 가져 왔다.

政治活動 再開後에 있은 舊政客들의 妄動이나, 그 以前에도 陰陽으로 加하여지던 어

떤 힘의 作用에 對하여는 別章에서 言及하기로 하고 여기서는 留保한다.

第 二 章

革命 二年間의 報告

第二章 革命二
年間의 報告

마치 도둑 맞은 廢家를 引受한것 같았다고 本人은 政權引受 所感을 앞에서도 實吐

한 바 있지만, 참으로 빈 털털이, 바로 그것이었다.

앞을 바라 보거나, 뒤를 돌아 보거나, 아무리 눈을 닦고 左右를 살펴 보아도、本人

에게 勇氣를 주는 樂觀이나 希望은 그 斷片 조차도 찾을 수 없는 空家! 그리고 重難

과 隘路로 둘러 쌓인 環境, 달리 表現하자면、사람의 손이나 발이 여태 닿지도 않은

채、내버려 쌓이기만 하던 塵芥場 한 복판에 서 있는듯 하였다.

참으로 이러한 터전에서 용하게도 살아 왔구나 싶었다。

本人은 그럴 수록 勇氣 百倍하였다。이것은 軍隊라는 環境 가운데서 잔 뼈가 굵어지

는 동안 이 얻은 信念――意志 그것이었다고 함이 옳을 것이다。

우선 이 더럽혀진 地域을 삽을 들고 말끔히 치움으로써、다시는 病菌이 發生 못하게

하고、强力한 消毒을 實施함으로써、一方으론 失意와 饑餓에 허덕

이는 家族들을 爲하여 穀食을 심는 일이요, 그리고 整地된 이 땅위에 물 벼락이 쳐도

끄떡하지 않는 집을 짓는 일을 向하여, 決意를 다시 가다듬었다.

一、舊惡의 淸
掃와 環境整理

그와 같은 어지러진 地域을 말끔히 淸潔하게 한다는 것은 무슨 뜻인가.

勿論、淸潔의 對象은 쓰레기다. 舊 政客이다.

이에 對한 對處없이 淸潔은 何等 意味가 없다. 革命은 無意味한 것이 되고마는 것이다. 우리의 事情에서만 그런 것이 아니고, 이것은 世界的인 革命의 本質이냐, 歸結에서도 이미 常識化된 것이다.

四・一九 革命이 完全한 革命으로서 結實을 보지 못한 것은 바로 여기에서 그 原因을 찾을 수 있다. 淸掃의 請負를 남에게 委任하였다는 데서 그 革命은 單只 義擧로서 變色될 수 밖에 없었던 것이다.

같은 同胞가 같은 同胞를 가두고 處罰한다는 것은 참으로 가슴 아픈 일임에는 틀림없다. 그러나 大義의 名分앞에서는 값싼 人道主義(嚴格히 말해서는 그렇게 말할 수도 없지만)나, 感傷的인 道德觀에만 얽매일 수 없는 일이 아닌가.

눈물을 머금고, 眞正 눈물을 머금고, 本人은 그들을 嚴斷하지 않을 수 없었다.

이것은 明白히 말하여 두거니와、革命에 뒤따르는 하나의 形式主義的인 것도 아니
며、原始的인 應報의 方法도 아니라는 點이다.

마땅히 있었어야 하는 일이었고、또 그러기에 二九〇日間에 걸친 公正하고 合法的
인 裁判의 過程을 거쳐서 冷徹한 手段으로 이루어진 것이다.

二五〇件의 裁判에 連累된 人員은 六九七名、여기에는 相當數의 極刑이 包含되고
있다.

人間의 罪는 밉되、그 人間은 미워할 수가 없다. 하물며 한 집안의 家長、支柱를
잃은 家族을 생각하면 참으로 가슴 아픈 일이다.

이 悲劇의 敎訓이 거울이 되어 다시는 이같은 일이 되풀이 되어서는 안될 것이다.

한편、舊政의 責任을 지고 裁判臺에 선 高位 政客과 더부러、지난날 이들과 秕政에
共謀되었던 數千의 群小政客에 對하여서는、政治淨化法을 制定 公布하여 反省의 機會
로 삼게 하였다.

이들의 反省과 雜音의 除去 없이는 百事가 順調롭게 進行될 수 없다는 理由도 없는
바 아니었다.

國民諸位가 아시다시피 이들이 잠자고 있게 됨으로써、革命大業은 迅速하고도 알찬
結果를 맺어 왔다. 이것은 그동안에 國民諸位가 一目瞭然하게 알 수 있는 일이었다.

그러나 언제까지 그들을 묶어 놓을 수는 없는 일이었다. 革命課業과 民主課業이란
二律背反의 〈딜레머〉앞에서는 참으로 망서리지 않을 수 없게 되었다.

이들이 다시 政界에 進出한 그 날부터 國家 民族이 期待하는 革命大業이 얼마나 不當하게도 國民에 曲解 宣傳되어 支障을 가져 왔으며、 또 지금도 오고 있는가. 참으로 怨痛할 일이다.

여기에 또한 政治와 不可分의 關係를 맺으며、 그 그늘에서 온갖 社會惡을 서슴치 않고 潛行하고 온 經濟界를 우리는 銳利하게 解剖하였다.

事實은 政治보다 먼저 肅淸되어야 할 對象이었던 것임은 새삼 말할 겨를이 없는 것이다.

革命政府는 이들 不正蓄財者 五九名에 對하여 總額 五七億五、二五四萬三、三六八원 (外貨辨濟額 八億九、八七五萬九、一〇八원 包含)을 沒收 判定하였다.

勿論, 이들에 對한 措置는 四·一九以後 民主黨 政權에 依하여 한 때 手術臺에 오르기는 하였었다.

그러나 그것은 國民의 눈을 弄絡하기 爲한 演劇에 不過하였고、 그들의 政治資金의 捻出을 하기 爲한 方法에 지나지 않았다는 것은 앞에서 指摘한바 있다.

革命政府는 이 外에도 行政部門의 不必要한 諸 制度를 刷新하였다.

制度의 刷新 없이는 發展의 터전을 期約할 수 없기 때문이다.

또한 總 六一四件의 各種 舊法令을 整理하고 三七二件의 舊法令을 法律、閣令、部令으로 代置 整備하는 同時에 二、八九〇餘件의 諸法令을 整理하였고、 韓末以來 傳來되어 온 各種 公文書와 二、九二七種에 達하는 民願書類를 簡素化하여、 對民行政에 一

大手術을 斷行하였다.

다음은 **建國功勞者**에 對한 **表彰**이다.

舊政權은 여기에 對하여 至極히 無誠意하였다.

獨立 愛國鬪士의 後裔가 生活難에 허덕이고 있는 慘狀이 날마다의 新聞紙面을 메우고 있어도 그들은 〈내 모른다〉하였다.

이에 對하여 革命政府는 그들의 功을 讚揚하고 生活을 扶助하는 方案으로서 二〇五名의 建國功勞者와 一八六名의 四·一九 有功者, 그리고 二, 八七六名의 社會有功者를 表彰하였다. (一九六三年 七月 現在)

이것은 國民의 氣風을 바로잡고 信賞 必罰의 紀綱을 確立하려 함에서였던 것이다.

倫落女性問題에 對하여는 時急하고도 强力한 行政的 措置를 痛感하였다.

社會의 裏面을 누비면서 그들이 가는 곳은 惡이 도사리고 暴力 其他 社會不安을 釀成하였다.

따라서 이의 解決 없이 社會의 健全은 到底히 期待할 수 없는 일이다.

生活難의 副産物로 登場한 그 原因이 밝혀져 있는 以上, 이들에 對하여는 公開的인 特定 赤線地帶를 設定하여 民間 社會와 絶緣케 하는 一方 그들에 對한 職業의 輔導를 講究함으로써 漸次的인 結果를 期待하고 있다.

二、革命二年
間 의 經濟

第一次的으로 政界를 淨化한 革命政府는 第二次로 經濟 向上에 總力을 集中하였다.

1、**第一次 經濟開發 五個年 計劃**　革命公約 第四項에서 〈政府는 民生苦를 時急히 解決하고……〉라고 한 것은 國家 自主經濟의 確立을 뜻한다.
建國 以來 처음으로 우리는 〈經濟開發 五個年 計劃〉을 樹立하고 그 巨步를 내디디었다.

本是 이 計劃의 最大 主眼點은 韓國의 社會的 經濟的 發展을 阻害하는 一切의 腐敗、不正、社會惡을 除去하여 새로운、健全한 經濟의 秩序를 세우며、資源의 合理的인 配分과 效率的인 使用을 通한 經濟發展의 土臺를 堅固히 하고 工業化와 其他 産業構造를 均衡있게 하기 爲함에 있었다.

舊政權때 十餘年을 두고도 끝내 机上의 案으로 서랍속에 들어갈 수 밖에 없었던 이 計劃案은、將來 成功與否 보다도 于先 案을 完成했다는 그 하나만으로도 充分한 價値가 있는 것이다.

이것은 端的으로 말해서 民族 國家 經濟再建에 革命政府가 얼마나 크나 큰 關心을 가지고 있으므로, 國民의 死活問題로서 얼마나 重且大한 것인가를 證明하는 본보기라 하여도 좋을 것이다.

이제, 이 計劃의 槪觀을 紹介하여 國民諸位와 더불어 檢討하여 보기로 한다.

여기에 開發하려는 目標의 重點은 다음과 같은 것이다.

가, 五個年 計劃의 基本方向

이 計劃을 遂行하는 期間 동안의 經濟體制는 되도록 民間의 自由와 創意를 尊重하는 自由企業制度를 原則으로 하고 있다.

그러나 基幹産業 部門에 있어서 만은 政府가 直接 間接으로 公的 部門에 注力 關與한다. 이는 그렇게 함으로써 民間의 自發的인 活動과 意慾을 刺戟할 수 있기 때문이다. 即〈企業指導主義〉를 擇하고 있다.

1. 電力 石炭, 〈에네르기〉供給源의 確保
2. 農業生産의 增大에 依한 農家 所得의 上昇과 國民經濟의 構造的 不均衡의 是正
3. 基幹産業의 擴張과 社會 間接資本의 形成
4. 遊休産業의 活用, 特히 雇傭의 增大와 國土의 保全과 開發
4. 輸出增大를 主軸으로 하는 國家收支의 改善
6. 技術의 振興

이러한 開發 目標를 達成하기 爲하여서는 무엇보다도 人的 資源과 自然資源과의 合理

的인 結合이 앞서야 한다.

우리가 가지고 있는 것은 그대로 最大로 活用할 것이지만 그래도 不足되는 것은 (財源 技術、 外國借款等) 外資導入으로 메우지 않으면 안되는 것인데 그러한 資源供給을 爲하여서는

1. 國內資源의 最大限 動員과 外資導入의 促進 및 政府保有弗의 計劃的 使用

2. 國內 勞動力의 最大限 活用에서 오는 資本化

3. 健全한 成長過程을 爲한 安定된 바탕 위의 發展을 期하도록 하여야 하는 것이다.

나、 五個年 計劃의 內容 이 開發 期間中의 經濟 成長率은 年 平均 七・一%이다。 五個年 동안의 國民 總生産은 四・七%로 增加시키고 目標年度의 國民 總生産은 三、二○○億원으로 한다。

輸出額은 基本年度의 四・二倍인 一三、八○○萬弗로 增大시켜 國際收支를 改善하고 産業構造를 均衡化하여、 第二次 産業의 比重을 第一次 年度의 一九・四%에서 二六・一%로 높이도록 한다。

그리고 이 計劃 全體에 投資되는 總額 三、二○○億원은 國內 調達이 七二・二%인 二、三○○億원이고 나머지는 外資로 되어 있다。 이 中 內外資 總額의 四四%에 該當하는 一、四二八億원은 民間負擔으로、 나머지 五六%인 一、七八○億원은 政府가 調達하도록 되어 있다。

그리고 産業別로 본 投資內容은 總 投資額의 四九%를 電氣, 交通, 通信, 住宅 等의 第三次 産業部門에, 三四%가 鑛工業인 第二次 産業部門에, 農村, 水産界를 爲한 第一次 産業部門은 十七%로 되어 있다.

이에따라 第一次 産業은 第一次 年度의 五·三%가 目標年度에는 六·二%로 增加되고, 第二次 産業은 十一·一%에서 十七·三%로, 第三次 産業은 三·八%에서 四·八%로 各各 成長하도록 되어 있다.

그런데 이에 所要되는 財源은 어디까지나 國民總生産에서 消費되고 남은 國內貯蓄과 外國援助와 外資導入에 依하여 마련될 것이며 財貨面으로는 消費材 生産을 抑制하고 生産을 增大하며, 輸出에 依하여 獲得되는 外貨로 充當되게 하였다.

한편 國內 財源中 가장 期待되는 貯蓄은 過去 國民 總生産의 三·七%로부터(이 計劃期間 동안에는) 八·七%로 늘이도록 豫見되고 있다.

海外資源의 投資期待率은 初年度의 八·六%에서 十三·九%로 增大하였다가 計劃 後半期에 와서는 國內貯蓄의 增大로 漸次 줄어 든다.

이러한 가운데 外資調達은 美國 援助政策의 轉換에 따라 無償援助가 減少될것이므로 長期 開發借款과 其他 友邦으로부터의 外資導入을 積極 서둘러야할 것이다.

다, 五個年計劃의 實績   第一次年度를 끝마치고 第二次年度에 접어든 이 計劃은 지금 豫定대로 活潑히 進捗되고 있다.

그러면、 그동안 第一次年度에 있어서의 實績을 살펴 보기로 하자。

이 期間中에 計劃된 事業은 第一次 產業部門이 十九個 事業體、 第二次 產業部門이

三九個 事業體、 그리고 第三次 產業部門이 五〇個 事業體로 都合 一〇八個 事業體인

데、 이것을 各 進度別로 보면 그 實績은 다음과 같다。

資金 執行面

政府部門은、 財政 融資計劃 二八五·四億원의 八六·二一%에 該當하는 二四六億원이고

民間部門은、 資金計劃 九九億원의 五五·五%인 五五億원이 執行되었는바、 民間部門이 이같

이 不振한 것은 그것이 純粹한 民間事業이므로、 그 執行狀況 把握이 困難한데서 나타나는 現象

이지만、 實際 總額은 相當히 높은 것으로 期待된다。

內 外資別

內資는 計劃總額 三三二七億원에 對하여 八〇·五%인 三七一億원이고

外資는 四七·五億원의 六二·五%인 二九·七億원이 執行되었다。 外資面이 不振한 까닭은

借款을 包含한 外國으로부터의 物資 導入이 늦어진데서 오는 것이다。

產業別

第一次 產業部門은、 年間計劃 總額數 九八、四億원의 九七·四%인 九五·九億원이었고

第二次 產業部門은、 一一〇億원의 七五·一%인 八二·七億원이고

第三次 產業部門은、 一七六億원의 七〇%인 二三四億원이 執行되었다。

그리고 이 資金執行 實績中에서　政府部門이　八一·五%인데　比하여　民間部門은　七

○%의　指數를　나타내고　있을　뿐이다.

比率別　分析

以上　一○八個　事業體　中에서　審査　分析을　對象으로　一○二個　事業을　基準으로한　事業推進狀

況을 보면, 一○○%以上 達成된 事業이 三一個 事業體이고, 九○%以上이 四七個, 八○%以上

이 八個、나머지 六個 만이 六○% 以下로 低調하다.

本人은 以上에서 經濟開發 計劃의 第一次年度 狀況을 槪觀하였다.

비록 百%의 進行은 보지 못하고 있다 하겠으나, 兩次에 걸친 革命을 치룬 內外 情

勢와 許多한 不利 與件、特히 이 事業에 絕對 不可缺한 外資導入上의 交涉 時日關係

와 國民들의 積極的인 協調의 不足等에도 不拘하고 그만큼이라도 進捗을 보았다는 것

은 實로 超現實的인 實績이라 하지 않을 수 없는 것이다.

特히 우리가 前記 分析에서 본것과 같이 民間部門에서도 政府部門에 못지않는 奮發

이 있어야 하겠다는 것이다.

本人은 어떠한 難關、어떠한 隘路와 마주치는 限이 있더라도 이를 克服하고 成功의

길로 邁進하여 나갈 것이다. 이것은 大局의 責任을 가지고 있는 本人의 至上義務라고

믿기 때문이다.

이 計劃의 成功 없이 우리의 自立經濟는 確立될 수 없을 것이고, 따라서 革命한 보

람이 없게되는 것이 아닌가.

國民諸位가 銘心하고 다짐할 點은 바로 이것이다.

이 計劃의 完遂없이 自主獨立도 福祉社會 建設도 한갓 첫 口號에 不過하기 때문이다.

더구나 이 五個年 計劃은 참으로 앞으로 二次、三次、四次、五次 年度에 보람이 열려지는 것이다.

俗談에도 〈시작이 반〉이라 하지 않았는가.

勿論、經濟 專門家들이 말하는 無理도 缺陷도 없는 것은 아니다. 아니、없다는 것이 거짓이다. 다만 알고 있느냐(알고 하느냐)、모르고 있느냐(모르고 하느냐)의 差異 밖에 없는 것이다.

더구나 이 計劃 實行中에 惹起될 갖가지 災害 같은 것은 크나 큰 打擊이 될것도 뻔한 일이다. 第一次 年度에 있어서 未曾有의 凶作은 그 좋은 본보기이기도 한것이 事實이다. 그러므로 結果的으로 이 計劃은 相當한 蹉跌조차 가져 왔다.

그러나 無에서 有를 얻으려면、다가 올 많은 事態를 두려워만 하고 있을 수도 없는 노릇이 아닌가.

奇蹟은 行動에서 얻어지는 것이다.

〈라인〉江의 奇蹟은 苦難이 낳은 것이 아니고 무엇이었던가.

그러한 奇蹟은 또한 財力이나 環境의 與件이 만든 것이 아니었고、오로지 하고야 말

革命 2年間의 經濟

겠다는 團合된 國民的 精神과 努力의 所産이었다고 本人은 믿고 있다.

2. 外資導入實績과 그 槪況

革命政府는 이 計劃의 關鍵인 外資導入을 爲하여 總力을 다하고 있다.

別項 外交面에서도 言及이 되겠지만, 이 導入을 爲하여 自由世界는 勿論, 中立陣營 까지 經濟外交를 强化한 것도 모두가 이 까닭이었던 것이다.

即 外資導入 以外에도 輸出市場의 開拓 確保等이 있다. 안으로는 外資導入에 對한 運用을 科學化하고 管理에 關한 事務를 一元化하는 一方 經濟協力局을 創設하였으며 外資導入法을 改正함과 아울러 同 施行令과 施行 細則까지 公布한바 있다.

勿論, 이 以前에 經濟企劃院을 新設하고 그 院長의 職位를 副首班格으로 昇格 發令 한 것 等으로 미루어 보아도 國民諸位는 革命政府가 經濟部門에 얼마나 큰 關心을 가 지고 있는가를 알 수 있을 것이다.

그러나 經濟는 短時日內에 顯著한 結果가 나타나는 것이 아니다. 經濟의 破局은 하루만에라도 드러나지만 發展 向上은 長久한 時日을 要하는 것이 다.

어쨌던 外資導入은 참으로 技術도 要하거니와 까다롭다. 個人對 個人의 境遇에서도 그렇지만 國家와 國家間은 더욱 그런 것이다.

그러나 革命政府가 이룩한 實績은 建國 以來로 큰 額數를 示顯하고 있는 것이다. 그러나 우리가 期待하는 額數와는 아직도 相當한 距離에 있는 것임은 말할 必要 조차 없다.

가、 外資導入의 實績과 그 展望

ＡＩＤ 借款

ㄱ、 釜山 甘川 火力發電所

1. 一九六一年 十二月 二十八日 借款協定 締結

2. 借款額 二、〇九〇萬弗

3. 實需要者…韓國電力

4. 施設規模…一三二、〇〇〇ＫＷ

ㄴ、 第三 시멘트工場

1. 一九六二年 七月 十三日 借款協定 締結

2. 借款額…四二五萬弗

3. 實需要者…現代建設

ㄷ、 客貨車 導入

4. 施設規模…年產 十五萬M／T

1. 一九六二年 八月 十七日 借款協定 締結
2. 借款 額…一、四○○萬弗
3. 實需要者…交通部
4. 規　模…客車 一一五臺、貨車 八○○臺

ㄹ、 디젤機關車 導入

1. 一九六二年 八月 二十九日 承認
2. 借款 額…八○○萬弗
3. 實需要者…交通部
4. 規　模…三○臺(追加 七○臺分 交涉中)

AID借款 申請 事業

ㄱ、 忠州 肥料工場 倍加 擴張 事業

1. 一九六二年 八月 十日 申請 審議中
2. 規模 內容…既存施設(尿素年產 八五、○○○)M／T의 倍加 擴張

3. 所要 金額…一、九○○萬弗

ㄴ、 大邱市 上水道 事業

1. 一九六二年 七月 七日 申請 審議中

2. 規模 內容…一○萬MTD

3. 所要 金額…二四○萬弗

ㄷ、 長省 炭鑛 開發事業

1. 一九六二年 七月 二十三日 申請 審議中

2. 規模 內容…年産 一四四萬M／T

3. 所要 金額…九五○萬弗

유솔借款 申請 事業

ㄱ、 送電 및 無電施設 擴張

1. 一九六二年 八月 三十一日 申請 審議中

2. 規模 內容…市外 電話 및 無線施設 擴張

3. 所要 金額…八三五萬弗

ㄴ、 群山 火力發電所 建設

ㄱ、 唐人里　火力發電所　第四號、第五號機　新設

1. 一九六二年　四月　二十六日　美GAI會社와　技術用役　契約　締結

2. 施設規模…各　六六、〇〇〇KW

3. 金　　額…第四號…一、二四三萬弗
　　　　　　　第五號…一、二二〇萬弗

AID事業으로　推進　過程　事業

ㄹ、 中小企業　育成

1. 一九六二年　八月　十六日　第一次　申請　審議中
　　韓國銀行에서　第二次　草案　作成中

2. 所要　金額…二、〇〇〇萬弗　推算

ㄷ、 서울特別市　普光洞　上水道　事業

1. 一九六二年　七月　二十三日　申請　審議中

2. 所要金額…① 外資…유舍　檢討中
　　　　　　　② 內資…六億원

1. 一九六二年　九月　二十一日　審議中

2. 規模　內容…容量　六六、〇〇〇KW

3. 所要　金額…一、二七八萬弗

ㄴ、蔚山 火力發電所 建設

1. 申請 推定額…一、一二七〇萬弗
2. 規　　模…六六、〇〇〇KW

ㄷ、榮山江流域 干拓地 開發

1. 其間 〈유엔〉特別基金에 依한 和蘭 技術團과、〈유엔〉特別基金 運營部長 〈디비아자〉氏가 來韓하여 各各 技術調査를 한바 있다
2. 申請 推定額…八六〇萬弗

西獨 借款으로 推進中인 事業

ㄱ、電信、電話 架設

1. 一九六二年 九月 十四日 西獨 海外財政援助審査委員會에서 借款이 承認되어 現在 利子率을 審議中
2. 規模…三六、〇〇〇回線
3. 金額…八七五萬弗

ㄴ、炭田開發

1. 一九六二年 二月 二十六日 申請 審議中
2. 規　　模…年産 目標年度까지 一、一七四萬M／T

3. 所要 金額…五一八萬弗

ㄷ、 **大韓造船公社 擴張**

1. 一九六二年 二月 二十六日 申請、 技術調査 報告中

2. 所要 金額…四八二萬弗

民間 外資 導入

五個年 計劃 事業과 우리나라 經濟面에서 價値度가 높다고 보는 事業 만은 檢討하여 直接 投資 三件、 借款契約 十二件이、 外資導入 事業으로 許可되었는데 그 內容은 다음과 같다。

金、 銀、 銅의 開發、 軍用車輛工場、 필라멘트、 나일론糸工場、 送配電線工場、 急速冷凍冷藏工場、 紡織機 및 加工機 工場、 電氣器具工場、 遠洋漁船導入、 第四、 第五、 第六시멘트工場、 세미・케미칼・팔프工場。

以上에서 보는 바와 같이 五個年計劃에 있어서、 그 第一次年度인 一九六二年 單 一 年間에 그만큼 많은 外資가 導入되었다는 것은 놀라울 일이다。

美國 資本의 導入은 勿論、 멀리 西獨에의 進出은 確實히 注目을 끌지 않을 수 없

는 일이다.

앞으로 韓日 國交가 正常化됨에 따라 日本의 資本까지 導入된다면 相當한 好轉이 期待된다.

3. 産業部門別의 實績 第一次 産業部門

第一次 産業部門

革命政府가 가장 精力的으로 努力하였던 이 分野는 五個年 計劃 第一次 年度에 있어 突發的으로 일어난 未曾有의 旱魃과 風水害로 말미암아 致命的인 打擊을 입게 되었다.

여기에 對하여 政府는 緊急 災害對策을 樹立하고 總額 三○二億원을 放出하여 代播種子와 그 操作費、 그리고 揚水機 調辨費에 充當하는 一方、 延人員 九三五萬名을 動員하여 그 復舊는 勿論 앞으로 다가올 災害防止까지 期하였다.

이 災害로 말미암아 第一次 年度 農林部門의 成長은 一○·三%로、 附加 價値面에서 計劃된 八七九億원은 七九四·六億원으로 結局 約 八○億원의 減少를 보였다.

그러나 水産部門은 二○·一%의 成長으로서 附加 價値計劃 三一億원은 三五·二億원으로 四·二億원의 增加를 示顯함으로써 全體的으로 前年度 對備成長率로 보면 五·三%에서 九·三%로 增進한 셈이다.

그리고 이部門의 第一次年度 計劃 事業體의 推進은 一九個 事業體中 一○○% 以上 完成된 것이 十一個 事業體、 九○% 以上이 七個 事業體、 이렇게 보면 不過 一個 事業體만이 八○% 以下에서 低廻하고 있을 뿐으로 相當한 進度를 보였는데 資金 執行面을 보면

革命 2年間의 經濟

政府와 民間의 合計 計劃額 九八・四億원에 對하여 九七・四%에 達하는 九五・九億원

의 執行實績을 指數함으로써 거의 百%의 進捗狀況을 또한 나타내고 있다.

第二次 産業部門 國家 工業化에 依한 經濟構造의 落後性을 克服함을 目的으로 하

는 五個年 計劃에 있어 第二次 産業은 가장 큰 比重을 차지하고 있다.

이 部門은 第一次 年度 國民 總生産의 推定 實績은 基準年度 成長率 四・一%에 比

하여 一九六二年度는 一一・一%의 成長을 期하였다.

그런데 이것을 附加 價値面에서 본다면 計劃된 四七五・八億원에 比하여 五一〇・四

億원의 實績을 올림으로써, 結局 같은 해 一一・一%에 三・一%가 增加된 一四・二%

의 成長率을 나타 내었다.

또한 事業 進捗狀況을 본다면 審査分析 對象 三十四個業體 가운데 이미 計劃 超過

事業體만도 五個나 되고, 九〇%以上이 十八個, 八〇% 以上이 四個이고, 나머지 七

個 事業體만이 六〇%線을 上下 廻할 뿐으로 比較的 좋은 成績이라 할 수 있을 것이다.

한편 資金 執行面을 보면 어떤가. 同年度 計劃額 一一〇億원에서 政府와 民間의 執

行實績을 보면 政府 財政融資 年間 計劃額 六九・六億원에 對한 八三・二%인 五七

・九億원을 보이고 民間資金은 計劃額 四〇・四億원中 二四・七億원이 執行되었다.

이것을 다시 部門別로 본다면, 鑛業은 年間 計劃額 一八・八億원中 一六・三億원이

執行되고(八六・四%), 製造業이 計劃額 九一・三億원 가운데서 七三%인 六六・四億

원이 使用되었는데 이는 主로 新規 工場의 建設 準備와 여러 方面의 基礎 調査와 技

術用役 契約等으로 推進되었다.

第三次 産業部門

電力, 運輸, 保管, 通信, 住宅, 敎育, 保健 및 其他 奉仕業을 內容으로 하는 이 部門은, 一九六二年度 國民 總生產 推定을 살피건데, 基準年度 成長率 一·八%에 比하여 同年度 計劃은 三·八%에 達하였고 이의 附加 價値面의 實績은 計劃額 一, ○六六·九億원이 一, 一三一·七億원으로 增加를 나타냈다.

여기에 그 事業進度와 資金執行을 보면 각각 다음과 같다.

첫째 事業進度는, 審査 分析對象 四十八個 事業體中 九○○%以上이 三十六個로서 壓倒的이며, 八○%以上이 七個體로서 다음을 차지하고, 六○% 以下에 맴돌고 있는 것은 單 一個 事業體 뿐이다.

다음에 資金의 執行 狀況을 보면, 政府와 民間資金을 合하여 電力 關係가 計劃額 二五·七億원中 一三·七億원이고 保管과 運輸部門이 一二億원에서 五·五億원이 執行되었으며 通信이 計劃額 一·七億원에 一·五億원, 敎育과 保健部門이 五·五億원보다 二億원이 增加된 七·五億원, 奉仕業이 또한 ○·三億원 增加된 一一·四億원이 執行되어 結局, 總體的으로 보면 計劃額 五九億원의 七○%인 四○億원이 執行된것이 된다.

以上과 같이 實狀況을 내다 볼 때 우리는 여러가지의 感懷를 느낄 수 있을 것이다.

더러는 六〇% 以下로 맴돌고 있는 分野도 있으나, 大體的으로 볼 때 擧皆가 八〇%

乃至 九〇線을 堅持하고 있어 우리의 五個年 計劃의 展望은 相當히 밝다 않을 수 없

다.

舊政의 稅政으로 말미암아 생긴 갖가지 與件이나, 그 環境의 惡條件이 山을 닮았는

데도 不拘하고, 그만한 實績을 쌓아 올릴 수 있었다는 것은, 참으로 奇蹟에 가까운 結

果이기도 한 것이다. 그러나 樂觀은 不許한다.

〈로마〉가 하루 아침에 이루어지지 않았드시 우리의 經濟向上 亦是 하루 아침에 이

루어 지지 않을 것이기 때문이다.

그러나 確言하여 둘 것은, 이 第一次 年度의 實績은 五個年 計劃의 基礎가 된다는

것이다.

4, 各 重要 産業別 實績의 檢討   이제 本人은 여기서 다시 各 重要 産業別 實績을 더듬

어 具體的인 檢討를 加해 보고자 한다.

가, 輸出의 振興   經濟開發 五個年 計劃의 目標 年度에는 一億千萬弗線의 輸出 增大

를 期하여야 하는 것이다.

이렇게 하기 위하여 革命政府는 五·一六 以後에는 輸出 産業에 對하여 最大의 特惠

措置를 講究하고 또 한편으로는 輸出實績〈링크〉制度를 實施하여 輸出 輸入에 있어서

의 外換需給計劃上의 均衡을 維持하게 하였다.

또한 五個年 計劃의 遂行에 必要 不可缺한 原資材의 導入을 圓滑하게 促進하기 爲한 諸般 措置도 取한바 있다.

即 輸出과 軍納, 그리고 保稅 加工貿易 等의 輸出 增大를 期하기 爲하여 各種 便利를 提供하고 特히 輸出組合法의 制定과 運用, 大韓貿易振興公社의 新設을 비롯하여 海外 宣傳 貿易去來 斡旋, 市場의 開拓, 各種 海外 博覽會에의 參加 支援, 東南亞 地域과 西歐 地域 그리고 印尼에의 通商使節 派遣, 自由中國을 비롯한 比律賓, 泰國, 日本 等과 不遠 通商協定을 締結할 準備까지 갖추는 等 이같이 全面的인 뒷받침을 아끼지 않았던 것이다.

이 外에도 特記하고자 하는 것은, 一九六二年 三月과 四月, 그리고 七月에 있었던 美國, 西獨, 香港, 中國, 日本 等에의 商務官의 派遣을 들 것이다.

이것은 韓國 輸出의 前衛로서, 重要 國家에 對한 市場 求得과 貿易 政策 樹立에 必要한 基礎 資料를 蒐集하는데 큰 成果를 걷운 것으로 알고 있다.

우리의 이와 같은 努力으로 나타난 實績은 果然 어떤가.

一九六〇年 革命以前의 三四、六四一、〇〇〇弗이 一九六一年 革命 一年에 와서는 四二、九〇一、〇〇〇弗로 上昇하게 되었으며, 一九六二年度에는 目標額 七二、〇四、〇〇〇弗의 九三%를 達成하기에 이르렀다. 勿論 七%의 未達이 마음에 남기는 하나, 그래도 舊政權에 比하여 二千萬弗을 超過하게 되었다는 것은 크나 큰 激勵가 아닐 수 없다.

나, 鑛業部分의 開發

政府는 動力의 原動力인 石炭의 開發 促進을 爲하여 大韓石炭

公社의　運用을　合理化하고　아울러　石炭開發　委員會를　設置하였다。

또　한편으로는　鑛區의　實態調査와　大單位　炭産　開發會社의　新設、施設資金의　放出、

石炭開發〈센터〉의　設置運營等　諸般　施策을　講究한　結果、

一九六一年에는　年産　計劃量　三九〇萬噸보다　五萬噸이　더　많은　三九五萬噸을、一九

六二年에는　또　六、八九二、三三〇噸生産　計劃量　보다　七%의　超過　生産量인　七、四

四四、〇〇〇噸을　實績으로　나타났다。

이것은　一九六二年　三月과　六月에　各各　六三萬噸과　六三萬八千噸을　生産하여、舊政

權時의　一九五九年　同月　生産　實績인　三二萬噸의　約　二倍에　當하는　生産量인데　이는

또한　建國　以來　最高　記錄이　되는　것이다。

石炭　以外　重要　鑛山物의　實績은　또한　어떤가。

地下　資源開發에　對한　革命政府의　施策과　實績은　前記　石炭　以外에도　같은　結果가
나타나　있다。

一九六一、二年度의　實績은　一九六〇年度(舊政權時)에　對하여　一三三一・六五%의　增

産을　보였는데　이것을　重要　鑛物産業別로　보면　다음과　같다。

鐵鑛石　　　四八八、八七二 m/t　　一二四 %

重石　　　　六、三〇二 kg　　一二七 %

金　　　　　二、六一五 kg　　一二七 %

銀　　　　　一四、三一〇 s/t　　一三九 %

石灰石　　　一、二六四、六〇〇 m/t　　一九八 %

이것을 다시 民主黨 政權때의 一九六〇年度에 比하여 보면 一九六二年度는

金　　　　　三、三二三、六八八 m/t　　一六三 %

鐵鑛石　　　四七〇、七四四 m/t　　一二〇 %

重石　　　　六、三九一 t/s　　一三〇 %

土狀黑鉛石　一、三三、八七九 t/m　　二〇一 %

螢石　　　　三三、九七〇 t/g　　一七三 %

이렇게 놀라운 增産 實績을 거둔것이다.

다、電力部門의 實績　이 部門은 참으로 寒心한 狀態에 있었다.

이에 鑑하여 革命政府는 第一次 電源開發 五個年 計劃을 作成하여 施策의 綜合的인 檢討와 電力 損失防止、電力 會社의 統合 等으로 우선 經營에 對한 合理化를 斷行하기로 하였다.

電力會社 三社의 統合은, 舊政權時 總保有 發電設備가 不過 三七萬KW에 不過

도 不拘하고, 이것을 發電과 配電으로 三社가 分離 經營함으로써, 必要 以上의 出血을

가져왔음에 비추어 모든 雜音과 反對를 무릅쓰고 韓國電力株式會社法을 制定 公布한

데서 이루어진 것이다. (一九六一年 七月一日字)

三社의 統合은 累積된 赤字 運營과 惰性化된 電力 不振을 拂拭하고 不必要한 人員

一, 八六五名을 減員함으로써 年間 約 四四, 七〇〇萬원의 經費를 節約할 수 있는 同

時에 過去의 缺損 三五, 〇〇〇萬원을 賞還하고도 年間 約 一億원의 投資가 可能하게

되었다.

이러한 結果로 發電力은 過去 最大出力 二八, 〇〇〇KW에서 三四二, 〇〇〇KW

까지 올라갔다. 이것은 政府가 當初 一九六二年度 末까지에 目標하였던 三五〇, 〇〇

〇KW에 對한 九七・七%에 該當한다.

그리고 政府는 繼續的으로 電源開發 五個年 計劃에 따라 一九六二年度를 起點으로

하여 一九六六年度에는 一, 〇〇〇, 〇〇〇KW를 目標하고 있다.

一九六一年度의 必要出力 五, 一〇二, 〇〇〇KW에 對하여 二, 〇八, 〇〇〇KW

나 不足한 電力難을 時急히 解決하고 六八, 〇〇〇KW의 餘裕있는 出力을 計劃하고

있고, 또한 一九六二年度의 一人當 電力 需要量 七三KW를 一九六六年度의 目標 年

度에는 一〇六KW로 增大키로 하였는데, 所要 經費와 建設期間 等을 考慮하여 水力

對火力을 二〇七對 七九三으로 하여 目下 總力을 集中하고 있으므로 一九六四年頃부

터는 完全히 電力不足에서 脫皮할 것으로 期待되는 바이다.

지금 電源開發 計劃으로 進行되고 있는 것은 新規 水力建設이 二個所、新規 火力建設十個所인데 여기 總建設 所要資金은 外貨가 一六〇、八三〇、〇〇〇弗이고、內資가 一五、〇七一、八〇〇、〇〇〇원으로 總額은 三五、八五四、〇〇〇、〇〇〇원이 나 되고 있다.

라, 中小企業의 育成　지금까지 韓國의 工業은 農業을 基盤으로 하고 왔다.

이러한 結果는 必然的으로 經濟規模에 零細性을 가져 오게 하여 自然히 中小企業의 比重을 높였다.

即, 企業體 數만 하여도 九七・五%이며、從業員에 있어서는 六七%, 附加價値는 五七%란 絶對的인 比重이다.

이에 鑑하여 政府는 이를 育成하는데 主眼點을 두게 되었다.

中小企業 協同組合의 指導와 育成과 그 事業의 助成、合理的인 經營化 等 諸施策을 講究하였고 特히 中小企業 金融制度를 改善하여 資金을 大大的으로 放出하였을 뿐만 아니라 새로 中小企業銀行을 設立한것은 이 部門에 對한 政府의 關心을 證明하는 것이라 하여도 좋다.

이리하여 政府는 이 部門의 景氣의 恢復과 稼動率의 向上、生産販賣의 增加、雇傭의 增大를 促進하게 되었는데、이 狀況을 年度別로 살펴보면、一九六一年에는 一般會

計에서 五億원, 金融資金에서 三億원 合計 八億원의 資金을 放出하였고、一九六二年

에는 資金事情의 緩和와 旣存施設의 最大 稼動을 主目的으로 하여 財政資金 五億원을

放出하여 七五一個 企業體의 運營資金으로 하였고、團體融資 八億원을 共同 事業資金

으로 放出하여 三〇個의 組合과 聯合會의 原料 共同購買 資金으로 使用하게 하였는

데 이같은 資金 放出과 時機에 알맞은 適切한 施策은 이 部門의 生産 意慾과 稼動 向

上에 크게 도움이 되었다.

마、 船造事業의 發展

政府樹立 以來 十餘年間、가장 버림받은 部門이 이 造船界이

다。三面이 바다에 接한 우리 나라의 位置를 亡却한 處事라 아니 할 수 없는 것이

다。

革命政府는 먼저 造船 施策의 刷新을 爲하여 造船 資金의 確保에 着手하였다。

船主의 負擔을 덜기 爲하여、造船 融資金을 長期 低利로 貸付하는 等 强力한 施策

을 講究한 結果、短時日內에 刮目할만한 成果를 거두는데 成功하였다。

即 一九六二年에는 融資金 一億二千萬원、補助金 八千七百萬원을 動員하여 木船

三、七〇四頓、鋼船 三五〇頓 計 四、〇五四頓을 建造하였는데、이는 當初 計劃頓數

二、六六〇頓에 對하여 實로 一五二%의 成果를 이룩한 것이 된다。

또 한편으로는 그동안 完全 休業狀態를 免하지 못하던 大韓造船公社를 資本金 十億원을 增資하여 그동안 累積된 負債를 淸算하고 再起 强化하게 하였는데 이리하여 一九六二年度에는 一隻 三五〇頓 의 鋼船을 建造하였을 뿐만 아니라 一九六三年度 四月 現在에 있어서는 一、六〇〇頓級 貨物船 二隻의 建造工事가 四〇% 進捗되고、五〇〇頓級 二隻、三〇〇頓級 二隻、三五〇頓級 一隻、一五〇頓級과 지난 七月에는 二、〇〇〇頓級의 巨船 新洋號가 進水되었음은 國民 諸位가 다 잘아는 事實로 되어 있다.

이제 韓國의 造船界는 이같이 展望이 밝아 오고 있다.

5. 主要 生産品 生産實績

經濟開發 五個年 計劃에 依하여 年間 十五%의 平均 成長率을 目標로 하고 있는 製造業 部門에 있어서는 一九六一年度 實績이 基準年度 一九六〇年度에 比하여 三·四%、一九六二年度는 一一·五%의 增大 成長을 보였고、附加 價値面에서 보면 一九六一年度에는 一九六〇年의 基準 年度에 比하여 二九五億二千萬원對二八五億二千萬원이고、一九六二年度에 와서는 二九五億二千萬원對 三一七億九千萬원으로 健全하고도 順調로운 成長을 보였다.

여기에 參考로 第一次、二次、三次 産業의 綜合 生産을 보면、一六·八%(一九六二年)란 實로 數年來의 最高 記錄을 示顯하고 있다는 것이다.

6. 基幹産業의 建設

舊政權이 美國을 비롯한 友邦、그리고 各種의 援助에도 不拘하

고, 消費性 産業에만 注力하였다 함은 다 알게 된 事實이지만, 이같이 國家 基幹産業

이나 輸入代替 産業, 輸出産業에 等閑함으로써 國家經濟를 後進狀態로 放置하게 한 것

은 무어라고 辯明할 수 없는 失政이라 않을 수 없을 것이다.

이제, 本人은 經濟開發 五個年 計劃을 中心으로 하여 이 部門의 實績을 더듬어 보

고자 한다.

가、綜合製鐵所의 建設   一九六二年부터 同六九年의 六個年間에 걸쳐 蔚山에 建設될

이 製鐵所는 年産 銑鐵 三○一、○○○噸을 生産할 수 있는 能力을 갖게 될 것이다.

그間 借款과 合作投資 等을 交涉推進하는 한편, 候補地에 對한 技術的인 調査를 完

了하였는데, 이것이 建設되는 날에는 年間 外貨 約 二、五○○萬弗을 節約하게 됨은

勿論 約 二、○○○名의 雇傭도 可能하게 되는 것이다.

나、디젤 엔진 工場 建設   낡은 車輛과 揮發油에 依支하고 있는 車輛을 年次的으로

〈디젤 엔진〉과 代替함으로써, 年間 外貨 約 二、五○○萬弗을 節約하고 八四一名의

雇傭을 增大하기 爲하여 年間 三、○○○臺의 生産能力 工場을 지난 一九六二年부터

仁川에 建設할 過程을 서두르고 있다.

一九六四年까지 完成될 이 工場은 朝鮮機械製作所로 하여금 事業을 맡아 보게 하

고 있는데 現在 이미 建物工事는 完了되었고, 技術契約은 日本 〈이스즈〉會社와 締結

하고, 지금 約 二○%의 進捗을 보이고 있다.

다、 紡織機 및 加工機 工場 建設　　現在 國內에는 約五〇萬錘의 紡織機가 있으나、 大部

分의 施設이 莫大한 外貨에 依支하고 있으므로、 이에 代替할 紡織機와 加工機가 要請

되어 왔다。

政府는 이 工場을 建設하여 年間 一、〇〇〇臺의 紡織機와 二七臺의 加工機를 生產

하여、 年間 外貨 三〇〇萬弗을 節約하고、 八六〇名의 雇傭增大를 期하려고 하고 있다。

一九六二年에 起工하여 來 六四年까지에 完成을 目標하고 있는 이 工場은、 西獨의

〈홀마이스터〉會社와 契約을 締結하였는데 現在 一二一・七%가 進行되고 있다。

그리고 培昌工業도 이미 一九六二年 五月 二十三日에 西獨 〈크리카노〉會社와 借款契

約을 締結한바 있다。

라、 電氣計器 工場의 建設　　電源開發 事業의 推進에 隨伴하여 自然히 增加되는 積算電

力計를 비롯한 各種 計器類의 自給 自足을 爲하여 이 工場의 建設은 뜻이 큰바 있다。

이 工場은 年間 積算電力計 五四八、〇〇〇個와 其他 計器類 二六八、〇〇〇個의

生產을 보게 될 것인데、 이는 借款에 依하여 金星社가 맡고 있다。

一九六二年 六月에 外資導入이 承認되고 同 七月에는 施設機械가 發注되었다。

이것이 竣功됨으로써 外貨는 年間 五、五〇〇、〇〇〇弗이 節制되고 九九八名의 雇

傭 增大를 期할 수 있게 된다。

마、 電氣機材와 케이블工場 建設　　一九六二年부터 同 六四年까지에 建設을 目標하고

있는 이 電氣機材 工場은、月間 電動機 二、〇八〇臺와、變壓器 七五〇臺、〈콘덴서〉
一〇〇、九一〇個、廻路遮斷器 二、〇一〇個、絶緣電線 一八〇噸 等을 生産하게 될것
이며、〈케이블〉工場에서는 年産 二、九八八噸의 〈케이블〉線을 生産하게 될것으로 期
待되고 있다.

電氣機材 工場은 美國 〈웨스팅·하우스〉와、그리고 〈케이블〉工場은 西獨의 〈홀마이
스터〉會社와 各各 契約하고 建設되고 있는데 그 垈地만 하여도 七、五六九坪、二九、
〇〇〇坪의 尨大한 넓이를 차지하고 있다.

바、急速冷凍工場 建設 水産物의 急速冷凍과 製氷을 目的으로 한 이 工場은 一九六
二年부터 同六四年까지에 建設된다.
日間 十六噸의 急速 冷凍能力을 갖게될 이 工場은 三養社가 맡고 있는데 一九六二
年 四月에 〈스위스〉의 〈에파위쓰〉會社와 借款契約으로 進行되는 것이다.
이것이 完工되는 날에는 年間 外貨 八九、〇〇〇弗을 아낄 수 있게 된다.

사、小型 自動車 工場 建設 새나라自動車 工場의 建設은、一九六二年度에 一、五〇
〇臺、一九六三年度에 三、〇〇〇臺 그리고 一九六四年度와 一九六五年度、一九六六
年度에는 各各 三、〇〇〇臺、三、六〇〇臺、四、八〇〇臺의 生産을 計劃目標로 하고
있다.
말도 많았던 이 새나라自動車 工場이 完全한 機能을 發揮하게 된다면 이로 因해 外

貨는 年間에 九○○萬弗이 節約되고、一、九○○名의 失業者를 吸收할 수 있을 것이다.

아、大中型 自動車 工場 建設 一九六二年부터 同 六四年까지 完成할 計劃으로 있는 이 工場은 이미 日本의 〈이스즈〉會社와 技術契約을 締結하고 建設中에 있는데、이 工場이 建設이 끝나면、年間 外貨 一、三○○萬弗을 節約하게 되고 三、七○○名이란 많은 雇傭을 增大하게 되는 것이다.

자、羅州 肥料工場 年産 尿素肥料 八五、○○○噸의 生産 規模를 갖고 一九六二年 十二月에 竣工式을 마친 이 工場은 一九六三年 一月부터 試運轉에 들어갔으며、同年 四月에는 豫定한 十五噸의 生産에 成功하였는데、今年中에는 約 三○、○○○噸의 生産이 있게 될 것으로 믿어지고 있다.

차、精油工場 政府는 〈에네르기〉의 源泉인 이 精油工場의 建設을 爲하여、大韓石油公社를 設立하고 美國의 〈플라워〉會社와 建設契約을 맺고 工事를 進行中에 있다. 當初 計劃은 一九六四年 二月을 完工 目標로 하였는데 一九六三年 末까지에는 竣工을 보게 될듯 하다.

이 工場이 제대로 稼動하게 된다면 年間 九九〇、○○○B/L의 石油가 生産될 것이며 外貨 또한 年間에 一二、○○○、○○○弗의 浪費를 막을 수 있게 되는 것이다.

· 117 ·

카、시멘트 工場　第三 시멘트 工場、第四 시멘트 工場、第六 시멘트 工場 等이 稼動하게 된다면 年間 一、五七〇、〇〇〇弗의 外貨가 나가지 않아도 좋게 되고、一、九〇〇名의 雇傭이 增大하게 될 것이다。

다음에 以上의 工場에 對한 靑寫眞을 살펴보기로 한다。

第三 시멘트 工場

1. 生 産 量…年 十五萬 m/t

2. 所要資金…（外資…四、二五〇、〇〇〇弗　內資…一、六〇〇、〇〇〇원）

3. 竣工豫定…一九六四年 二月

第四 시멘트 工場

1. 生 産 量…年 四〇萬 m/t

2. 所要資金…（外資…五、八二〇、〇〇〇弗　內資…二、九七〇、〇〇〇원）

3. 竣工豫定…一九六四年 十月

第六 시멘트 工場

1. 生 産 量…年 四〇萬 m/t

2. 所要資金…〔外資…三六、○四九五、○○○弗
內資…三、○○○、○○○원〕

3. 竣工豫定…一九六三年 十二月

타, 나일론 工場　이 工場은 이미 建設을 끝내고 一九六四年부터는 正式으로 稼動을 보게 될 것이다. 그 規模는 年間 二、○○○、○○○B/L의 〈나일론〉絲를 生産하게 될 것인데 이렇게 되면 年間 二、九七○、○○○弗의 外貨를 節約할 수 있게 된다.

여기에 그 斷面이나마 收支 經營面을 살펴보기로 하자.

7. 政府直轄企業體의 運營合理化　앞에서도 機會 있을 때 마다 指摘한 바와 같이, 舊政權下의 企業體들은 革命政府의 施策으로 말미암아 完全히 生氣를 恢復하고 새로운 面貌를 갖추게 되었다.

革命 以前인 一九六○年度 政府 直轄企業體가 計上한 그 總收益金은 七三、九三八、九五九원이다.

그러던 것이 革命 當年에는 놀랍게도 約 十二倍가 되는 八七八、八一三、七三○원으로, 그리고 翌年 一九六二年에 와서는 또한 前年에 比하여 約 一·八倍가 增加한 一、六八二、五三四、七六七원을 示顯한 것이다.

다시 이것을 革命 前後와 各 社別로 그 內譯을 살펴 보면 다음과 같다.

企業體名	革命 前 (一九六〇年) (원)	革命 後 (一九六二年) (원)
韓國電力	一、八四〇、〇〇〇	八一三、〇〇〇
大韓石炭	三三、二九六、〇〇〇	一九九、二六四、〇〇〇
大韓重石	一四、一九二、八八九	三、六四五、〇〇〇 (重石時勢 急落으로 온 現象이다)(一九六一年은 一九四、七一〇、〇〇〇)
忠州肥料	未　稼　動	三八〇、二一八、〇〇〇
仁川重工業	一五、〇九二、〇〇〇	一六七、九三〇、〇〇〇
大韓鐵鑛	一〇、三三七、〇〇〇	七二、〇八七、〇〇〇
韓國鑛業製鍊	九五、六〇〇	三七、七八八、〇〇〇
朝鮮機械	五、八一五、〇〇〇	九、四〇六、〇〇〇
大韓造船	四、八五四、〇〇〇	一五、六一六、〇〇〇 《以 下 略》

8. 農林 行政部門

農村經濟의 再建은 韓國 自主經濟의 素地가 되는 것임에도 不拘하고 上述한 바와 같이 舊政客은 이 農村을 내버렸다.

革命政府가 들어서면서 먼저 着手한 것이 이 部門임은 國民諸位가 다 잘 알고 있는

바이니 即、農漁村의 高利債 整理、農産物의 價格維持策、同法令의 公布、農協과 農銀

의 統合、營農資金의 適期 大量放出、歸農 定着事業、水利組合의 運營 强化와 山地砂

防事業、有蓄農業의 獎勵와 그 振興、水産資源의 開發促進、水産團體의 整備、農漁

村 技術 指導 體系의 一元化 等 實로 國家의 總力을 여기에 集中한 感조차 없지 않다。

特히 農漁村 經濟의 安全과 成長 發展에 癌的 存在가 되어 있었던 農漁村 高利債의

整理는 完全 無缺한 것이었다고는 말 할 수 없겠지만, 革命政府가 아니고서는 到

底히 試圖조차 想像할 수 없는 大膽한 政策으로서 農漁村民이 숨을 돌릴 수 있게 하

였다는 것은 큰 成果로 自信하는 바이다。

또한 舊政權時는 마지못해 하는 感이 있던 營農資金도 實效있게 放出하여 그 額數

가 一九六一年度에 一二三億원, 一九六三年度에 三七億원, 都合 六〇億원에 達한다。

融資面에서 본다면、過去에는 債權擔保에만 汲汲하던 銀行式의 金融을 止揚하고、

農協을 通한 指導 金融을 實施하였고 融資金을 效果있게 使用하게 하고、農(漁)村의

資金 需要를 充足시킴으로써 農業 生産의 增進과 農家 所得의 向上을 期하였다。

그러나 이같이 輸出産業의 增加와 精力的인 施策이 있은 反面에 旱魃과 水害에서

온 兇作으로 말미암아 食糧事情은 難關에 부닥치지 않을 수 없었다。

이것은 卒直히 是認하거니와、作況의 把握에 疎忽했던 點과 不足量에 對한 外穀

의 導入政策의 蹉跌等으로。一時 農村行政에 亂脈을 露呈하게 함으로써 豫想外의 波動

이것은 앞으로의 施策 講究에 重大한 決意를 促求하는 刺戟이 되었다.

을 惹起하게 한데 對하여 政府는 相當한 失手를 하였다고 할 수 있다.

9. 交通·遞信 部門   交通行政에 있어서 鐵道 動力의 〈디젤〉化와 枕木의 〈PC〉化 等은 韓國鐵道의 現代化 促進에 不可缺한 要件이다.

뿐만 아니라, 國產客車와 貨車의 新造、改造、再生과 또 한편으로는 觀光事業의 振興을 通한 外貨의 獲得等——이 部門을 보건대 크나 큰 發展이 눈에 띄기는 하지만, 보다 이 部門에 있어 刮目할 事實은 무엇보다도 國家經濟의 動脈인 產業鐵道의 建設이라 할 것이다.

其間 産業線의 建設 狀況을 보면 東海北部線 三三·九KM, 黃池本線 八·五KM, 同支線 九·○KM의 開通을 보게 되었고, 旌善線 四二KM와 慶北線 五八一·六KM 는 이미 着工되어 年次的으로 開通을 推進하고 있는데, 이것은 二個年의 時日로서는 驚異的인 實績인 것이다.

그 다음은 國家經濟의 神經이라 할 수 있는 遞信部門이다.

革命 前後를 比較해서 各種 郵遞局을 보면 六九九個所에서 九八三個所로, 郵便函이 五、一五二個에서 七、八六八個로, 集配用 自轉車가 一、八一四臺에서 二、八四九臺로、各種 電話가 一一〇、七六一回線에서 一六八、九二二回線으로、公衆電話가 六二 七臺에서 一、一八六臺로 各各 增加하였을 뿐만 아니라、各種 郵便貯蓄金은、普通貯

蓄金이 二四四%, 兒童貯蓄金이 三三二〇%, 定額貯蓄金이 二六五%, 組合貯蓄金이 八八六%, 對替貯蓄金이 三三一%, 이같이 놀라운 進展을 보여 주었는데, 이것은 自主經濟 再建에 큰 貢獻이 되었다.

三、 積極外交에 나서다

革命政府는 內政의 刷新 强化에 精力的인 一方, 눈을 밖으로 돌려 積極的인 外交에 나섰다.

지금까지 姑息的이던 觀念을 打破하고 大膽하게 門戶를 開放하였다고도 할 수 있다. 對美 外交를 主로 하기는 하되, 中立國圈에 이르기까지 우리는 골고루 찾아 갔고 또 맞아들였던 것이다.

이것은 結果的으로 韓國 外交上에 新轉機를 가져 왔다고 自負하는 것이다.

革命政府는 外交의 目標로서 다음 各項을 指向하였다. 即

1、 革命에 對한 國際的 理解와 支持의 獲得
2、 自由友邦과의 紐帶强化와 國交擴大
3、 國聯 및 國際機構와의 協力增進
4、 對外 經濟協力의 强化

5、韓日間　懸案問題의　解決

6、海外　僑胞의　地位　向上과　그　指導、保護

7、韓國의　文化　藝術의　宣傳　紹介　및　公報活動의　强化　等이　그것이다。

이와 같은 積極 外交는 마침내 相當한 國際的인 所得을 가져 왔다。

即、革命前에는 不過 二十三個國밖에 修交못한 것을 一躍 七十六個國으로、그리고

四十八個의 海外公舘을 增設하였으며、그밖에 七十六個國에 親善使節을、十二個에 達하는 國

際機構加入과 三十六個의 條約締結、그밖에 數많은 國際會議 參席과、韓日間의 國交

交渉의 進展은 革命 外交의 큰 業績이라 해도、조금도 自讚에 치우치는 말은 아니다。

特히、지난 第十七次 國聯總會에서 韓國問題 討議에 韓國代表만을 招請하자는 美國

案을 六十五對九、棄權二十六票로 可決하였다는 것은 革命外交의 크나 큰 자랑이라 않

을 수 없는 것이니、이는 前年보다 十票가 支持票로 增加한 것이다。

그리고 統韓 決議案에 있어서도 反對한것은 共産〈블럭〉뿐이었다는 事實은 單純한

結果가 아니다。

또한 여기에 外資導入을 爲한 經濟 外交도 强力히 推進되었다。西獨、伊太利、〈캐나

다〉佛蘭西 等에 對한 借款交涉使節의 派遣、韓美 商工協會의

設立、歐洲 技術援助、濠洲 技術援助 및 國聯 特別基金 等의 導入、〈콜롬보〉會議〈計劃〉

加入、〈ECAFE〉〈OEEC〉〈GATT〉等 國際 經濟機構를 通한 經濟協力、東

南亞、歐洲、印尼、阿洲、北美、〈캐나다〉中 南美 等 各 地域에의 通商使節 派遣等이

그것이다.

이것은 革命政府의 政治外交와 더부러 빼놓을 수 없는 經濟 外交의 功이라 할 것이다.

四、 文化
藝術 敎育

民族 文化의 暢達과 國民 敎育의 振興은 이 나라 이 社會의 오늘과 來日을 決定하는 重要한 關鍵이다.

이의 健全한 發展 없이 民族의 歷史가 온전할 理 없다.

이것은 歷史가 이미 證明한 事實이다.

本人은 이 嚴肅한 命題를 恒時 留念하여 왔다.

事實, 이 部門은 政治에 앞장서서 그를 引導하고 새로운 生命力을 創造하였어야만 할 것이었다.

그러나 舊政權時는 언제나 政治 밑에 利用을 當하지 않으면 안되었고, 또 그 밑에 깔리어 不健全한 發育 狀態에 있었다. 그러니 國家나 民族社會의 方向이 바로 잡힐 理가 있겠는가.

本人은 이에 鑑하여 恒時——지금도 그렇지만——恪別한 關心을 기울이고서 機會 있을 때 마다 斯界에 從事하는 人士의 高見을 傾聽하였고, 그 意見을 尊重하고 實踐

하였다.

이것을 或者는 〈教授 政治〉, 〈文化 藝術人 政治〉라 하였지만, 元來 現代의 文明國家의 政治의 本質이란 이것을 要諦로 삼고 있는 것이 常識이다.

革命政府는 于先 藝術部門에 있어 中央集權 制度를 止揚하고 沈滯 一路를 걷고 있는 地方 文化와 鄉土 藝術의 育成에 키(舵)를 돌렸다.

嶺南 藝術祭, 新羅 文化祭, 春香祭를 비롯하여 各 地方의 大小 文化 藝術祭에 最大의 補助를 令達하였다.

革命 二年間에 이미 그 文化行事는 豫算上 確保된 補助金으로 기틀이 잡히고 있어 앞으로 地方의 藝術文化의 向上이 크게 期待되는 바이다.

여기서 本人이 闡明하고자 하는 것은 文化 藝術의 育成은 어디까지나 斯界에 從事하는 人士의 力量에 달려 있다는 事實이다. 더러는 官의 主動化가 없었던 것은 아니나, 앞으로는 自體의 能動的인 活動이 있어야 할 것은 勿論, 過去에 흔히하던 行事 뒷 空論이 있어서는 안되리라고 보는 바이다.

政府가, 國民이 血稅로 치루어 주는 莫大한 補助金을 浪費한다면 이것은 國民을 背反하는 일이 되고, 後世 文化로부터 비웃음을 當할 일이기 때문이다.

이와 더부러 本人은 또한 行政 官吏에 對하여 文化 藝術에 對한 理解와 教養을 높일 것을 當付하는 것이다.

行政 官吏가 行政 하나만에 能熟하면 足하다는 時代는 이미 지나갔다.

文化나 藝術의 理解없이 온전한 行政을 期待할 수 없다. 또한 藝術이나 文化가 없

는 行政은 結局 無慈悲할 수 밖에 없지 않은가.

本人은 여기서 藝術論을 講義하려 하는 것은 아니다. 다만 餘裕있고 情緒있는 姿勢

로 行政을 執行하고 國民을 對하여야 한다는 것과, 藝術과 文化 暢達에 積極的인 協

調를 強調하는데 不過하다.

行政은 藝術과 참으로 가까운 同氣다.

그 執行하는, 作業하는, 動機가 〈善〉이어야 하고, 그 過程이 創意와 創作으로 〈眞〉

이어야 하며, 그 結果가 不淨 아닌, 快한 〈美〉라야 하는 同一性의 倫理를 갖고 있기

때문이다.

政治는 腐敗하였더라도 그들 專門家에 맡겨야 하고, 文化 藝術家는 그 깊고 높은

象牙塔 속에서 平生을 杜門 不出하여야 한다는 說은 이미 否定되지 오래다.

이제 革命된 이 國家 社會에는, 낮은 담(墻)도 兩者 사이에는 存在할 수 없는 것이다.

本人은 또한 亂立되고 非正常的인 言論問題에 對하여 深甚한 注意를 기우렸다.

眞正한 言論을 假裝하고 惡을 助長하며 妄動을 서슴치 않는 似而非 言論에 對하여

舊政權은 果然 어떠한 措置를 取하였던가.

民主主義에 있어 言論 出版의 自由 原則을 大義名分으로 내세워 오히려 이의 亂立

文化 藝術 敎育

相만 助長하였던 것이다. 이럴 수 밖에 없는 그 뒤에 숨은 까닭은 너무도 빤하다.

自身의 腐敗나 弱點이 暴露될까 두려워 하였기 때문이다.

이것은 그 만큼 舊政權이 無力하였다는 證據도 된다.

이리하여 言論界는 亂脈相을 이루었다. 板子집에도 週刊社의 看板이 나붙고, 오두막집에도 堂堂히 日刊通信社의 看板이 行勢하였다.

革命政府는 여기에 對하여 斷乎한 措置를 取하였다. 數千 數百의 似而非 言論의 整理가 그것이다.

日刊紙 三十八個社, 日刊通信이 七個社로, 그리고 週刊 月刊物은 各各 三十二種, 其他 機關紙 都合 八十一七三種으로 줄어 들었고, 日曜紙 一社가 새로 나오게 되고, 二種이 存置判定을 받았다.

또한 政府는 腐敗한 言論人에 對한 自家 整理도 促求하였다. 舊政權의 舊惡에 積極 加擔하고 言論의 威力을 빌어 蓄財한者、兵役을 忌避한者 等이 그 對象이 되었다. 言論界, 特히 日刊 新聞社의 整備에 있어서는 運營難인 것과 施設基準 未達에 있는 對象을 主로 하였다.

그로 因한 連鎖 舊惡이 되풀이 됨을 防止하는데 不可缺한 要件이 되기 때문이다.

萬若 以上과 같은 果敢한 整備가 있지 않았다면 지금 이 時間까지에 造成하였을 그 被害가 얼마나 될것인가.

言論의 干涉이니、 私企業에의 不當 壓力이니 하고 不平하던 分子에 되묻고 싶은 것

이다。
本人은 언제나 明確한 答을 가지고 있다。 即

〈革命政府는 言論政策에 決코 어려움을 주지 않았다〉는 것이다。

似而非 言論에 自由를 줌으로써 直接 間接的으로 正道를 指向하는 言論界에 累를 끼친 舊政權 時代의 自由를 言論人들은 決코 願하지 않을 것 아닌가。 政府는 이같이 言論의 權威를 恢復하고、 言論의 危機를 救出하였다고 믿는 바이다。

農漁村에 對한 文化 惠澤을 爲하여 政府는 最大의 힘을 기울였다。 全國 農漁村에 一、 ○六八個에 達하는 民間〈앰프〉의 施設을 도왔고 또한 〈라디오 보내기〉運動을 展開하 여 農漁村에 各各 五、五○○臺、七、九六五臺를 보냈고、 屈指의 大送信所인 〈南陽〉의 五○○KW 新設、現代文明의 象徵인 TV 放送局의 開局 等은 革命政府의 文化施策에 있어서의 빛나는 實績이라 아니 할 수 없다。

教育部門에 있어서는 義務教育 施設의 擴張、 五個年 計劃의 第一次 年度 目標인 四、

文化·藝術·教育

九〇〇敎室의 新築과、 一、七〇五敎室의 修理等이 九〇%의 進捗을 보였고、 大學 口實을 못하는 二十三個 大學을 整備하였으며、 말썽 많은 師親會의 廢止、 양단 치맛자락의 學校出入 制限、 副讀本 其他 參考書의 取扱 禁止、 不正 情實入學의 團束、 敎育公務員의 人事交流、 法定手當의 支給 等은 勿論 入試制度의 改革과 學期制의 現實化、 學士考試制의 實施를 通하여 大學實力의 充實을 期하였고、 敎育課程의 改編等에 이르기까지 徹底한 刷新을 加하였다.

그러나 아직 實業敎育의 强化나 體育의 振興、 學校敎育 行政의 自治制 等은 硏究中에 있어、 不遠한 將來에 하나의 合理的인 結末이 나게될 것으로 보고 있다.

5、 再建國民運動

이 國民運動은 五·一六革命의 理念을 國民革命으로 結實 具顯시키는 同時 人間改造와 國民精神 振作을 하기 爲한 純粹한 機關이다.

그러기에 이 運動에 關한 法律에서도

一切의 政治와 相關없이 오직 國民運動만을 展開함을 生命으로 하고 있는 것이다.

〈…福祉國家를 이룩하기 爲하여 全國民이 民主主義 理念아래 協同 團結하고 自立 自助精神으로 鄕土를 開發하며 새로운 生活體制를 確立하는 運動…〉으로 規定되고 있는 것이다.

따라서 全國民의 自律的인 參與와 創意的인 參劃이 要請되는 것이다.

그런 까닭으로 再建國民運動本部와 各支部는 民族 力量의 培養과 國民 團合을 通하여 韓民族의 飛躍을 爲한 〈뜀틀〉의 구실이 되는 機關이라고도 할 수 있다.

其間, 여기에는 各界 各層을 代表하는 五〇萬名의 要員을 確保하였고, 그 組織은, 一六六, 八七七個의 再建 坊과 二二, 九八二個의 集團 促進會, 그리고 一四, 三六八個의 再建 學生會를 擁하고 있다.

된 會員數는 靑年會, 婦女會 等 合하여 三六〇萬名을 突破하였고, 여기에 加入

그리고 이 運動의 完璧한 成果를 目的으로 하여 一九六一年과 同 六二年의 兩年度에 걸쳐 再建 國民訓練所와 再建 國民敎育院은 延 六, 一一〇, 七九二名을 敎育 訓練하였다.

再建 要員들의 活動은 참으로 눈 부신바 있었다.

一九六二年 末까지에 六二七, 四六三名에 達하는 文盲을 退治하고, 國民精神의 涵養과 國旗尊嚴 思想의 昻揚, 反共 防諜運動, 國民 皆唱運動、 道義 昻揚運動、 職場文化서클運動、 山林 綠化運動、 迷信 打破運動、 虛禮 虛飾 一掃運動、 國民 體位 向上運動、 社會 改造運動、 農村 發展運動(貯水池 築造、 堤防、 農路開設、 農家改良、 靑年會舘 建立

其他) 等에 이르기까지 實로 그 業績은 여기서 일일히 枚擧할 수 없을만큼 多大하다。

여기서 一例로、이들이 이룩하여 놓은 農村 發展을 위한 運動의 實績을 들어 보기로 하자。(一九六三年 三月末 現在)

1、農地開墾…一七、一三八、三一四坪
2、農　路…四九、九六六、一八二M
3、造　林…一五五、二一〇、九五五株
4、水　路…二、四四八、〇七九M
5、堤　防…七六二、六七一M
6、養　魚　場…六四四、八二三坪
7、貯　水　池…四八一、〇七〇坪
8、青年(婦女) 會舘　五、一八三棟

그리고 이 外에도 衣食住 等의 生活改善과 標準儀禮、文庫普及 等의 生活指導 事業과、姉妹部落 結緣運動、사랑의 金庫運動、饑餓解放運動、災害對策運動、〈펜팔〉運動、學生奉仕運動、反共記念碑運動等의 《國民 協同事業》、그리고、食生活改善센터、衣生活改善 巡廻啓蒙、生活合理化와 家族計劃運動、節米와 增産運動、婦女事業과 農家副業의

指導理論、 公報事業 等을 通하여、 이 國民運動이 窮極的으로 目標하는 人間의 改造와 社會改革、 農村復興等、 그야말로 民族革命에 中樞的 先鋒役割을 다 한것으로 本人은 滿足하고 있다。 또 將來에 期待하는바 實로 多大하다。

그러한 意味에서 本人은 國民諸位앞에 다시、 다음 實績 一部를 紹介함으로써、 恪別한 協調를 求하고 아울러 이 運動에 從事하는 要員 諸位의 勞苦에 感謝의 뜻을 表하려 한다。

1、 우물改善……二○九、五九五個所

2、 便所改良……一、四六五、八四八個所

3、 울타리、 담改良……六、五三七、四六三M
　　　　　　　　　(一○六、○三三個所)

4、 아궁이改良……二、九四三、六二七個所

5、 節　米……一、四○二、五六三升

6、 食生活改善講習會…六、九二八回

7、 衣生活改善講習會…五、七○四回

8、 休紙、廢品蒐集……二二八、一○○貫

9、 姉妹部落

가、 結緣組數 ……
　一九六一年…二、七一〇組
　一九六二年…四、五三二組
　　計　七、二四二組

나、 支援物資內譯 ……
（원 換算）
　家　畜…一九、二二四、九六〇원
　文化施設…一一、五三四、六八〇원
　機　具…八、五五七、七三一원
　諸物資…三、六四〇、六三一원
　建設事業…七、六七一、三三五원
　醫療事業…一、七六〇、八三〇원
　其　他…一〇、一三八、二八五원
　　計　六二、五二八、三四二원

第 三 章
革命의 中間決算

第三章 革命의 中間 決算

本人은 以上 第二章까지에 革命前後의 諸狀況을 說明하였다。 勿論、 이것은 舊政權의 秕政을 새삼 들추거나 革命政府의 實績을 誇示하려는 뜻은 아니었고、 다만 國家 民族의 來日을 念慮하는 憂國同胞 諸位의 參考에 寄하고자、 事實을 事實대로 記述한데 不過한 것이었다。

이제 本人은 革命政府의 지난 날을 돌아다 보고、 그 將來를 내다 보는 하나의 決算의 必要를 느낀다。

그것은 곧 革命政府의 自家批評과 더불어 自體整備 强化、 그리고 앞날에의 方向을 決定하는 뜻이 될 수 있고、 나아가 國民의 보다 많은 理解와 積極的인 協調를 求하는데 意義가 크기 때문이다。

一、 革命과 나

經濟開發 五個年 計劃을 中心으로한 經濟部門의 刮目할 成長 發展이나、 政治、 文化、

社會等 各 分野에 새出發을 爲한 秩序確立은 革命政府의 크나큰 業績이라 믿고 있다.

그러나 이를 감당하고 오는 동안에는 이루 헤아릴 수 없는 隘路와 制約을 받은 것도 事實이다.

이 가운데서도 政府로 하여금 가장 큰 苦難에 몰리게한 것은, 나날이 酷甚의 極을 달리는 民生苦 解決의 方途였다.

이것은 一分, 一秒의 餘裕를 주지 않았다.

政治란, 結局 이것이 失敗하면 볼장을 다 보는 것이 아닌가.

그러나, 이것은 果敢하고도 適切한 政府의 努力에 依하여 劇的으로 克服되었다.

이것은 곧, 革命政府의 經濟 施策이 다시 없이 成功하였음을 뜻하는 산 證據이기도 할 것이다.

그와 같이 우리의 革命은 일찌기 世界 革命史上, 類例를 찾을 수 없는, 〈一面 淸掃〉 〈一面 建設〉이었으니 우리 앞에 얼마나 많은 隘路와 難關이 있었던 것인가. 이것은 오직 後世 史家만이 알 수 있는 일일 것이다.

本人은 革命 二年을 主로 經濟施策에 注力하였다.

舊政權으로부터 물려받은 經濟重患者를 治療하여 健康하게 하는데는 不足한 것이 너무도 많았다.

우선 醫學의 技術도 環境도 말이 아니었다.

우리는 高度의 醫術을 發揮하였고 피나는 努力도 아낌 없이 支拂하였으나, 무엇보다도 隘路는 二年間이라는 制限된 期間 때문에 相當히 焦燥를 아니 느낄 수가 없었다.

그러나 結論的으로 말해서 이만큼이나마 健全한 經濟로 恢復된 것은, 奇蹟에 가까운 일이라 할 수 있다. 健全한 經濟가 바탕 없이 이루어질 理 없다는 것은 常識이다. 우리가 입으로 쉽게 外資導入 하지만, 이것도 그러한 바탕 없이는 한갖 空念佛에 그치고 마는 것이다.

우리는 그 바탕을 만드는데 總力을 모았다.

革命을 두번이나 겪어야 할 만큼 이즈러진 社會, 國家의 實情인데다가 未曾有의 旱魃과 風水害마저 겹친, 이 地域에 그러한 터전을 마련하기란 超人的인 努力 없이는 不可能한 것이다.

本人은, 이러한 觀點에서, 이 앞으로도 精力的인 施策으로 이 方面에 關心할 것을 스스로 銘心하려는 것이다.

其實, 經濟開發 五個年 計劃이란 것도 窮極的으로 잘라 말한다면, 이 앞으로 復興될 經濟를 爲한, 그 基礎事業에 不過한 것이라 할 수 있는 것이다.

經濟開發 五個年 計劃은 前述한대로 매우 鼓舞的인 成果를 거두었으나, 그렇다고 全的으로 滿足하는 것은 아니다.

더구나, 經濟問題에 對하여 專門家가 아닌 本人으로서는, 本人 스스로 自己批判을 하지 않을 수 없다.

計劃實踐에 對한 過熱과 目標達成에 對한 急迫感、 그리고 充分한 檢討 없이 強行하게 하였다는 點 等은 이 計劃을 成就하는데 長點도 되었지만、 더러는 蹉跌을 招來한 바도 있다는 것을 率直히 是認하지 않을 수 없다.

本人은 이 事實에 對하여 深甚한 責任을 痛感한다.

同時에 國民 諸位에게 強調하고자 하는 것은、 이와 같은 重旦大한 計劃의 遂行에는 政府에만 맡겨서도 안되며、 與野 할것 없이 하나의 理念으로서 建設的인 批判과 協調가 있어야 하겠다는 것이다.

왜냐하면、 이 五個年 計劃의 宗遂야말로 우리의 自主獨立과 自主經濟를 確立할 수 있는 基礎가 되기 때문이다.

二、自我批 判과 反省

經濟開發 五個年計劃의 遂行에 얼마간의 無理가 있었다는데서 自我批判을 한바 있으나、 이外에도 相當한 反省資料가 또한 있음을 숨기지 않겠다.

事實、 통틀어서 말하자면、 이번 革命은 草創期 過程에는 成功하였다 하겠으나、 그 後半期에 들어서는 뜻하지 않았던 諸般 政治的 事態로 말미암아 一大 難關에 逢着한 것이 事實이다.

그것은 一九六三年 年初를 期하여 許容된 舊政客의 政治活動에서 그 原因이 비롯된 것이다。 政治活動을 許容한 目的으로서

첫째、革命의 窮極的인 目的이 健全한 民主社會의 建設에 있었기 때문이고、두째、政淨法이 適用되고 있던 一年 七個月 間에 舊政客의 充分한 反省을 期待한 것과、또한 革命課業 遂行에 協調를 求하고、나아가 民族 總團合을 期하려는데 있었다는것을 들 수 있다。

그러나 革命政府의 期待는 完全히 水泡化되고 말았다。

그 以後의 國內事態가 어떻게 進展되었는가는 여기서 區區히 說明할 겨를이 없다。왜냐하면 그동안의 紙面이 이를 證據 保存하고 있기 때문이다。

또한 革命課業에 蹉跌을 招來한 原因으로서、一九六一年과 一九六二年에 連襲한 旱魃、風水害로 因하여 極甚한 食糧危機를 造成하였다는 것도 빼놓을 수 없는 일들이 다。

以上의 外部 條件과 함께 革命政府 自體內의 失手 또한、큰 原因이 되었다。

첫째、貨幣改革에 失敗하고 만 것이다。當初 政府는、莫大한 退藏資金을 國家産業 建設에 動員할 수 있게 될 것을 期待하고、斷行한 것이며、또한 그와 함께 通貨의 構造를 再調整함을 主眼點으로 삼았던 것인데、

그 結果는 虛事로 돌아가고 만 것이었다.

오히려 通貨價値만 低落하게하는 要因이 되었고, 金融經濟에 打擊을 준 것이 되었다.

失敗치고는 너무나 無慈悲한 것이었다. 政府는 이를 恢復하기 爲하여 精力을 다 하였으나, 그 餘波는 尙今도 存在하고 있는 것이 事實이다.

또한 農漁村의 高利債 整理에 있어, 이를 메우기 爲한 農資金의 放出까지는 좋았으나 이를 回收하는데 强權을 썼다는 것은 큰 잘못이었다.

이것은, 그같은 壯擧를, 조그만 農資金 回收策 하나와 相殺한 結果를 가져온 것이나 다름이 없는 失策이었다.

이 結果는 또한 穀價와 畜産物, 그리고 田畓價에 甚大한 影響을 주게되어 農漁民들을 크게 刺戟하게 하였다는 것도 알고 있다.

食糧問題는 그것이 비록 天災에서 온 不可抗力的 事態라고 하겠지만, 行政面에 있어서의 計數把握 等의 錯誤와 政策面에서의 早期對策의 疎忽에서 온것 等도 否認할 수 없다.

其他, 俗稱 〈四大疑獄事件〉이나, 革命主體勢力中 一部의 〈反革命事件〉 等에 對하여는 裁判의 結果에 앞서서 國政을 맡은 責任者로서 深甚한 遺憾을 表明하는 바이다.

國民諸位 앞에 本人은 以上의 失手를 自認하였다.

그 外에도 國民 가운데는 舊惡 아닌 新惡이 되살아 나고 있다고 말한다.

그러나 革命은 決코 後退할 수도 없고, 變質될 수도 없는 것이다.

왜냐하면 우리들 스스로가 이 革命을 否定할 수 없기 때문이다.

三、 나의

心 境

一九六三年 八月。

國民들 사이에는 今後 政局에 對한 本人의 進退問題를 두고 相當한 關心이 提高되고 있음을 本人은 잘 알고 있다.

이러한 關心은 至極히 當然한 일이요, 本人 또한 國家와 國民과 本人 自身에 關한 問題가 되겠으므로 此際 率直한 心境을 闡明하여 둘 必要가 있다고 본다.

1、 地位를 바라지 않는다

革命의 責任者인 本人은 次期選擧에 參與할 것인가.

이 點에 對하여는 現在 이 時間에 있어서도 過去와 마찬가지로 否定的인 것이 率直한 心境이다.

將來 일은 잠시 두고라도、本人은 革命을 構想하던 當初부터 第三共和國의 責任은 姑捨하고 革命政府 自體의 責任者가 되는 것 조차、願한 바가 없었다.

그러기에 革命 成就後、一時이기는 하였지만、이 政府의 責任者로선 本人보다 序列
이 높은 先輩를 擁立하였으며、元首職인 大統領職도 前任者로 하여금 留任하여 줄 것
을 懇請하였다.

當時、序列에서 본 本人의 位置는 第三席에 不過하였다.
어디까지나 第二線에서 犬馬之役을 다 하기만 希望하였다.
그러나 豫期하지 않았던 事態가 續出하였다. 이것은 참으로 本人으로 보아서는 難
處한 일들이었다.
革命政府 自體內에서 再革命이란 非常事態가 突發하였고、現職으로 留任하던 大統
領이 그 자리를 떠나겠다는 것이다.
本人은、如上의 事態에서 不得已 現職의 大權을 맡지 않을 수 없게 된 것이다.
일이 그렇게 進展된 以上 軍政期間이나마 구태여 責任을 固辭할 形便이 아닌 것을
알게 되었다. 그것이 當然하다고도 생각하였다.
왜냐 하면、

첫째、이 革命은 어디까지나 本人의 責任에 달려 있다는 것이고、
두째는、叙上에서 指摘한바 革命 目標와는 다른 方向으로 變轉되어가는 事態가 本
人으로 하여금 最高責任者로 앉게 하였던 것이다.
이리하여 本人은 一九六一年 七月 三日字로 議長에 就任하고、一九六二年 三月

二十四日字로　大統領權限代行에　就任한　以後　줄곧　現職에　있어　왔다.

이렇게　볼　때, 本人이　政府　最高責任者로서　있는　동안은, 極히　그　一部分을　除外하고는　大體的으로　目標하던　課業이　順調롭게　進展되어　왔다고　볼　수　있다.

지금　이　時刻에도　本人은, 政治活動의　許容에서　온　致命的인　混亂이나, 몇　가지　障害가　없었더라면　國家再建의　成果는　훨씬　飛躍的인　樣相으로　結果가　나타났을　것을　確信한다.

2, 二·二七宣誓와　나

革命當初　國內外的으로　公表한　革命公約中, 第六項에서　本人은　〈이와　같은　課業이　成就되면　良心的인　政治人에게　언제든지　政權을　移讓하고〉〈軍本然의　任務에　復歸〉한다고　하였다.

지금도　이　公約은　살아　있다. 살아　있기　때문에　寸毫도　어길　수는　없는　것이다.

民政移讓의　準備는　착착　進行中에　있을　뿐만　아니라, 그　日字까지　發表하였다.

政治活動을　許容한　것은, 어디까지나　良心的인　政治活動, 健全한　政治人으로　하여금　次期政局을　擔當케　하기　爲한　準備를　爲한　것이었으나, 舊態　依然한　그들의　再登場을　目堵하고서부터는　實로　놀라지　않을　수　없었다.

舊惡이　되살아난　것이　아니라, 쉬고　있는　사이에　舊惡이　살찌고, 힘을　길러　나타난　感이었다.

革命政府는　여기서　크나큰　憂慮를　表明하지　않을　수　없게　되었다.

따라서　우리의　苦悶은　前에　없이　커졌다.

—果然, 이들에게 政權을 맡길 수 있는 일인가.

—이들이 果然, 革命을 繼承하고 國家와 民族을 幸福되게 할 것인가.

—누구를 爲하여, 무엇을 하기 爲한 革命이었던가.

—歷史는 또 다시 後退하고야 말 것인가.

本人은 자나 깨나 이러한 疑問에 휩싸이고 있었다. 그러면서도 언제나 그들의 一大 覺醒을 期待하기도 하였다.

그러나, 우리의 期待는 날이 갈수록 虛無만을 낳았다.

公公然히 革命의 理念을 非難하고, 事事 件件에 是非의 꼬리를 물고, 進行中인 課業을 沮害하기까지 하였다.

마침내, 本人은 一大 斷案이 있어야 하겠다고 決心하였다.

그러면서도 다시 한번 그들의 反省을 一方 期待하였다.

그러나 萬事 休矣, 虛事였다.

마침내, 本人은 嚴肅한 斷案을 내렸다.

이것이 바로 〈二·一八聲明〉이다.

이 聲明에 따라 이를 實踐하기를 다짐한 것이 〈二·二七宣誓〉였다.

그 內容을 여기에 새삼 大略 引用하여 보면

첫째, 兩次의 革命을 通하여 이룩하려는 第三共和國에서는, 또다시 封建的인 派爭과 政爭은

나의 心境

勿論, 同族 相殘의 悲劇이 없게 될 것과,

두째, 모든 政治人은 主觀的인 妄執에서 脫皮하고 모든 精力을 國家와 國民과 歷史를 爲한 大義에 歸納시켜야 하며,

세째, 그러하기 爲하여 政權을 引受하려는 政治人은 五·一六革命을 繼承할 것을 前提로 할 것,

네째, 모든 政治人은 새로운 人間像을 政治型을 創造하는데 그 先驅가 되며,

다섯째, 民族革命의 結實을 爲하여 非單 政治人뿐만 아니라 經濟, 文化, 軍事分野에 從事하는 國民으로 하여금 自己 所任을 다하면서 國民的 集結이란 一大 民族力量을 示顯하게 할 것 等이다.

그런데, 이러한 宣誓는 무엇으로 保障될 것인가. 方法은 하나 밖에 있지를 않았다. 國民과 歷史가 注視하는 公開席上, 이리하여 〈二·二七宣誓〉는 各界 各層의 군은 決意 아래 擧行되었다.

3、 三·一六 聲明—四·八聲明 〈二·二七 宣誓〉를 마치고 돌아서는 本人의 心境은 〈明鏡止水〉, 그대로였다.

오직 淡淡하였을 뿐, 그러면서도 內心은 感激을 억누를 수 없었다. 그리고, 이날 이 時刻을 契機로 하여 政界가 眞正 新面目을 갖추고 나갈 것을 祈願

하였다。

그러나、 그와 같은 本人의 切實한 所願은 다음날에 벌써 어긋나기 시작하였다。

한마디로 말해서 그들은 주는 떡을 받아 먹기 爲하여、 저렇듯 억지 俳優가 되었던 것이다。

完全히 背信을 當한 것이다。 애초、 저들의 生理를 믿었던 우리의 純眞性이 餘地없이 짓밟히고 만 것이다。

本人은 이 쓰라린 記憶을 더 以上 되씹고 싶지 않다。

舊態가 가실 줄 期待한 그날 以後、 이들은 本人이 民政에 參政하지 않겠다는데 더욱 野心을 날려、 舊態가 하루 밤 사이에 幾何級數的으로 倍加하였던 것이다。

背信과 食言을 밥 먹듯 하고도 조금의 苛責도 느끼지 않게된、 舊 政治綱領으로 자란、 그 生理가 하루 한 時에 고쳐졌을 理 萬無하다。

本人은 이 以上、 더 寬容이나 理解를 그들에게 베풀 수는 없게 되었다。

眞正、 이대로 저들에게 政權을 넘긴다는 것은、 다시 第三次의 革命의 불씨까지 덤으로 보내는 것과 다름이 없다는 結論이 났다。

그러나、 悲劇은 이 以上 있어서도 안된다。 이로 因하여 被害를 입는 것은 數千名에 不過한 그들 舊政治人이 아니고、 그들을 除外한 全體 國民이기 때문이다。

〈革命의 惡循環!〉

생각만 하여도 몸서리 치는 事象이 아닌가。 이땅에 다시는 革命이 있어서는 안된다。

그러면、 이 革命도 事前에 막고、 健全한 民政을 誕生하게 하는 方法은 무엇인가。

나의 心境

或者는 不得已 軍政을 延長하는 수 밖에 다른 길이 없다고도 하였다.

아니, 그것이 大多數의 意見이었던 것으로 記憶한다.

그러나 그 때마다 本人은 이를 斷乎히 拒否하였다.

이러한 方法의 選擇은 確實히 不幸하기 때문이다.

그러나, 앞으로 다가올 國家 民族의 不幸은 무엇으로 막겠다는 것이냐.

軍政을 延長하고 안하고는 本人에게 權限있는 것이 아니다. 이미 改定 憲法이 國民投票에 依하여 決定되어 있는 以上, 이의 決定與否는 國民의 생각에 달려 있는 것이다.

드디어, 本人은 大多數의 意見을 좇기로 하였다.

아무리 窮理하여도, 그 길 밖엔 다른 道理가 없었기 때문이다.

그 內容은 곧, 〈三·一六聲明〉에 나타난 그대로다.

이것을 公告하기까지의 諸般 經緯가 政府로 하여금 그렇게 만들었음에도 不拘하고, 賊反荷杖格으로 舊政客들은 마치 本人이 政權에 未練이 있는 것처럼 歪曲 宣傳하기를 주저하지 않았다.

本人은, 여기에서 새삼 後進國의 腐敗한 政治風土위에서 淸新한 革命을 完遂하기란 얼마나 힘겨운 것인가를 뼈저리게 느꼈다.

果然, 人間 〈朴正熙〉에게 그러한 私心이 있었던가.

何如間, 그러한 措置로서 一旦 危機는 멈추어졌다.

이리하여 本人은, 다음 措置를 安全瓣으로 强化하였다.

即, 軍政도 民政도 아닌, 相互가 對等한 立場에서 次期 政權을 善意의 競爭으로 決定하려는 案이다. 말하자면, 革命 主體勢力이 民間人의 資格으로 第三共和國에 參與한다는 內容이 곧 《四·八聲明》이다.

이 聲明은 第三共和國의 腐敗를 監視하고 墮落을 防止함으로써 다시는 革命의 悲劇이 되풀이되지 않게 하려는, 《三·一六聲明》에 歸一하는 것이 된다.

또 이것은 第三의 排出口이기도 하였다.

4、 國民의 意思에 服從

《二·二七 宣誓》대로 나갔더라면 不遠한 將來에 당신을 國民은 찾았을 것이 오.

── 《三·一六聲明》을 왜 밀고 나가지 못하였는가.

本人을 아껴 주는 많은 人士들은, 글로, 또는 直接 찾아 와서 이와 같이 안타까와하였다.

그러나, 그 때마다 本人은 默默不答이었다.

하나의 命題가 決定되기 까지에는, 어디까지나 事態爲主여야 하지, 조금이라도 自身의 人氣나 榮譽가 基準이 될 수는 없는 것이다.

다시 말해서, 이것은 本人 人生觀의 一端이기도 한 것이다.

私心을 떠난 公心에서 決定된 그 같은 變更은, 따라서 조금도 낯 간지러울 것도 없고 好機를 놓쳤다고 後悔도 될 수 없다.

舊政客의 非難이나 화살은 차라리 榮光이다. 이것은 곧, 本人은, 그만큼 本人을 잊

었고, 民衆의 편에 서 있었다는 것을 證左하기 때문이다.

實로, 이 時機만큼, 重要한 時點이 또 어디에 있을 것인가.

우리는 非難이나 是非가 있기 前에 嚴肅한 歷史의 表情을 읽어야 하고, 싸우려 하기

前에 무엇을 도와줄 것인가에 머리를 돌리지 않으면 안된다.

그러하지 못할진대 우리의 祖國이나 歷史는 더 이상 우리와 함께 있기를 마다하고

돌아설 것이 아닌가.

本人은 어느 길을 찾던, 祖國이 있고, 民族이 있다는 곳이면 그 곳에 滿足하겠다.

그 곳이 草野든, 軍이든 政界든, 무슨 相關이겠는가.

國民 諸位가 國家再建에 벽돌을 쌓자면 벽돌장이로, 民族의 安住를 爲하여 담을 쌓

자면 미장이가 되는 것을, 마다 않을 覺悟이다.

四、革命은 成就되어야 한다

1、革命의 本質과 反動要素

이번 革命의 目的은 國家再建과 經濟確立에 있었지만 그

本質面에서 考察하면, 至極히 部分的인 一部 特權層에 依하여 弄絡되는 政治나 經濟 體制를 全國民의 것으로 恢復하고 確保하는데 있었다 할 것이다.

이와 같이 特殊層의 손에 놀던 權利와 主導權을 農民, 漁民, 勞動者, 小市民 社會로 移行하게 하여 庶民政治, 庶民經濟, 庶民的 文化를 樹立하여 여기에 下根하는 새로운 〈엘리트〉로 하여금 今後의 民族 國家를 引導할 수 있도록, 말하자면 時代的 新勢力層 을 形成하는데 있었다.

이렇게 볼 때, 今般의 革命은 理念的으로는 庶民的 國民革命이요, 民族的 意識革命 이며, 時代的 交替革命이라 할 수 있다.

舊政客들이 必死的으로 이 革命에 挑戰하지 않을 수 없는 理由가 여기에 있다.

바로 그들의 百年 牙城이 무너지고, 生命이 다 하려 드는데 어찌 그만한 發惡 조차 없을 수 있겠는가.

그들은 傳家 寶刀처럼, 얼핏하면 허울 좋은 民主主義를 내세운다.

이것이 그들의 唯一 無二한 煙幕戰術이다.

그러나, 그러한 〈밤의 世界〉는 가고 있다. 어차피 가고야 마는 것이다.

國民大衆의 時代的 感覺의 敏銳과 政府의 强力한 燒却作業으로 하여 이들은 漸次 밑 천을 드러내고 發惡으로 소용돌이 치고 있다.

여기에서 本人이 明確하게 못을 박아두고 싶은 것은, 그들이 즐겨 쓰던 〈民權革命〉 이나, 〈自由의 守護〉는 바로 革命政府가 窮極的으로 어떠한 代價를 支拂하는 限이 있

革命은 成就되어야 한다

더라도 期於이 軌道에 올려 놓겠다는 것이다.

그들이 政權을 감당할 때처럼 結코 〈自由〉가 一部 階層의 專有物이 되지 않게 하겠다는 것이다.

民主主義는 언제나 그들의 獨占, 專賣特許品이 아니다. 그들은 自由를 앗아, 自由를 都散賣하던 奸商 謀利輩였다.

四・一九革命 當時, 學生들의 口號에 〈**旣成世代는 물러가라**〉하던 것을 記憶하는가. 그것은, 바로 그들의 所行을 劇的으로 集約한 表現이다.

이렇게 볼 때, 五・一六革命이야 말로, 國權을 弄斷하려던 腐敗된 旣成層과 이를 밀어내려는 庶民的 國民層과의 鬪爭에 있어, 社會 正義를 發動하여 이를 審判하는 第三의 證人이라고도 할 수 있을 것이다.

2、 眞正한 國民層을 바탕으로

일찍이 우리는 革命史에서 四・一九革命과 같은 結果 없는 類例를 흔히 對할 수 있다.

純全히 民衆을 土臺로한, 이 같은 國民的 社會革命이 그 理念의 正當性에도 不拘하고, 失敗로 돌아가고 만 것은 現實上으로 〈힘〉이 없었기 때문이었다.

하나의 政權을 打倒할 수는 있었으나, 그와 類似한 腐敗政權의 登場을 막기에는 〈힘〉이 미치지 못한 것이다.

말하자면, 旣成層의 權・金力에의 숨이 너무 가빴기 때문이다.

또 하나의 理由는, 그와 같은 旣成層의 登場을 막고 그와 代替되는 新勢力層을 確保

하지 못한데 있다.

韓國에 있어 軍事革命이 不可避하였던 理由도 여기에 있다.

따라서 이것은 四・一九 革命의 遺言을 實踐한 것과 다름 없다.

適確히 말하여 五・一六 革命은 舊世代와 腐敗된 旣成層에 對하여、그 世代的 交替를 切望하던 國民革命의 保證者이다.

故로、이 理念的인 基底는 自律的인 國民意思에 依하여 民族革命으로 昇華되는데 있다고 할 것이다.

다시 말하자면、이 革命의 特色은 〈旣成勢力層 對 國民意識 + 軍의 힘〉으로 表現될 수 있다 하겠다.

革命政府가 再建國民運動을 展開하게한 것도 結局은 新 國民力量을 培養하려 함에 있었던 것이다.

即、國民的 覺醒을 組織的으로 意識體化하여、新 國民的 力量을 集約하여 어떠한 外侵內患에도 自衛態勢를 構築하는 一方、國民의 體質改善과 世代交替를 通하여 軍政이 손을 떼더라도 國民 自體의 힘으로 能히 新國家를 運營하여 나가게 될 것을 바람에서였다.

그러한 뜻에서 이번 革命의 失敗 與否는 實로 千載一遇의 歷史進退의 分岐點이다.

이 革命은 〈朴正熙〉란 個人에게 줄 수 있는 影響은 참으로 微微하기 짝이 없다.

本人은 漢江을 건너 올 때、이미 個人的인 生死는 超越하였다. 어디까지나 國家와 民族의 死活이 달려 있는 革命 그것을 爲하여、이것은 成就되지 않으면 안되는 것이

革命은 成就되어야 한다

다.

다시는 特殊 階層에 支配되는 그러한 不幸이, 우리 社會에 있게 하여서는 안되는 것

이다.

의 福祉國家를 創建하자는 그 一念으로 邁進만이 있을 뿐이다.

正義가 通하고 眞實이 呼吸되는、 潑剌하고도 嶄新하고、 希望과 理想에 充溢한 東邦

이에 國民諸位의 보다 意慾的인、 보다 强力한 協調와 愛國的인 支援을 거듭 바라마

지않는 것이다.

第 四 章

世界史에 浮刻된 革命의 各 態像

第四章　世界史에　浮
刻된　革命의　各　態像

本人은　이제　世界史에　비쳐진　各種　各樣의　革命을　考察할　必要를　느끼게　되었다.
그것을　通하여,　우리의　革命이　어떤　革命의　性格을　띠고　있는　가를　比較하여　立證할
수　있기　때문이다.

革命이란,　그　本質的인　面에서나,　行動　半徑上으로　보나,　寬容이나　妥協이　一切　容納
되지　않는　것은,　어디까지나　超非常手段을　그　內容으로　하고　있다는　것이　常識이기는
하지만　二〇世紀　後半에　있어서는　그것도　많은　變化를　가져온　것도　숨길　수　없는　事
象이다.

하나의　確固한　思想이나,　制度上의　改革을　目的으로한　것이　아니고,　單純히　政權의
掌握에　革命의　手段을　借用한　例도　흔하다.

그러나,　革命의　要諦는　적어도　한　國家나　한　民族（한　集團）이　回天의　大業을　遂行
함으로써　名實　相符한　福祉社會를　이룩함에　있는　것이　아니면　안된다.　또한　이러한　課

業들은 窮極的으로 革命이란 非常한 激動의 過程을 必要로 하고 왔다는 것이 歷史가 證明하고 있는 바이다.

참으로 偉大한 創造는 그와 같은 偉大한 陣痛에서만 可能하였다 할 것이다.

要는, 이 偉大한 創造를 爲하여 偉大한 陣痛을 감당할 만한 理想과 勇氣가 있느냐 없느냐가 問題다.

그러한 問題의 열쇠 없이 한 國家, 民族도 偉大해진 例가 없었거니와 革命 또한 온전하게 치루어진 境遇도 없다.

勿論, 한 마디로 〈革命〉이라고 쉽게 불리어지기는 하지만, 그 廣義로운 單語 속에는 理念이나, 目的과 方法, 그리고 그 結果에 있어서는 實로 千態 萬相이 內包되고 있다.

그 속에는 贊成할 것도 있고, 非難될 것도 있으며, 成功한 것도 失敗한 것, 그리고 이것도 저것도 아닌 中性的인 것으로 流産된 것도 있는 것이다.

또 近者에 와서는 이러한 革命은, 地域的 條件으로, 人種的 運命으로, 共同 生活圈 同一 文化圈 그리고 一致하는 宗教的인 理由 等으로 因해, 또한 變貌되고 發展되어 가고 있는 特徵도 있다.

우리는 여기서 우리가 志向하는 革命의 類型을 이 속에서 比較해 볼 必要가 있고 韓國 革命의 長點과 短點을 찾아 볼 必要가 있다.

그것은 特히 高度化한 國際 社會로 나아가지 않으면 안되는 今日의 事情이 더욱 그러한 것이다.

革命에 成功한 各 民族의 再建 類型

本人은 이제, 世界史를 더듬으며, 各國의 革命 諸樣相과 그 斷面을 살펴보기로 하였다.

革命 遂行에 資하고 國民 諸位의 理解와 協調를 求함에서이다.

一、革命에 成功한 各民族의 再建類型

革命이란 非常手段을 거쳐 民族社會의 改革을 이룩한 類型에는 여러가지가 있었다. 〈레닌〉의 十一月 革命을 項目으로한 世界 到處의 붉은 共産革命、〈히틀러〉의 〈나치스〉革命、〈무솔리니〉의 〈파시스트〉革命、그리고 〈스페인〉의 〈프랑코〉와 같은 白色 革命이 있는가 하면、中國의 孫逸仙 革命이나、日本의 明治維新、그리고 土耳其의 〈케말・파샤〉와 같은 純粹한 民族 再建을 爲한 革命이 있고、〈아시아〉、〈아랍〉、〈아프리카〉地域에서 間斷없이 되풀이되고 있는 後進 克服의 自覺 革命等、이렇듯 革命은 一括的으로 한마디로 說明할 수 없이 各樣 各態다.

그러나、우리가 以上의 革命에서 한가지 注意 깊게 살펴보지 않으면 안될 것은、前記의 赤色 獨裁、白色의 革命은、何等 우리와 永遠히 相關할 수 없는 것이라는 點이다.

그것은 우리의 事情 보다도 人類를 爲하여서도 不幸한 것으로、오늘의 知性이 容納

하지 않기 때문이다. 이와는 달리 한 國家, 한 民族 社會의 發展을 爲한 革命으로서 우리는, 佛蘭西)의 民權革命, 中國의 孫逸仙(孫文)革命, 日本의 明治維新, 土耳其의 〈게말·파샤〉革命, 〈에지프트〉의 〈나세르〉革命, 그리고 産業革命으로서 英國의 境遇는 우리에게 주는 바가 크다 할 것이다.

本人이 關心하여 小論하려는 것이 바로 이 革命들이다.

1、 中國의 近代化와 孫逸仙 革命 　 五億의 人口와 四百餘州의 天下, 數千年의 歷史, 그리고 古代 文明의 發祥國의 하나이기도 한 이 中國은, 傳統的인 崇儒의 凶家에서 잠만 깊이 들고 있었었다.

잠자는 獅子로 불리어지기만 하던 大中國이, 封建의 묵직한 閉門을 박차고 近代에로 눈을 뜨게된 것은, 時代的인 思潮나 中國人 自體의 進取的인 覺醒도 없었던 것은 아니나, 보다도, 그를 直接 誘發하게한 것은 列強의 侵略이라 할 것이다.

이렇게 볼때, 中國의 近代化는 바로 이 憤怒의 所産이다.

가、 革命의 導火線 　 淸朝 末期에서 비롯된 中國의 近代化를 促進한 革命의 過程을 槪瞥하여 보면, 첫째 淸朝의 衰頹와 〈유럽〉各國의 大陸 侵略이 그 背景이었다.

여기에 漢民族의 民族意識이 漸次 高潮되어 갔다.

〈滅滿興漢〉은 그를 端的으로 表現한 〈슬로간〉이기도 하였다.

革命에 成功한 各 民族의 再建 類型

또한 西洋의 民權思想이 普及됨에 따라, 이 두 意識은 닥아올 中國의 黎明을 마련하게 되었다.

이와 같은 時代的인 雰圍氣가 造成되고 있는데도, 外國 資本主義가 侵入하여 中國으로 하여금 半植民化되게 하고, 그 結果로서 一八四○年의 阿片戰爭이 勃發하여, 마침내 南京條約으로 屈한 中國은 香港을 英國에, 廣東, 福州, 厦門, 寧波, 上海等을 不得已 그들의 强制 意思에 따라 開港하지 않을 수 없게 되었다.

屈辱의 連鎖는 여기에 그치지 않았다. 事實은, 이 때부터 外勢는 本格的으로 中國을 蠶食하기 시작한 것이었다.

卽, 一八五六年 廣東에서 發生한 〈아로오〉號 事件과 一八五二年의 宣敎師 殺害事件을 트집잡아 廣東을 占領하고 다시, 一沽, 天津, 北京에 進駐하여 强制로 九龍島를 빼앗고, 中莊, 登州, 臺灣, 潮州 그리고 瓊州等의 諸港을 開港하게 하는 한편 基督敎의 布敎權도 掌握하였다.

本土에서 이같은 不幸이 겹쳐지고 있을 때, 北方에서는 一八五八年 露國은 아무런 까닭도 없이 愛琿條約을 强要하고, 廣大한 沿海州 一帶를 빼앗아 西北邊境에 對한 露國의 東進 政策 발판을 만들게 하였는데, 이에 對하여 英國은 다시 一八七五年 領事館의 한 書記官 殺害事件을 口實로 宜昌, 蕪湖 等의 四個港을 强制 開港케 하는 한편, 安慶 湖口 等의 沿江 六港을 寄港地로 만들어 楊子江의 商權을 壟斷하였다.

또한 南方으로는 一八八五年 佛蘭西가 安南의 宗主權을 빼앗고, 이러던 中, 終局은

淸日戰爭(一八九四年—一八九五年)에 이르러 外勢 앞에 完全히 투구를 벗고 말았다.

淸日戰爭에서 敗北를 當한 中國의 處地는 참으로 悲慘、그것이었다.

이 結果로 臺灣을 日本에 넘겨주지 않으면 안되었고、所謂〈三國干涉〉의 흥정에 따라 저들 마음대로 獨逸은 膠州灣을、美國은 威海衛를、佛蘭西에 廣州灣을、그리고 露國에 旅順、大連等을 九九個年의 租借地라는 名目으로 强占 當하였다.

또한 이를 前後해서 主要한 港灣、河川의 航行、鐵道 鑛山의 經營權은 勿論、甚至於 關稅의 管理、金融에 이르기까지 外國 銀行이 支配하는바 되었고、日增 月加하는 政治、經濟의 壓迫에 呻吟한 中國 國民의 生活相이란 可히 推測하기에 어렵지 않았다.

피 있는、젊은 靑年이란 이름을 가진者、어찌 이것을 보고만 있을까 보냐.

孫逸仙!

그는 마침내 旗를 올렸다.

참으로 五千年을 잠자던 獅子가 잠을 깬 것이었다.

나、革命思潮와 民衆의 抵抗

이같이 外勢의 侵略과 壓迫에 對抗하여 擧事된 이 革命에는 當初 두 主流가 있었다.

康有爲를 中心한 所謂、〈變法自彊〉의 思潮、그리고 孫逸仙의 〈三民主義〉의 革命理念이 그 것이다.

前者가 그러한 苦難을 當하면서도 어찌지 못한 理由는 淸國 政府의 專制 君主制度에 起因하는 것이므로 이 政態를 民主的으로 改革하여 政府를 補强함으로써 國家의 自主性을 恢復하여야 한다는—말하자면 〈淸朝補强論〉이라 할 수 있는데 對하여 後者인 孫逸仙의 論은, 오직 中國을 救하는 길은 淸朝를 打倒하고 近代의 民主國家로 새 出發하여야 한다는 〈民主國家論〉이었다.

이 兩大 革命理論은 뒤에 康有爲의 戊戌政變과 孫逸仙 主導의 辛亥革命으로 되어 갔다.

그러나, 辛亥革命이 이룩되기까지에도, 줄기찬 民族意識의 思想的인 勃興이 있었다. 그 經過는 大要 다음과 같다.

첫째로, 淸朝를 反對하고 明朝를 復元하려고 主張하던 〈反淸復明主義〉의 〈白蓮敎亂〉이 있었고, 一八五○年代에 와서는 淸朝를 打倒하여 基督敎의 太平天國을 主張하는 〈洪秀全의 亂〉과, 基督敎를 앞장 세우며 侵略하는 西洋人을 排擊하는 〈大刀會의 亂〉과, 基督敎에 對한 反抗과 列强에로 向한 憎惡로 爆發된 義和團의 〈北淸事變〉, 이같은 過程에 이어 淸朝 君主專制를 改革하려던 戊戌政變이 그것이다.

처음부터 專制 君主制度를 止揚하고 民主國家로서 中國을 創建하려는 孫逸仙(文)은, 淸日戰爭이 일어나자, 그의 鄕里인 廣東을 발판으로 하여 一擧 廣東地方을 占領하는 革命을 企圖하다가 計劃 實行 前에 綻露되어 失敗하고 말았다. 所謂 廣東事變이다.

孫逸仙의 最初의 政治運動이자 革命은 이같이 失敗에 돌아가고 말았다.

孫逸仙 만이 아니었다. 그같이 줄기차게 일어났던 모든 民衆運動이 모조리 失敗된 것이다.

쓰디 쓴 憤酒를 마시며 康有爲도, 孫逸仙도, 終局은 海外로 亡命하지 않으면 안되었다. 그러나, 그 以後에 繼續되던 一連의 反抗運動으로 辛亥革命은 成功하였다. 辛亥革命이 이같이 成功한 그 理念의 基底는, 어디까지나 外國의 干涉을 排除하며 民族의 自主性을 確立하는데는 淸朝를 打倒하고 새로운 民主國家 樹立을 그 目標로 하고 있었다는 것과, 漢族의 復興을 爲하려는 民族意識, 그리고 封建體制에서 近代社會化에의 追求에 있었다.

다, 孫逸仙과 三民主義 廣東事變에서 失敗한 孫逸仙은, 日本, 〈하와이〉, 英國 等으로 編歷하면서, 그의 同志를 糾合하였다. 이것이 辛亥革命의 母體가 되었던 〈興中會〉다. 그러나, 이즈음 海外에서 模索되던 革命團體는 한 두 團體가 아니었다.

먼저 康有爲의 立憲 君主制度 主唱의 〈保皇會〉, 黃興의 〈華興會〉, 章炳麟의 〈光復會〉等으로 革命 力量은 分裂될 대로 되어 있었던 것이다.

一九〇五年, 孫逸仙은 東京에서 理念을 같이하는 〈華興會〉와 〈光復會〉를 統合하여 새로이 〈中國同盟會〉를 組織하였다.

總理에는 孫逸仙이 推戴되고 그 幕下에 黃興、王兆銘、胡漢民、廖仲愷、章炳麟、梁啓超等 天下의 熱血漢과 知將들이 모였다. 이들은 未久에 밝아 올 辛亥革命을 向하

革命에 成功한 各 民族의 再建 類型

여 前進을 繼續하였다.

一九一一年 十月 十日

武昌事件을 契機로 革命에 成功한 革命軍은、 政府軍과의 協商에서 南京政府를 樹立하였다。

翌年 一月 一日 孫逸仙이 大統領에 就任함으로써 오늘의 中華民國은 建國되었다。 二七○年의 君主國이던 淸朝는 이로써 물러가고、 五千年 以來 最初의 共和體制가 나타난 것이다。

〈中國의 國父 孫逸仙〉!

分明히 中國大陸에 새 太陽이 솟은 것이다。

여기서、 우리는 그의 革命理念의 基底가 된、〈六大綱領〉과 〈三民主義〉를 槪觀하여 보자。

六大綱領

1、 劣惡政府의 打倒

2、 共和政體의 建國

3、 眞正한 世界平和의 維持

4、 土地의 共有

5、中・日의 國民的 聯合

6、世界列强에 對한、中國 革新事業의 理解 促求

三民主義

1、民族主義

이것은 種性에서 發出되는 自然의 原理라 할 수 있다. 마치 이는, 길 가다가 만난 他人을 自己 父母로 생각할 수 없는 것과 같은、人情的인 理致로 說明되고 있다.

2、民權主義

人間은 누구나 自治의 權利가 있다.

3、民生主義

이것은 經濟主義다. 民族革命과 政治革命을 하였다고 해서、滿足할 수는 없다. 假令 이 革命들이 社會革命을 더불지 않는다면 그 結果는 어떻게 될 것인가. 少數 資本家에 依하여 大多數 國民들이 犧牲될 것이고、나아가 第二의 革命을 불러들이는 要素가 된다.

그러기 때문에、이에 앞선 對策이 不可避하다. 이것이 社會革命의 必然性이다. 中國엔 現在 資本家가 많지 못하다. 이 社會情勢가 列强과 다른 點이다. 그러나、一旦 革命이 된 以上은、將次 事情으로 내다보이는 것은、資本家가 盛하여질 것이고、따라서 貧富의 差는 日益 懸隔한 것으로 나타날 것이다. 現在로서 이와 같은 事實이 眼前에는 보이지 않을 것이다. 그러나 그렇다고 이를 그대로 對策없이 놓아 둔다는 것도 至極히 危險한 일이다.

革命에 成功한 各 民族의 再建 類型

이 點에서、하나의 豫備策을 講究하여야 한다。

即、地價를 定하여 두는 方法이 그것이다。

例를 들면、現在 二千元하는 地價는 그것을 그대로 二千元으로 定한다。이것을 標準으로 課稅하는 한편、將次 上昇하는 差異를 國家에 돌아 오게 한다는 것이다。失價는 勿論 國家가 負擔한다。이렇게 함으로써 地主에 何等 損失이 없고 그 差利는 國家와 社會政策에 充當한다。

이것은 中國과 같이 地價에 左右되는 國民經濟體制에 있어서는 참으로 合理的인 政策이었다。

五權憲法

行政權、立法權、司法權、考選權 糾察權이 憲法에서 規定되어 있다。이것은 中國에서만 볼 수 있는 特別한 憲法이다。中國 事情을 말하는 좋은 資料라 할 것이다。

以上과 같이 孫逸仙의 六大綱領、三民主義와 五權憲法의 主唱은、그것이 中國傳來의 思想에다 西歐의 近代政治와 經濟思潮를 加味한 獨特한、革命理論으로서 우리의 注目을 끌은 바 있다。

그러나 本人은 以上 더 이러한 思想的인 檢討를 장황히 여기에 늘어 놓을 餘裕를 가지지 못하는 것을 遺憾으로 생각한다。

다만、孫逸仙의 革命을 훑어 본 所感 만은 빼 놓을 수 없을 것이다。

이 革命의 背面에 그 얼마만한 屈辱的인 民族의 受難이 있었으며、이로 말미암아

國家와 歷史가 또한 얼마나 괴로워 하였고、 이를 바로 잡으려는 피 땀어린 努力이 얼마나 들었을까 하는 點이다。

이 點에서 이 革命은 世界 革命史上 오래도록 빛날 金字塔이라 할 것이다。

2、 明治維新과 日本의 近代化 세개의 작은 섬으로 된 나라、 日本에는、 그 當時 六十八個의 地方 諸侯가 分立하여 同族相殘의 內亂에 어지러져 있었다。

二千年의 歷史라는 이 땅은、 그만큼 長久히 門을 닫고、 所謂 攘夷 鎖國을 자랑하며、 그 籠城속에서 至極히 頑迷한 封建生活을 營爲하여 왔다。

그러나、 이러던 日本이 明治維持이란 革命過程을 겪고 난지 十年 內外에는、 一躍 極東의 强國으로 登場하지 않았던가。 實로 亞細亞의 驚異요、 奇蹟이 아닐 수 없다。

가、 明治維新의 背景 그러면 그러한 驚異와 奇蹟을 낳게한 그 史的 背景은 무엇이었던가、 그것은 첫째 封建社會가 스스로 崩壞되어 가고 있었고、 그와 때를 같이하여 歐洲 列國이 開國을 서두르게 하였다는 것이다。

日本은 一、一四七年代의 源 賴朝에 依하여 처음으로 將軍政府란、 幕府政治가 시작되었다。

이것은 그後、 蘇我氏、 藤原氏、 平氏의 權門을 거쳐、 一、五四二年에는 德川 家康이 豊臣家로 부터 幕府의 支配權을 掌握하여、 自己 支配下의 世襲的 家臣인 諸 大名(註、地方領主)

革命에 成功한 各 民族의 再建 類型

一七六家、外 大名 八十六家를 거느리고 軍事 獨裁 體制를 確立하여 日本 全國에 걸쳐 覇權을 잡아 왔다。

國民諸位는 이러한 日本 歷史의 記述에 不快해하실 것이지만、조금만 참아 주기 바란다。이 不快를 맛보지 않으면 안되는 우리의 處地가 더욱 딱하다。

이와 같이 튼튼한 萬年 牙城이던 德川政權도 二五○年을 지나자、自然히 衰退의 길을 아니 더듬을 수 없게 되었다。

그 原因을 살펴 보면、

첫째、德川幕府는 그 勢力이 强大함에도 不拘하고、恒常 配下 大名들의 背叛 可能性에 떨고 있었다。따라서 德川家는 이것을 牽制하기 爲하여 갖은 手法을 다 썼다。即、藩(註:地方領國)과 藩과의 交涉、大名의 旅行、婚姻、城과 壕의 築造、諸侯의 朝廷과의 接觸等 廣範圍에 걸친 禁止、許可 等 干涉主義는、勿論、財政에까지 壓力을 加함으로써、諸侯들의 弱化를 企圖하였는데、이것이 導火線이 되어 德川家와 諸侯間에 間隔을 가져오게 하였다。이것이 明治維新에 微妙한 作用을 加하였다。

두째는、德川幕府의 長久한 平和가 가져온 副作用이다。

武士들은 이로 因하여 收入이 줄고、그 위에 領主의 減俸에 접친 事由로 하여 이들의 生活은 어느새 寄生層으로 急落하였다。

町人(商人) 하나 둘쯤 목을 베어도 罪가 될 수 없었었던 이들의 지난 날의 權勢에서
본다면 참으로 桑田 碧海다.

이들은 좀 있어 浪人이 되었다.

德川家에 對한 不平이 없을 수 없다.

이 浪人社會의 不平은, 곧 明治維新의 原動力이 되었다.

세째로는, 德川幕府에서 動物以下로 賤待받던 町人階級에 對한 일이다.
이들은 德川幕府下에서는 出世나 榮達을 꿈꿀 수 없었기 때문에, 오직 돈을 버는데
만 注力하였으므로 實際 經濟的인 實權은 이들 町人階級이 쥐고 있었던 것이다.
이들이 온 經濟力을 動員하여 德川幕府를 打倒하는데 앞장 섰고, 明治維新 勢力에
同調하게된 것은 너무도 當然하다.

네째, 德川幕府에 依하여 國庫調辨이란 名目으로 搾取를 當해 오기만 하던 農民들의
民心은, 地震、洪水、旱魃 等 天災地變의 加重繼續으로 인하여 德川幕府에 크나 큰
敵意를 품어 왔다.

이것이 그같은 封建社會를 崩壞시키는데 큰 原動力이 되었다.

또한 우리는 明治維新의 活力이 되었던 歐美의 壓力을 빼놓을 수 없다.
이러한 開國은 結果的으로 德川幕府의 終焉을 告하게 하였고, 日本으로 하여금 近

代化하게 한 直接動機가 되었다.

나, 明治維新의 成就經過　概要, 以上과 같은 內外　情勢를　背景으로　胎動한 이 維新은,

첫 째, 從前의 天皇을 君主로 하고 將軍을 統治者로 하던, 二重政治　制度를 廢止하고 天皇으로 하여금, 直接 統治者로 한 옛날의 王道로 復歸하게 하는 〈王政復古主義〉와,

두 째, 佐久間 象山, 渡邊 華山, 高野 長英, 吉田 松陰 等을 中心으로 한 〈開國進取論〉者와, 이에 同調하는 下級 武士級의 蘭學派와, 町人階級을 代表하는 商人 等으로 一團을 이룬 〈日本 近代化 主唱派〉와,

세 째, 南九州의 薩摩藩을 中心으로한, 長州, 肥前, 土佐 等의 〈德川幕府의 不平派〉와,

네 째, 公卿(註：貴族出身)의 三條 實美, 姉小路 公知, 德大寺 岩倉 等의 〈宮廷派〉와, 그밖에 木戶 孝允, 大久保 利通, 西郷 隆盛、高杉 晋作、阪本 龍馬、藤田 東湖、大村 益次郎, 桂 小五郎 等 熱血青年, 天下의 經綸家들에 依하여…… 維新의 課業은 進捗되어 갔는데, 여기에 크게 도움을 준, 三井、鴻池、岩崎、小野、島田等 大町人(註：民間財閥)

의 功도 特記할 일이다.

이 維新의 結果로서, 우리가 注目할 것은, 여기에 크게 功이 된 薩摩、長州、土佐의

藩主들이 政界의 一線에서 물러서고, 政治 實權이 下級武士 出身인, 木戶 孝允, 西鄉

隆盛 等의 中堅級에 掌握되었다는 事實이다. 그런고로 이 明治維新의 特徵이자, 立憲

君主制度의 國家再建과, 日本의 近代化 原因을 本人은 다음과 같이 要約하고 싶다.

1, 明治維新은 그 思想的 基底를 天皇 絶對制度의 國粹主義的인 愛國에 두었다.

2, 이리하여 이들은 밖에서 밀려 오는 外國의 思想을 日本化하는데 成功하고, 또한 國內的으로 陣痛을 거듭하는 維新課業에의 外勢侵入을 防禦할 수 있었다.

3, 藩主勢力을 除去하고, 天皇과 〈에네르기쉬〉한 社會中堅層을 直接 連結함으로써 封建性 脫皮와 新進氣運을 造成하였다.

4, 維新大業에 앞장 섰던 大町人을 政治, 經濟의 中心舞臺에 登場하게 하여, 國家 資本主義를 育成하고, 이 政治, 經濟, 兩勢力이 天皇을 頂點으로, 貴族을 國家의 元老로 하는 帝國主義的 體制를 確立하였다.

이와 같이 이들은, 自身의 確固한 主體性 위에 政治的인 改革과 經濟的인 向上, 社會的인 改革을 遂行하여 왔기 때문에, 歐美體制에의 偏重을 克服할 수도 있었고, 徐徐히 餘裕있는 進行을 보게 된 것이었다.

其他, 廢藩 置縣이나, 武士團의 解體, 土地改革, 憲法의 公布, 國會의 開院, 通貨改革等 諸施策은 此項에서 言及할 것이 아니므로 省略한다.

革命에 成功한 各民族의 再建 類型

何如間、 時代나 사람의 思考方式이 그 當時와 지금이 같을 수는 없지만、 日本의 明

治 革命人의 境遇는 今後 우리의 革命遂行에 많은 參考가 될 것은、 否定할 수 없을

것이기 때문에、 本人은 이 方面에 앞으로도 關心을 繼續하여 나갈 것이다.

3、 〈게말·파샤〉와 土耳其革命   〈게말·파샤〉! 그는 土耳其의 國父다.

우리는 土耳其를 머리에 그릴 때、 이 革命의 英雄을 잊을 수가 없을 것이다.

土耳其의 國民革命을 말하려면、 먼저 第一次 世界大戰에서 敗北한 이 나라의 慘狀

부터 引用하지 않으면 안된다.

獨逸 便이던 土耳其는 一九一八年 十月 三十日에 聯合軍에 屈服하였다. 그 이듬해

一九二○年 八月 十日에는 全文 十三篇 四三三條로된 悲慘한 媾和條約에 調印하지 않

으면 안 되었다.

가、 恥辱의 文書〈세에블〉媾和條約   이 結果、 土耳其는 名目上 或은 實質的인 植民

地는 모조리 빼앗기고、 本土의 殆半마저도 委任統治 或은 〈勢力範圍〉라는 形式으로

列強에 奪取當하였다.

即、 英國은 〈헤쟈스〉、 〈아라비아〉、 〈에지프트〉、 〈수단〉으로 부터、 土耳其의 宗主權

을 빼앗는 한편、 〈팔레스티나〉、 〈메소포타미아〉、 〈이락〉의 委任統治權을 所有하여 갔

다。

佛蘭西는 〈튜니스〉、〈모로코〉에 對한 宗主權을、〈시리아〉와 〈레바논〉을 委任統治로 차지하는 同時에 〈아나트리아〉南部의 〈아다리아〉地方을 勢力範圍로 占有하였으며、伊太利는 〈트리폴리・키레나이카〉를 正式으로 領有하고、〈에게〉海의 〈도데카네스〉諸島를 强占하였을 뿐만 아니라、〈아나트리아〉西南部의 〈아다나〉地方을 그의 勢力範圍로 하였다。그리고 希臘은、〈트라키아〉의 大部分과、〈인브로스〉・〈데네도스〉等 〈에게〉海內의 諸島를 領取한 外에、〈아나트리아〉의 〈스미루나〉地方의 行政權을 占有하고、그 위에 〈스미루나〉內地를 勢力範圍로 삼았다。

뿐만 아니라、이러한 諸國의 强占 外에도 〈아나트리아〉東部의 〈예루살렘〉、〈트레비존〉、〈반・비트리스〉州는 獨立하여 〈아르메니아〉國이 되었고、〈아나트리아〉東南部의 〈쿨지스탄〉地方은、自治權이 賦與되어 將次 國際聯盟의 常任理事會의 決定으로 獨立이 承認되게 되어 있었다。

이리하여、土耳其 民族에게 남겨진 領土라고는 〈유럽〉土耳其 本土의 一割以下와、亞細亞 土耳其 本土의 三分의 一에 不過하게 되었고、다시 그 위에 首都인 〈이스탄불〉의 實權마저도 聯合國에 돌려 지고 만 것이다。

土耳其는 이같은 領土의 喪失 以外에도、土耳其 內의 港灣 自由使用權、黑海沿岸 諸港의 自由地域權、港灣、水路、鐵道、道路 等이 聯合國에 달려 있었고、이 以外에도 輸送 優先權、設備 輸送法의 改善을 土耳其政府에 要求하는 權利、모든 通信機關에

對한　管理權、特히　飛行機에　關한　自由航行權과　無條件　使用權、飛行場　建設　命令

權……　等等、一切의　權利가　聯合國에　있었고、土耳其는　一方的　義務　만을　진　形便에

서　있어야　했다.

軍事力의　保有에　있어서는、陸軍이、七○○名의　親衞兵、砲兵을　가지지　않는　步兵

三五、○○○名、海軍은　〈스룹〉艦　七隻에　水雷艇　六隻으로　制限되었다.

以上이、土耳其　敗北가　맛보아야할　恥辱의　內容이다.

二十世紀에　있어서　이　같은　過重하고도　惡毒한　報復은　土耳其를　빼놓고는　想像도

할　수　없는　일이다.

참으로　戰爭史上、人類史에　다시　없을　降服條件이라　않을　수　없다.

나、進駐軍의　暴壓과　土耳其　民族의　再起

비록　戰爭에는　敗하였다　해도、土耳其國

民의　가슴　속에　있는　自負心은　決코　消滅하지　않았다.

이　悲運의　以前까지만　해도、土耳其는、世界　最大　最强의　帝國을　자랑하던　〈오토

만〉帝國의　後裔였고、한　民族、한　國家가　形成된　以來、單　한　번도　他의　征服을　當한

일이　없는、名譽로운　矜持를　지닌　國民이었다.

그럴수록　이　敗北는、그만큼　이　國民에　크나　큰　衝擊이　되었다.

戰爭에　지칠대로　지친　이들의　表情에는、이미　過去의　歷史나　氣力은　읽어　볼　수가

없었다.

거기에다　聯合國은　또　한번　强壓的인　命令을　내렸다.

《쯔아》政權을 쓰러뜨린 一九一七年 十一月의 《소비에트》赤色政權에 對抗하기 爲한 軍事施設의 設置 强要가 그것이다.

全國土는 갈기 갈기 찢어서 나누어 갖고, 進駐한 後에는 國民의 財物을 掠奪하고, 奴隷 같이 부리는 等, 苦難이라기 보다, 바로 土耳其 國土가, 地上의 地獄으로 化한 느낌이었다.

特히, 《스미루나》地區에 進駐한 希臘軍의 亂暴한 行爲는, 그 동안 겪은, 土耳其 民族의 受難을 雄辯으로 證明하여 줄 뿐만 아니라, 오늘날까지도 《悲劇의 標本》으로 남게 하였다.

一九一九年 五月 十五日 未明의 일이었다.

美 英 佛의 聯合艦隊가 護衛하는 가운데, 아름다운 꿈의 都市 《스미루나》에 進駐한 二個聯隊와 또 하나의 陸戰隊 希臘軍은, 눈 깜짝할 사이에 三○○名의 土耳其人을 虐殺하였고, 이로 因하여 負傷 當한 民間人이 또한 六○○名 以上을 헤아렸다.

이 조그마한 都市에, 殘虐한 希臘軍은, 老幼를 莫論하고, 土耳其帽를 쓴 사람이면, 닥치는 대로 殺害하였고, 土耳其人 特有의 《베일》을 쓴 婦女子이면 모조리 욕 보이고, 집이란 집은 例外없이 불살랐으며, 財物될 만한 것은 남김 없이 掠奪하여 갔다.

아무리 戰爭에 졌다 한들, 이 얼마나 끔찍한 慘狀이냐! 아름다운 꿈의 都市 《스미루나》는 이렇게하여 四十時間이 못가서 完全히 죽음의 都市로, 아니 惡魔의 놀이터로 變하고 말았다.

革命에 成功한 各 民族의 再建 類型

〈스미루나〉!

그것은 土耳其의 가슴만을 울린 것은 아니었다. 土耳其人의 憤怒에 그치는 것이 아

니었다.

全 世界人類의 가슴을 촉촉히 적시었고、 憤怒를 뒤끓게 하였다.

土耳其의 悲劇은 非單 〈스미루나〉 한 곳에 그칠 理 없었다.

그들 聯合軍이 가는 곳, 닥치는 고을 마다、 밤 낮으로 土耳其의 悲鳴은 그칠 날이

없었다.

아직까지 武裝解除를 當하지는 않았다지만 그것을 目睹하면서도 土耳其軍은 참아야

했다.

사랑하는 祖國과 妻子가 敵에게 짓밟히는 것을 옆에서 보면서도 어쩔 수가 없었다.

憤怒는 목까지 차 왔지만 그래도 참아야 했다.

—土其耳는 이대로 영영 亡하고 말 것인가! 이런 所願을 希求하면서.

그러나 일어났다. 斷乎히 일어났다. 마을을 잃고、 妻子를 다친、 純朴한 農民들이

敵과 最後의 一戰을 겨누기 爲하여 草原에로 모여 왔다.

그러나 맨 주먹이었다.

드디어 土耳其軍은 일어났다.

永遠히 記錄될 一九一九年 五月 二十八日.

〈아리·베이〉大領이 引率하는 土耳其軍 第十七聯隊가 처음으로 希臘 進駐軍에 銃彈을 퍼부었다. 그것을 信號로 하여 民族의 憤怒가 全 土耳其에 깔렸다. 참으로 이 一發의 銃聲은 크나 큰 奇蹟을 가져왔다.

憂國志士、男女 愛國 國民들은 義勇軍을 組織하였다. 여기에 모여든 小隊員에는 小作農 貧農 그리고 逃亡兵까지도 있었다.

참으로 잘 싸웠다.

그러나、戰爭은 이미 지지 않았는가.

끝내 奇蹟은 열매를 맺지 못하고 꽃으로 지고 말았다.

〈廢墟의 國土〉!

〈氣盡 脈盡한 國民〉!

〈希望 없는…… 散發的인 抗拒〉!

거기에다、腐敗와 柔弱、그리고 無能으로 하여 오늘의 落照를 가져온、〈마호메드〉六世의 〈살타〉(註、皇帝의 別稱)政府는 아무런 對策도 없이 進駐軍의 氣味를 살피고、오히려 野合하는 敵의 忠僕으로 알뜰할 뿐、나라에는 조금도 關心이 없었다.

── 眞正、土耳其는 이대로 亡하고 말 것인가.

── 眞正、土耳其를 救할 勇者는 없는가.

다、〈게말·파샤〉의 登場   〈무수타파·게말〉은 一八八〇年 〈살로니카〉에서 태어났

革命에 成功한 各 民族의 再建 類型

다。

어릴 때、 아버지를 잃고 片母 밑에 〈살로니카〉幼年學校와 〈모나스틸〉士官學校를 거쳐、 一九○五年에는 〈콘스탄티노플〉陸軍大學을 卒業하였다。

學生時節 때부터 그는 벌써 熱烈한 自由主義者이기도 하였다。

이런 理由로 一九○五年 陸軍大學을 卒業하자 이내 逮捕當하는 몸이 되었다。

그러나 學業 成績이 優秀하였다는 것이 認定되어 釋放되고、〈다마스카스〉勤務가 되었다。

이곳에서 그는 〈바탄〉(祖國)이란 秘密結社를 組織하였고、 뒤이어 青年將校를 中心한 自由協會에도 關係하다가、 一九○九年 〈살탄〉의 反革命을 이어、 青年 土耳其黨의 支配權을 復活시켰다。

一九一五年에는 第十九師團長으로서 墺地利와 新西蘭의 聯合軍을 〈카리포리〉 戰鬪에서 擊破하였고、 다시 第十六軍團長으로서 〈해밀턴〉將軍의 英佛軍을 擊退시켰다。

〈게말・파샤〉는 이 勝利에서 〈다다넬스〉의 英雄이 되었고、 그 名聲이 全國에 올랐다。

그는 凱旋將軍으로서 首都에 돌아왔다。

그러나、 政府는 그를 冷待하였다。 뿐만 아니라、 곧 東部戰線으로 出動을 命하였다。 한다는 口實로 東部戰線의 露軍과의 對戰을 爲

惡戰 苦鬪 끝에 그 곳에서도 敵을 쳤다。 政府는 다시 그를 南部戰線으로 돌렸다。

숨 돌릴 餘暇조차 없었던 電擊的인 命令이었다。

여기서 그는 同盟軍인 獨逸의 〈할겐하우젠〉將軍과 크게 衝突하여 戰線으로부터 解

任되었다.

一九一八年에는 皇太子를 따라 獨逸 訪問에 隨行하였다.

이미 獨逸의 敗亡을 눈에 본 그는 皇太子를 總司令官으로하고, 自身을 參謀總長으로 하는 革命을 企圖하였으나, 皇太子의 同意를 얻지 못하였고, 皇太子가 〈마호메드〉六世로 即位한 後에도 二次에 걸쳐 國政 革新을 爲한 革命을 迫害하였으나, 結局 〈시리아〉 戰線의 第七軍團長으로 밀려났다.

一九一九年 四月 三十日, 〈게말〉은 第三軍管區 檢閱官이 되었다. 이 地位는 〈안카라〉以東의 〈아나트리아〉 地方의 軍總司令官 兼 總督에 該當하는 것이다.

뒤 이어, 〈게말〉은 第一, 第二, 第三軍管區의 軍力을 自己 配下에 組織化하는 同時에, 各州 行政長官, 國民團體에까지 손을 뻗쳐, 東部 諸州 國民主權 擁護同盟을 構成하고 그가 스스로 委員長에 就任하고 東部 諸州 會議와 國民會議를 召集하고, 〈아나트리아〉, 〈루메리아〉 權利 擁護 聯盟의 名稱下에 〈살탄〉에의 忠誠과 國民의 主權守護, 〈아르메니아〉, 〈쿨지스탄〉 東〈트라이카〉 等을 包含하는, 土耳其 領土의 守護와 外國의 干涉, 侵略의 反對, 特히 希臘에 依한 倂合, 〈아르메니아〉 分離에 對한 共同 防衞와 共同抗拒 等에 對한 目的을 中央政府가 貫徹하지 못할 때, 臨時政府를 樹立하여 그 目的을 達成할 것을 決定하고, 〈게말〉 自身을 비롯한 十三名의 代表委員을 選出함과 아울러 自身이 이 兩會議의 議長에 臨하였다.

이리하여 그는 비로소 統一된 抵抗의 國民的 組織 基盤을 가지게 되었으며, 이 基盤을 通하여 中央政府와 外勢에 對抗하는 줄기찬 救國 獨立鬪爭을 展開하고 나간 것이다.

革命에 成功한 各 民族의 再建 類型

라、革命의 街道、피의 勝利　一九二○年 四月、〈케말〉은 〈앙카라〉에 臨時政府를 樹

立하고 〈콘스탄치노플〉의 〈살탄〉 政府와 正規軍과 反亂과 싸우는 한편、土耳其 民族

의 獨立鬪爭을 一層 強化하였다。그리고 國民의 支持를 얻는 데 힘을 기울였다。

一九二一年 七月 十日 國王이 陣頭指揮하는 宿敵 希臘軍의 總攻擊을 받게 되자、國

民議會와 內閣의 全權 委任下에、스스로 總司令官이 되어 敵을 完全히 掃蕩함으로써

元帥가 되고、名實 相符한 土耳其의 實權者가 되었다。

이 때 부터、〈케말〉은 國家資本을 投資하여 民族資本을 育成하는 一方、正規軍의 訓

練과 再編成에 注力하여、一九二二年 八月 二十六日、이번에는 自信을 가지고 希臘軍

에 對한 再次의 總攻擊을 展開하여、九月 九日 滿三年 四個月만에 怨恨의 땅、〈스미루

나〉에 入城하였다。

感激的인 그 날이었다。入城하는 側이나 맞는 側이나 모두가 한결 같이 눈물에 젖

어 있었다。

一九二二年 十一月에는 〈로잔느〉 媾和條約에 對한 土耳其 代表의 派遣問題는 意外

로 〈콘스탄치노플〉 政府에 對한 國民의 憤怒를 誘發하였다。

〈케말〉은 이 氣勢를 빌어 國民議會에 〈살탄〉 制度의 廢止를 內容으로 하는 決議案

을 提出하였는데 이것이 滿場一致로 可決되자、〈마호메드〉六世는 〈마르타〉島로 亡命

하였고、土耳其民族의 獨立運動을 沮害하던 〈살탄〉 英國의 傀儡政府는 崩壞하고 말았

다。

이리하여 〈게말〉의 土耳其 革命 統一은 成就되었다.

〈게말〉이 國家大權을 맡고 처음 列强과 對한 것은, 土耳其를 料理한 〈로잔느〉 媾和會議의 參席이다.

이 會議는 一九二二年 十一月에 시작하여 翌 二三年 七月 二十四日까지 繼續되었는데, 一四三條로 된 媾和條文과 그 附屬 議定書, 附屬 宣言書 等 七個의 文書에 記錄된 內容은 屈辱的인 〈세에블〉 條約을 廢棄하는 同時에, 어제의 戰敗國으로부터 堂堂히 오늘의 戰勝國으로 다시 빛나는 土耳其를 光復한 것인데, 그 重要部分을 引用하면 다음과 같다.

1, 舊植民地와 海峽地帶에 關한 條項 以外의 〈세에블〉 條約은 모두 廢棄되었다. 여기엔 이미 國民의 理解가 있었다.

2, 領土에 있어서는 國民의 誓約대로 國境線이 認定되었다. 東〈트라이칸〉, 〈스미루나〉, 〈아다나〉, 〈아다리안〉 地方이 土耳其의 主權下에 돌아오고, 〈아르메니아〉 〈쿨지스탄〉에 關한 條項이 없어지고, 反對로 露西亞로부터 讓步받은 國境 三州를 合하면 本國의 面積은 그 前보다 擴大된 셈이다.

3, 土耳其의 內政에 關한 事項, 即 〈세에블〉 條約에서 規定된 一切가 廢止되었다.

4, 治外法權, 特惠關稅制와 獨自的 郵便制度等의 權利를 認定하였던 〈카피츄레슌〉 條項의 聯合國의 特權도 全部 取消되었다.

5, 外國軍隊의 駐兵權이 全國에 걸쳐 完全 撤收되었고, 그 期間도 六週 以內로 明示되었다.

以上과 같은 決定으로 土耳其 民族은 비로소 한숨을 돌렸다。

一切의 占領狀況엔 完全히 終止符가 찍혔고、〈세에블〉條約에서 規定된 〈오토만〉帝國의 植民地의 拋棄와 海峽制度를 除外하고는、恥辱의 條約은 가셔졌고、도리어 〈오토만〉帝國 以來의 所願이 〈로잔느〉條約에 反映됨으로써、土耳其는 戰勝國이 되어 새 出發을 하게 되었던 것이다。

이後、一九二三年 七月 二十四日、土耳其 國民議會는 이 條約을 認准하고 十月 二日에는 聯合軍이 撤退하고、同 六日에는 土耳其軍의 感激的인 首都入城이 있었으며、十月 十三日에는 首都를 〈안카라〉로 遷都하였고、十月 二十九日에는 帝政이 廢止되고、百一發의 祝砲 속에 共和國이 樹立되고、一九二四年 四月 二十日에는 憲法이 宣布되었다。

이로써 土耳其 民族은 外國의 支配를 물리치고 民族의 主權을 恢復하였으며、專制君主制度로부터 民主政治를 爭取한 것이다。

이 빛나는 革命의 歷史는 世界 平和와 民族의 獨立을 爲하여 피로 엮어진 것이다。

이 貴重한 敎訓을 어찌 土耳其 民族의 것이라고만 할 것인가。

4、〈나세르〉와 〈에지프트〉革命　本論에 들어가기 前에、本人은 事前에 理解를 求하고 싶은 것이 있다。

그것은 本人이 世界 各國의 革命史나 그 背景、그리고 그 理念에 對하여 講義하려는 것은 決코 아니라는 點이다.

그런 餘裕도 가지지 못하거니와, 그런 것은 흔히 知識의 示威에 그칠 念慮가 있기

때문이다.

다만, 이러한 거울들을 우리의 境遇에 비추어 봄으로써, 우리들의 位置를 再確認하

고 그 方向을 決定하는데 參考로 삼으려 할 뿐인 것이다. 이것은 前述에서도 指摘한

바와 다를 것이 없다.

가、〈나세르〉의 革命 背景   近世 革命史에서 우리의 注目을 끄는 代表的인 革命의

하나로서 登場한 이 革命은, 여러가지 意味에서 分析 檢討의 對象이 된다.

〈에지프트〉는 古代文明의 發祥地의 하나로서、 또는 國土나 資源、 人口의 尨大함에

서 본다면 〈아랍〉 〈아프리카〉 世界의 中國이라 할 수 있다.

이 나라는 十九世紀 初까지 土耳其 帝國의 支配下에 있어 오다가、 一八四〇年 一時

自治가 許容되었으나、 一八二二年의 大規模的인 反共暴動의 結果로서、 〈카이로〉를 占

領當하고、 英埃條約으로 英國의 勢力圈에 들어가게 되었으나、 世界 第一次大戰時 英

國은、 保護國으로 定했고、 一九二二年에는 形式上이나마 獨立을 許容하기에 이르렀다.

그러나 一九三六年 八月、 伊太利의 〈에티오피아〉 侵略에 즈음하여、 英國은 英埃同

盟을 强要하고 〈수에즈〉 運河地帶의 駐兵權을 包含한 特殊權益을 確保하였다.

革命에 成功한 各 民族의 再建 類型

第二次 大戰이 勃發하고서는 前記 英埃同盟條約을 口實로 全〈에지프트〉領土를 占領하고, 王宮을 包圍하여 親英政權인〈와프트〉內閣을 成立시켰다.

이 事件은 即刻的인 反響을 일으켰다.

위로는 國王으로부터 아래로는 國民 한 사람, 한 사람에 이르기까지, 憤怒가 爆發되었다.

外勢의 侵略으로 呻吟의 歷史만 되풀이되어오던〈에지프트〉國民으로서는 참을 수 없는 屈辱이었다.

英國軍의 撤退를 要求하는 示威가 連達았으나, 日益 苛烈의 度를 極하여가는 大戰은 이 民族 抗拒를 눌렀다.

그러나 戰爭이 끝나자, 참아 왔던 民族解放의 鬪爭은 大河처럼 滔滔히 넘쳤다.

이 時機로부터〈가말·아브델·나세르〉의 革命政權이 樹立되기까지 이 나라 歷史는 한 마디로 말해서〈民族解放鬪爭期〉라 할 것이다.

〈에지프트〉國民은 英國軍의 即時 撤退를 要求하였고, 壓力을 極한 一九三六年 條約의 廢棄를 宣言하였다.

이 反英運動은 일찌기 이나라 社會에 있어 보지 않던 團結을 가져왔다. 學生은 勿論, 勞動者에 이르기까지 渾然一體, 그야말로 汎民族的인 蹶起였다.

그러나, 戰時中 英國에 등을 기대고 寄生政權으로 墮落하였던, 王政權과 一聯의 支配層勢力 等은, 戰鬪用 飛行機까지 動員하여 이 獨立鬪爭을 沮止하는데 狂奔하였다.

英國勢力과 民衆 反抗의 中間에서 國王과 大地主와 綿花商人들을 中心으로 한 腐敗

特權層은 勢力維持에만 腐心하였다.

그러나 怒濤와 같이 밀려드는 民族 反抗鬪爭의 大勢 앞에는 어쩔 수 없었다.

結局, 英國은 어쩔 수 없이 本土에서 물러나게 되고, 대신 〈수에즈〉運河로 集結하게 되었다.

이것이 戰後 〈에지프트〉民族鬪爭의 第一次의인 勝利다.

그러나, 이같은 勝利에도 不拘하고, 後進社會의 不均衡은 이에 隨伴된 副作用을 가져왔다.

第二次戰 前後 數年間에 있어 〈에지프트〉에는, 資本主義 經濟發展은 相當한 發展을 가져왔지만, 그 結果는 國家經濟의 構造面에 큰 變化를 招來하고 말았다.

化學、金屬、機械、紡績、〈시멘트〉、砂糖、煙草、銀行業 等에서 英國이 〈에지프트〉經濟를 左之右之할 수 있는 大規模의 實力을 構築하였던 것이다.

그러나, 이같은 資本主義 經濟體制의 發達은 그 國民的인 利益임에도 不拘하고 反英意識과 特權層에 對한 反抗意識을 覺醒하게 하였고, 英國軍의 本土 撤收에서 거둔 勝利의 全勢力은 階級鬪爭이란 새로운 樣相을 빚어내게 된 것이다.

마침, 이럴 때에 有名한 〈팔레스티나〉分割事件이 發生하였다.

그렇지 않아도 澎湃되어 일어나는 階級鬪爭의 防止에 血眼이던 王政權은, 이 時機를 勿失好機하고 全國에 戒嚴令을 宣布하여, 民主勞動運動을 彈壓하고 一八四八年 五月 〈이스라엘〉攻擊을 開始하였다.

그러나, 이 戰爭의 結果는 實로 慘憺하였다.

革命에 成功한 各 民族의 再建 類型

十餘萬의 〈에지프트〉 出動兵力은 不過 三萬五千으로 줄어졌고、 事實上 裝備된 武器라고는 實用價値 없는 老朽武器、 녹쓴 彈藥 뿐이었다.

여기에 腐敗된 上流層의 無能이 겹쳐、 戰勢는 不利一路、 급기야는 逆轉되어、 〈이스라엘〉軍의 〈에지프트〉領土 攻擊이란 事態에 이르렀다. 여기에서 國民은 目前의 外敵보다 內敵에의 對策이 時急함을 痛感하게 되었다.

그위에 世紀의 蕩兒 〈파루크〉國王이 祖國을 팔아치운 稀代의 事件에 對하여서는 調査조차 王權으로 中止시키고 만 것이다.

國王에 對한 國民의 憎惡와 憤怒는 絶頂에 達하였다.

一九五〇年 一月、 總選擧가 實施되자、 戰中의 對英協調、 幹部腐敗란 弱點에도 不拘하고、 王政批判、 民族産業 經濟의 向上、 國民生活의 改善、 一九三六年 協約의 改正等을 主張한 〈와프트〉黨이 十年만에 政權을 맡게 되었다.

그러나 얼마 가지 않아서、 이 黨은 다시 腐敗함으로써 國民의 糾彈을 받는 標的이 된 것이다.

戒嚴令 解除에 따른 學生、 勞動者、 貧民層의 大衆運動은、 加一層의 氣勢로 爆發하였고、 거기에 〈파루크〉國王과 〈와프트〉內閣의 不和는 全 〈에지프트〉에 政治的인 危機와 一大 社會 混亂을 造成하게 하였다.

이러할 즈음、 一九五一年 九月、 〈에지프트〉 國民의 主張인 〈수에즈〉運河에서의 英國軍 撤收와는 달리、 〈에지프트〉의 中東防衞司令部 參加를 條件附로 美、 英、 佛、 土耳其軍으로 編成된 國際軍으로 하여금 英國과 代替하게 한다는 所謂 中東防衞機構案이

發表되었다. 이 決定에 〈에지프트〉國民이 가만히 있을 까닭이 없었다.

事態가 이렇게 되자 〈와푸트〉內閣은, 一九三六年 條約과 一八九九年의 〈수단〉協定의 破棄를 宣言하고, 英國軍의 〈수에즈〉撤收를 正式으로 要求하였다.

政府와 國民이 一體가 된, 이 反英 民族解放鬪爭은 實로 〈에지프트〉歷史上 없었던 最大 最强의 規模로 展開되었다.

學生, 勞動者, 文化人, 知識人, 事務員, 都市貧民이나 農民은 勿論, 資本家, 地主에 이르기까지 實로 모든 〈에지프트〉人이 總團結된 것이나 다름없었다. 文字 그대로, 〈에지프트〉의 全階級, 全階層이 한 덩어리가 된 民族 憤怒의 火山이었다.

그러나, 〈에지프트〉國民을 對한 것은, 다만 無慈悲한 銃彈의 洗禮 뿐이었다. 十一月부터 運河地帶는 〈게릴라〉戰으로 修羅場이 全國民들도 武裝하고 일어났다. 되었다.

이같이 對英鬪爭에 英雄的인 抗拒를 展開하였음에도 不拘하고, 〈와푸트〉黨은 이를 組織化하고 指導할 뜻은 갖지 않고, 도리어 이들은 當初의 決意와는 달리, 補助警官을 動員하여 이 運動을 彈壓하고, 國王은 國王대로 英國 편에 붙기 시작하였다.

바로 이 때, 〈에지프트〉民族解放鬪爭史에 永遠히 記錄될 저 有名한 〈暗黑의 土曜日〉事件이 터지고 말았던 것이다.

一九五二年 一月二十五日, 〈이스마이리아〉市廳을 包圍한 英國의 機甲部隊는 二五〇

革命에 成功한 各 民族의 再建 類型

名의 《에지프트》守備隊를 殺害하고、그 翌日 首都 《카이로》에는 放火가 연달아 일어

났다。激怒한 民衆은 英國人과 白人地區를 襲擊하여 十七名을 打殺하는 한편、敵性國

民 五〇名을 處置하고 그 住宅에 放火하였다。

永遠한 수수께끼가 된 이 暗黑의 土曜日事件은、不幸하게도 《에지프트》民族運動에

決定的인 打擊을 가져오는 原因이 되어 버렸다。

國王과 《와프트》內閣은 戒嚴令을 宣布하고 全民衆運動에 終止符를 찍게 하고、새로

이 親英內閣인 《힐라리》政權을 樹立하여、無期限 議會를 解散하고 말았다。

이날부터 《에지프트》에는、四年半 동안의 戒嚴期間과、五年半의 議會 없는 狀態가

빚어진 것이다。

이 期間中에 무슨 일이 오고 갔던가。

그것은 두말 할 것도 없이、英國과 그 親英 一黨、그리고 國王과 腐敗된 封建階層의

獨舞臺가 된 것이다。참으로 世界 最古 文明의 나라、《에지프트》는 영영 이대로 꽃도

피지 못하고 사라지고 말 것인가。

나、革命의 經過   바로 이 때、自由將校團의 革命이 擧事된 것이다。

一九三八年 反植民地主義、反王制、反封建制를 主唱하던 《나세르》의 呼訴에 呼應하

여 組織되었던 이 自由將校團은、때마침 그 指導者格인 《나기브》가、國王으로부터

入閣을 拒否當한 것을 契機로 하여、第二次 《힐라리》內閣 成立 二日째인 一九五二年

七月 二十三日에 〈쿠데타〉를 斷行하였다.

이 때 自由將校團은、 軍部 刷新이 根本的으로 〈에지프트〉 政局의 肅正과 聯關있고 政局의 淨化는 窮極的으로 社會의 基本的인 改革을 뜻한다는 것을 斷定하고 있었다.

이리하여 七月 二十三日 上午 零時를 期하여 行動을 開始한 革命軍은 곧、 〈카이로〉를 占領하고、 〈아리·마헤르〉를 首相에 推戴하는 同時에 同 二十六日에는 〈알렉산드리아〉를 占領하여 〈파루크〉國王의 地位를 剝奪、 國外로 追放하였다.

이 革命의 行動綱領은、 革命委員會를 通하여 國民 앞에 發表되었는데、 그것은 〈團結〉、 〈規律〉、 〈勞動〉이다.

革命軍은 착착 國政의 刷新을 斷行하여 갔다.

그 첫째가 政治의 肅正이다. 即 前國王의 側近者와 〈와프트〉黨、 그리고 同黨 幹部를 裁判하였고、 아울러 軍部와 政界追放 對象者 審査委員會의 設置、 그리고 腐敗行爲者 調査委員會를 또한 設置하였는데、 여기에서는 武器購入、 棉花去來、 土地收得稅 不拂 等의 不正을 調査하게 하였다.

한편으로 舊政權에 迫害 當하던 많은 政治犯을 大擧 特赦하였다.

두째로、 社會福祉의 增進策으로서는、 〈디플레〉 政策을 維持하게 하고、 輸入關稅를 引上하였는데、 이는 民族産業의 保護와 育成을 爲하여 取하여진 措置다.

그리고　社會法을　改正하여　〈에지프트〉　特殊比率의　最少限度를　五一％에서　四九％로　引下하고　外資導入을　促進하였다.

다음으로는、所得稅率의　改正이다. 配當利子、利潤의　稅率을　一六％에서　一七％로　引上、其他　內外資本의　投入을　奬勵하는　範圍內에서의　最後的인　改革이　斷行되었다.

敎育、社會、厚生施設의　改善은、이　나라의　最大關心事가　되었는데、總體的으로　보아　豫算의　一％를　增額하였다.

세째의　匡正은、破壞活動의　禁止이다.

反共에　對한　諸立法을　서둘렀고、戒嚴令은　存續하게　하였다. 〈라디오〉放送의　完全統制　그리고　모든　新聞　其他　通信에　對하여서도　檢閱制를　實施하는　等　强力한　政策을　推進한　것이다.

그러나　이같은　共和制에로의　第一步를　내디딘　革命政府는、마침내　不可避한　諸難關과　對決하지　않을　수　없게　되었다.

그　첫째가、말하자면　社會反動　原理에서　온　民衆의　自由　追求이다.

그러나 그러한 理想은 革命課業의 遂行에 利로울 것이 없는 것이다.

그리하여 革命政府는 《나기브》로 하여금 首相에 就任케 하고, 革命委員會가 向後 三

年間 全權을 掌握할 것을 宣言하는 同時에 一切의 政黨、社會團體를 解散하고, 여기에

隨伴되는 모든 反國家的、反社會的、反民衆的인 運動을 抑制하여、 마침내 國民組織으

로서 《解放戰線》을 發足시키기에 이르렀다.

여기에 이 《解放戰線》의 性格과 그 政策을 잠시 살펴보기로 하자.

ㄱ、 《解放戰線》과 그 政策

1、 《에지프트》에서의 外軍 無條件 完全撤退

2、 《수단》의 自治

3、 新憲法의 制定

4、 社會保障制度의 制定

5、 富의 公平한 分配, 人的 物的 資源의 完全利用、新資本의 大量投入을 促進시키는 經濟制度

6、 法律이 定하는 바에 따른 人權의 保障과 그 政治制度

7、 社會的 義務感을 基底로 한 教育制度

8、 全 《아랍》 諸國과의 友好 增進

9、 《아랍》聯盟 强化와 地域協定

10、 全 友好國과의 親善

11、 國聯 憲章의 遵守

革命에 成功한 各 民族의 再建 類型

《解放戰線》의 《슬로간》 《性格》, 이것은 앞서도 말한바 있듯이 《團結》, 《規律》, 《勞動》이다.

이 《解放戰線》 以後, 《나기브》 執權 九個月間에 革命委員會가 크게 注力한 것은 土地改革, 그리고 全般面에서, 民族資本의 育成을 基盤으로 한 經濟施策이다.

이와 倂行하여 一九五三年 二月에는 《에지프트》·《수단》 協定을 締結하여 三年의 過渡期를 거친 後에는 自治토록 하는 同時에, 이 때까지 名目上으로 持續되어온 君主制度를 一九五三年 六月 十八日을 期하여 完全한 共和國體로 創建하게 하였다.

ㄴ, 《나기브》·《나세르》 倂立期　革命委員會는 이와 같이 完全한 共和體制의 實施를 通하여 政府의 改造를 斷行하고 《나기브》의 首相 兼 大統領下에, 革命委員會의 實權者인 《나세르》가 副首相 兼 內務相으로 登場하였다.

그러나, 後進國家의 改革過程에 있어 痼疾的인 副作用은, 여기에서도 例外일 수는 없었다.

完全 共和制의 實施는, 反動的으로 反政府的인 共産主義的, 社會的인 一大 民衆運動을 隨伴하여 왔다.

이대로 둔다면 革命은 完全히 流産이 된다.

革命委員會는 여기에 强硬한 措置로 臨하였다.

非常特別 革命裁判所의 設置가 그것이다.

이 機關은 學生, 農民, 社會, 勞動, 反革命 陰謀에 對한 强力한 團束은 勿論, 言論,

出版、集會까지도 完全히 禁止하게 하였다.

이러는 동안 政府는、總力量을 經濟建設에 注力하였다.

有名한 〈아스완・하이・댐〉의 實現이 이 때에 비롯된다.

이같은 革命委員會의 精力的인 努力에도 不拘하고、〈나기브〉와 〈나세르〉의 間隔은 자꾸만 벌어져 갔다.

〈나기브〉는 形式上의 最高權力者에서、實質上의 權力掌握을 要求하여 革命委員會와 맞서게 된 것이다.

여기에 軍政의 繼續과 革命의 積極的인 課業達成을 要請하는 解放戰線・軍部・民間과 舊王黨派・舊政客과의 連結을 企圖하는 〈나기브〉派 間에는 連日 事態가 惡化되어 갔다.

一九五四年 四月、革命委員會는 〈나기브〉를 追放하고、〈나세르〉를 首相에 推戴하여、八名의 革命委員이 入閣함으로써 政府를 掌握하기에 이르렀다.

〈나세르〉 政府는 그 동안의 政黨結成 自由權을 取消하는 一方、前國王治下 十年間을 官職에 있었던 政黨幹部 全員을 肅淸하였고、同十月 下旬에 있었던 〈나세르〉狙擊事件을 契機로 하여 〈나기브〉를 逮捕 軟禁함으로써 〈나세르〉는 名實 共히 革命委員會 議長、大統領 權限 代行 兼 首相職에 올랐다.

다、〈나세르〉의 登場 共和制 〈에지프트〉의 實權者가 된 〈나세르〉는、그 동안 여러 가지 制約으로 緩和하여 오던 自身의 所信을 그 때부터 發揮하게 되었다。

이것이 말하는 〈나세르 革命 六個原則〉이다。即、

1、植民主義와 그 同調者에 對한 制裁
2、封建主義의 廢止
3、政治에 對한 金力支配의 終熄
4、强力한 國民軍의 創設
5、社會正義의 保障
6、健全한 民主的 生活의 確立

이리하여、其間 性格이 模糊하였던 〈에지프트〉의 革命路線은 漸次 그 輪廓을 드러내게 되었다。

첫째、그의 中立路線이 그것이다。一九五五年 七月의 〈나세르〉·〈네루〉·〈수카르노〉 會談、同 十二月의 〈나세르〉·〈티토〉 會談、그리고 그의 〈반둥〉 會議參席等에서 언제나 그는 主導的 役割을 하였다。

두째、〈이스라엘〉 問題를 契機로 하여 全 〈아랍〉 世界의 團結 促進이다。

그리고 끝으로 一九五六年 六月 十三日 實現을 보게 된 〈수에즈〉 運河의 英國軍 撤退로써 〈에지프트〉의 宿願을 成就시켰다는 點이다。

〈나세르〉는 一九五六年 六月 二十三日에 新憲法을 國民投票에 붙이게 하였는데,

여기서 그는 投票率 九九% 中, 支持率 九八·八%란 勝利를 거두었고, 革命委

員會가 公薦한 大統領에는 九九·九%란 支持를 받아 正式으로 大統領이 되었

다.

〈우리들은 資本主義도 共產主義도 아니다. 단지, 우리는 우리의 社會를 形成中에 있

을 뿐이다.〉

〈나세르〉는 이렇게 宣言하였다.

그는 지금, 世界 最大의 〈댐〉이자 〈에지프트〉工業化의 中心 動力源이 되고, 全 耕作

地의 三割을 增加한다는 壯大無比한 〈아스완·하이·댐〉工事에 餘念이 없다.

또한, 一九六○年부터 시작된 第二次 經濟開發 五個年 計劃은, 約 三七、五○○萬 〈에

지프트·파운드〉를 投入하여 年間 一三、七○○萬 〈에지프트·파운드〉의 國民所得 增

加를 期待하려고 總力을 다하고 있다.

그는 또한 民族經濟의 再建을 돕는 人士라면 누구든지 〈에지프트〉의 친구가 될 수

있다고 强調하여 東西 兩方을 마음대로 다루고 있고, 〈아랍〉과 〈아프리카〉의 頂點에

앉아, 〈第三의 世界 建設〉이란 來日을 向하여 손짓하고 있다.

數千年來의 封建牙城을 무너뜨리고 生氣充溢하는 現代 〈에지프트〉를 建設하려는 〈나

세르〉의 姿勢와 鬪志!

東西의 强大勢力, 그 한 복판에 서서 實利外交를 推進하며 第三의 世界를 외치면서

革命에 成功한 各 民族의 再建 類型

世界均衡을 調整하고 나서려는 그의 哲學은, 確實히 弱者가 創造하여 가는 現實의 奇蹟이 될 것으로, 이는 우리의 關心을 모아 마땅하리라 믿는 바이다.

二、中近東과 中南美의 革命沙汰

中國의 孫逸仙 革命、日本의 明治維新、土耳其의〈게말〉革命、그리고〈에지프트〉의〈나세르〉革命 等은 民族의 再起와 發展을 爲한 거룩한 擧事였다.

그러나, 이같은 革命의 槪念이 二十世紀 後半에 접어들면서 漸次 變質되어 가고 있음을 看過할 수 없다는 것이다.

科學의 發達이 뒷받침하는 國際 聯關性과、完全히 開放된 自由平等의 思潮、人口의 膨脹에 따른 生存競爭、그리고 後進社會 國家의 改革 意慾 等은 마치、歷史의 生必品처럼 革命을 불러들였다.

後進國과〈쿠데타〉

이 사이서 몸부림 치는 各 民族의 陣痛相을 比喩하면、마치 月世界 移住 以前、即 地球 下半期의 決算過程을 展示하는 것 같기도 하다.

이는 또한, 全 人類가 하나의 울타리 안에 한 家族으로 살고자 하는, 地域均衡 過程
일는지도 모른다.

何如間, 이 陣痛을 올바른 紅疫으로 치르고, 正確한 軌道에로 進入하는 者는 適者
生存의 原則에서 살아나갈 것이요, 그러지 못한다면, 結局은 破滅의 悲慘을 맛보고
말 것이 아닌가.

本人은 此際 現代에 있어서의, 그와 같이 두드러진 世界의 陣痛을 겪고 있는 中近
東과 中南美의 革命沙汰相을 槪觀하여 봄으로써, 우리의 來日에 資하려 한다.

가, 中近東 革命과 그 特色   中近東을 다녀 온 記者들은 이렇게 말하고 있다.
〈비쇼프〉 記者는 〈家畜보다도 人間의 값이 싸며, 生活相도 人間보다 家畜은 나았다〉
하였다. 〈존·간서〉는 〈人口는 나날이 膨脹하여가고, 自己 손으로 自己 목을 窒息하게
하고 있는 狀態, 四千의 部落에 電燈은 거의 없고, 해만 지면 民家는 性生活 밖에 없
는 나라〉라고 하였다.

이러한 事情은 中近東을 뒤덮고 있는 共通된 現象이다.
人口는 爆發狀態로 늘어나고, 反面에 糧食은 갈수록 不足하여진다. 따라서 生活苦
와 싸우다 죽어가는 것이 그들의 한 平生이다.
이런 原因으로 連發되는 것이 〈革命〉이다.

中近東과 中南美의 革命 沙汰

〈버마〉、〈세일론〉、〈수단〉、〈시리아〉、泰國、土耳其、〈예멘〉……、等等의　革命은、이같이　國政의　刷新과　民衆의　生活向上、그리고　政治的　束縛에서　解放되려는　社會的　改革運動을　本領으로　하고　있다.

이와　아울러　不可缺한　要件이　된、外勢의　逐出、專制君主(獨裁者)의　追放、大地主의　彈劾을　가져왔고、自主經濟를　確立하려는　一種의　産業革命으로도　發展하여　간　것이다.

그리고　이　中近東의　革命의　特色은、오랜　世紀　동안　그들을　壓制하여　온　西歐勢力에　對한　反撥이자、곧　햇빛을　보지　못하고　오던　自己　文明、文化에　對한　意識自覺、民族意識을　提高　成熟하게　하여　東西　兩陣營에　對한　또　하나의　世界圈을　形成하려는　것으로도　나타났다.　即　〈亞阿　클럽〉의　生成이다.

〈네루〉、〈나세르〉、〈수카르노〉를　頂上으로　하여　앞날의　世界史를　치돌릴　이　中近東의　몸부림、여기서　果然　우리는　무엇을　보고　느끼며　決心하게　되는　것인가.

나、**中南美의　革命沙汰와　政權爭奪**　　中近東의　革命이　그같이　一種의　自活革命임에　反하여、여기　中南美의　革命은　革命의　名譽를　크게　傷處주는　것이라　않을　수　없다.　그들은　마치　革命을　〈복놀이〉삼아　하고　있는　것이다.　그렇다고　全然　理由　없는　것도　아니라는　것이다.

中南美는　十九世紀　初、〈스페인〉의　絶對主義로부터　벗어나　名目上의　獨立을　찾기는 하였으나, 民主主義, 共和體制란 허울좋은 舞臺에서, 前近代的인 權力 爭奪에 血眼이 되어 왔고, 이것은 漸次 이 地域에 慢性的인 政情 不安의 씨로서 자라나고 있다. 大地主와 軍人은 서로 共謀하여 權力을 防衛하고 占領하는데 歲月을 보냈다. 여기에 생각나는 대로 간추려 보면 다음과 같다.

1, 〈아르젠틴〉革命 〈一九五五・一九六二〉
2, 〈볼리비아〉革命 〈一九五八・一九六一〉
3, 〈콜럼비아〉革命 〈一九五七〉
4, 〈도미니카〉革命 〈一九六一・一九六二〉
5, 〈에콰도르〉革命 〈一九六一〉
6, 〈과테말라〉革命 〈一九五四・一九五七〉
7, 〈하이티〉革命 〈一九五六・一九五八〉
8, 〈혼듀라스〉革命 〈一九五六〉
9, 〈파라과이〉革命 〈一九五四〉
10, 〈니카라과〉革命 〈一九六○〉
11, 〈파나마〉革命 〈一九五五〉
12, 〈베네주엘라〉革命 〈一九五八・一九六○〉

어찌 이뿐이겠는가.

中近東과 中南美의 革命 沙汰

以上, 諸革命은 國情 如何를 莫論하고 〈쿠데타〉의 本質이 前述한 대로 政權爭奪에 不過한 것이었다.

이 地域에는 지금도 그러한 危機를 안은채 날을 맞이하고 보내고 있는 形便이다.

여기에 겹쳐, 또 하나의 골치꺼리는 〈큐바〉의 〈카스트로〉革命의 輸出 旋風이다.

그는 〈모스크바〉로부터 共産主義를 直輸入하여, 美國의 코 밑에 붉은 말뚝을 박고, 이것을 政情不安한 中南美에 輸出하여 〈라틴·아메리카〉의 赤化를 企圖하고 있는 것이다.

美國의 健全한 理想主義와 無謀한 〈카스트로〉의 불장난 틈에 끼인, 여기 中南美諸國의 今後 動向은, 大西洋 沿邊의 짐덩어리가 아닐 수 없다.

各 民族과 國家를 單位로 한 健全한 社會築造와, 그 위에 세워져야 할 自由의 均衡은, 中南美의 陣痛이 하루速히 健全한 바탕으로 돌아갈 수 있느냐, 없느냐에 따라서 左右된다 할 것이다.

三、革命의 各 態像을 보고

以上에서 우리는 世界 各國에 있었던 革命의 諸樣相을 打診하여 보았다.

여기서 우리가 그 革命에서 參考로 할 수 있는 特色을 抽出하여 보면, 다음의 것이

라 보아 大差 없을 것이다. 即,

孫逸仙 革命에 있어서는, 〈革命〉이란 〈무엇보다도 먼저 確固하고도 一貫된 理念의

基底가 形成되어야 한다〉는 것이고,

日本의 明治維新은, 〈革命〉이란 어디까지나 그 改革의 結果가 自己流로 完全 消化되

는 結果이어야 한다는 것이고,

土耳其의 境遇, 〈革命〉은 讓步없는 鬪爭과 不屈의 前進에서만 얻어질 수 있다는 것

이며,

〈에지프트〉의 〈革命〉은, 現代의 革命은 곧, 經濟革命인 同時에 그것은 高度化한 國

際聯關性과 恒時 直關되어 있다는 것이다.

革命은 참으로 擧事하기도 힘들거니와 그 成功도 여간 어렵지 않은 것이다.

對內的으로 革命對象 勢力의 肅淸, 直接 間接으로 牽制하려는 外勢, 그리고 革命副

作用으로 發生되는 諸事態── (例컨대 反革命勢力의 蠢動, 革命의 彈力性에 對한 民

衆의 沒理解, 自由의 追求等)를 處理한다는 것은 말이 쉽지, 表現하기도 어렵다.

革命은, 이 苦難의 한 가지라도 견디어내지 못하면 失敗하고 마는 것이다.

마치, 이것은 〈서커스〉 世界에 比喩할 수도 있는 것이다.

萬가지 일 가운데 한 가지 일이라도 失敗하면, 그 曲藝는 그 때부터 生命을 잃고 마는 것이다. 萬이면 萬가지, 줄 위에서 떨어질 수 없는 일이 아닌가.

그러므로 革命은 强力하여질 수 밖에 없는 것이다.

法 以外의 强力한 體制와 〈힘〉의 發動도 不可避한 境遇가 許多하다.

이것은 國民 諸位가 理解하고 協調하는 마음으로 참아야 하는 것이다.

革命은 마치 한 해의 農事와 같다.

가을의 收穫을 爲하여 農夫의 苦生은 얼마나한 것인가.

現在의 苦痛은, 來日의 結實을 爲하여 不可不 支拂되지 않을 수 없는 것이다.

이 犧牲、이 支拂 없이 가을의 收穫은 참으로 虛妄한 期待가 아닐 수 없다.

또한 우리는 革命을 달리, 우리의 人生에 比할 수도 있다.

아버지의 勞苦는 아버지의 享樂을 爲하려는 當代 爲主가 아니고, 그것은 率直히 사랑하는 子女를 爲하는데 있듯이, 革命은 當時社會의 安定이기보다는 來日의 社會를 爲하는 것이다.

그러기 때문에 革命을 맞은 當代는 그만큼 苦生을 支拂하지 않을 수 없는 道理가 없다.

子女를 爲하기보다 우선 自身이 잘 살아야 하겠다는 父母가 있겠는가.

眞實로 오늘날의 父母는 많은 資産을 子女에게 물려 주기는 어느 모로도 틀렸다.

우리 父母들이 물려 주어야 할 것은, 돈이 아니고, 금이 아니고, 그것은 그 子女가 自己 實力대로 살아갈 수 있고, 自由롭게 살아갈 수 있는 環境과 與件인 것이다.

그런 까닭으로 우리들의 使命이 또한 고되지 않을 수 없다.

革命을 괴롭다 하고, 우선의 快樂을 追求하는 나머지, 子女들로 하여금 우리가 겪은 그대로의 苦難을 물려 준다면, 참으로 오늘날의 우리 씨母들은 크나 큰 罪를 지었다 하지 않을 수 없을 것이다.

億萬金을 물려 준다 한들 後世 社會가 온전하지 못하다고 한다면, 結局 그 資産이 무슨 힘이 되겠는가.

革命은 이같이 오늘보다 來日을 爲하여 提起되는 倫理에 있다.

못산다.

괴롭다.

가깝하다.

이것을 克服할 수 없는 民族은 언제나 남의 무릎 위에서 재롱이나 부리지 않으면 안되는 것이다.

〈피 와 땀과 눈물!〉

이것으로 民族이란 싹은 비로소 자라나는 것이다.

이러니, 革命은 强力하여질 수 밖에 없는 것이다.

敵이 무엇인가 알아야 하며, 確固한 理念으로 武裝하여야 하고, 不屈의 鬪志와, 爆發하는 情熱과 感激이 行動으로 드러나야 하는 것이다.

이와 함께 透徹한 民族的 叡智와、 千金같은 忍耐와、 깊고넓은 愛情이 缺如될 수 없는 것이다.

우리의 革命은, 그같은 使命과 目標 밑에 이뤄졌고, 또 지금도 進行되고 있는 것이다.

本人은, 이같은 우리의 革命過程과, 以上 各民族의 革命過程을 比較하여, 民族的 努力、鬪爭、忍耐等에 있어, 果然 偉大한 結果를 期約할 수 있는 當然한 代價를 支拂하고 있는가, 없는가를 언제나 自省하고 있다.

第 五 章

《라인》江의 奇蹟과 獨逸 民族

第五章 〈라인〉江의 奇蹟과 不死鳥의 獨逸民族

〈라인〉江의 奇蹟은 革命의 過程을 겪지 않은 西獨 特有의 類型이다.

그러나 嚴格히 말하자면, 全體 國民들이 革命을 擧事한 것이라고도 할 수 있을 것이다.

왜냐 하면, 그만한 改革은 革命이란 非常手段 以上의 强力한 것이었기 때문이다.

何如튼, 이 奇蹟을 創造한 西獨 國民의 再建相은, 우리에게 크나큰 參考가 되지 않을 수 없는 일이다.

一, 地上最大의 悲劇과 敗戰國 獨逸

오 獨逸이여. 나의
永遠한

愛人이여! 나는,
너를 생각하면 눈물이
난다.

輕妄한 〈프랑스〉는
나의,
우울, 우울…。輕妄한
國民은
나의,
무거운
짐!

이 詩는 獨逸의 愛國詩人 〈하이네〉의 詩 〈一八三九年〉에서 뽑은 한 句節이다.

悠悠히 흐르는 〈라인〉江은 未開民族에 不過하였던 獨逸民族에게 基督教의 文明을 신고 와、비로소 오늘날의 獨逸의 知性을 일깨워 주었다.

第一次 大戰、第二次 大戰에서 決定打를 입은 이 나라가 이번에는 〈라인〉江에서 世界 最大의 復興을 이룩하였다는 것은 興味있는 일이다.

全世界로부터의 迫害와 憎惡와 冷待만 받은, 孤島나 다름 없던 이 나라가、모든 逆境을 뚫고 이만큼 다시 世界列強의 經濟隊列에 登場한 理由는 어디에 있는 것인가.

第二次 大戰後 聯合國으로부터 모든 工場施設을 撤去 當하고 在外 財産을 强取 當하

地上最大의 悲劇과 敗戰國 獨逸

였고, 永遠한 非工業國家로 强要 當하였던 이 나라는 國家生理에 到底히 맞을 수 없

는 農業國으로 命令 받기까지 하였다.

佛蘭西의 〈모겐소〉案으로 알려진 이같은 聯合軍 當局의 命令은, 獨逸國民의 日常生

活을 支撑할 最低線의 工業基準으로, 一九三八年代의 五○%에서 五五% 限度內의

工業限度를 許容 받았을 뿐이었다.

制約은 여기에만 그치지 않고, 重加하여 外國人 財産의 返還, 猶太人에 對한 損害賠

償, 占領費用의 負擔, 石炭의 强制輸出, 集中資本의 禁止措置가 있었고, 한편, 蘇聯

軍은 재빨리 七○○億弗 相當의 産業機材를 닥치는 대로 撤去하여 갔다.

그리고서도 또한 聯合國에 支拂하여야 할 莫大한 戰爭賠償金을 짊어지고 있었다.

참으로 이 時機는 〈하이네〉의 《一八三九年》을 再現한 獨逸의 祉會相이었다.

남겨진 財産이라고는, 부수어진 벽돌담과 깨어진대로 이지러진 國土, 굶어 죽어 가

는 國民의 沙汰, 數百萬의 핏기없는 失業者群, 이 뿐이었다.

生에의 愛着마저 잃은 國民들! 여기에 겹쳐지는 聯合 戰勝國의 强制賠償 要求의

채찍. 國土는 散散조각이 났고, 首都 〈베를린〉은 그 象徵이 되었다.

破滅.

破滅.

破滅.

그뿐이었다.

마치 第一次 大戰에서의 破滅이 再現된 狀態이기도 하였다。

二、〈라인〉
江의 奇蹟

一九六〇年。
戰後 十五年이 지났다。

이 時機는 〈라인〉江의 奇蹟이 絶頂에 達한 때이다。

이제 本人은 이 一九六〇年을 中心으로 그들의 再起相을 考察하고자 한다。

西獨은 一九六〇年에 와서、一九三六年、即、第二次 大戰 直前에 比하여 經濟成長率은 實로 二七九％란 增加 指數를 보게 된 것이다。

一九五〇年에서 一九六〇年間의 經濟成長 十年은 美國、佛蘭西는 無變動이었고、英國은 減退를 보인데 比하여、이 나라는 三倍의 成長을 나타내었고、輸出額은 年間 八十六億弗을 突破하여 美國의 一三〇億弗에 다음 가는 世界 第二位를 차지하였다。

國內의 勞動力의 不足을 메우기 爲하여 四十萬名의 外國 勞動力을 導入하지 않으면 안되는 歡喜의 悲鳴에 찬 나라다。

〈라인〉江의 奇蹟

一九六〇年 當時、 그들은 外貨 六十億弗을 保有하여 美國 다음가는 世界 第二位의

弗貨 保有國이 되고 있었다.

不過 十餘年前만 하여도、 衣食住에 彷徨하던 이 나라가、 오늘날에는 十三人當 自家

用 自動車를 保有하는 樂園으로 登場하였다니、 奇蹟은 일어난 것임에 틀림 없다.

한편、 戰勝國인 美國은 國內의 不景氣、 國際收支의 低下、 弗貨價値의 危機、 金 流

出의 危機 等 一連의 經濟危機를 當함에 따라 〈딜론〉 經濟擔當 國務次官(後에 財務長

官)을 派獨하여

1、 美國은 NATO 經費의 從來 負擔率 三一%를 二四%로 引下하고、 대신 西獨은

2、 美國에 代身하여 後進國 開發 援助를 十五億弗線에서 負擔하여 줄 것、

3、 西獨에 駐屯하는 美國軍의 經費를 分擔하여 줄 것 等을 提起하고、 이에 對한 西

獨側의 協力을 懇請하기에 이르렀던 것이다.

이에 對하여、 當時 〈에르하르트〉副首相은 〈그러한 要請은 美國 政府 豫算을 西獨 政

府에 뒤집어씌우려는 것〉이라 하여 高姿勢를 取하기조차 하였다.

結局、 八億五千萬弗 乃至 九億二百萬弗線에서 雙方 交涉이 落着되었다.

그러나、 當時 美國은 上記 三個 要求를 完全 貫徹하지 않을 수 없었다.

그러지 않고서는 弗貨의 危機나 金 流出을 防止할 道理가 없었기 때문이다.

이 交涉의 結果, 西獨은 西獨貨〈마르크〉의 評價 切上 改革을 이룩하여 놓는 利를 가져 왔다。 即 從來 對弗 換算率〈四·二對一〉로부터〈四·〇對一〉로 引下한 것이 그 것이다。

이것은 참으로 重大한 意義를 가지는 것이다。

第二次 大戰後 全世界는 例外없이 對弗 換算率의 評價 切下만을 거듭하여 왔는데, 敗戰으로 荒廢하였던 西獨만이 評價가 切上되었다는 것은 戰後 經濟史에 特記할 일이다。

그리고 이것은 또한, 美國이, 西獨에 關한 限, 弗貨價値에 있어서 後退하였다는 뜻이 되기도 한다。

말하자면, 美國이 西獨에 對하여 돈을 짜내지 못하는 代身에, 西獨貨의 價値를 높여 줌으로써 美國의 弗貨를 保護하여 보자는 것이 된다。

〈今昔之感〉이라더니, 이를 두고 하는 말인가。

國家豫算의 折半 以上을 美國에 依存하고 있고, 거기다 一、三〇〇對一까지 天井不知로 오르기만 하던 弗貨와、내려지기만 하던 韓貨 價値。

이 얼마나 부러운 表徵이냐。

우리가 말하는〈라인〉江의 奇蹟은 어떻게 하여 이루어진 것일까。

그러면, 그같은 奇蹟은 어떻게 하여 이루어진 것일까。

〈라인〉江의 奇蹟

三、 이 奇蹟의 要因

〈게르만〉民族의 氣質 먼저 그 民族의 一致團結을 들 수 있을 것이다.

여기에서는 政治人、 教授、 文化人、 勞動者、 學生이 따로 行動한 것이 아니고、 個人主義社會가 創造한 奇蹟이 아니고、 全體 民族이 祖國의 한 目標를 向하여 自發하여 渾然一致되어 이룩한, 말하자면 民族力量이 總集約되어 이룩한 것이었다는 것이다.

政治人은 온 心血을 다하여 科學的인 政策과 外交에 盡力하였고、 經濟人은 國家至上課業에 앞장 섰으며、 勞動者는 끓어 가늘어진 허리띠를 졸라 매며、 機械와 밤을 새웠고、 教授들은 絕望하는 國民에게 再起의 精神力을 鼓吹하여 再生의 哲學을 일깨웠고、 文化人들은 〈게르만〉民族의 不覊를 노래함으로써 士氣昂揚에 率先하였을 뿐만 아니라、 民間社會는 民間社會대로 놀고 먹는 것을 不道德視하여 서로 激勵하는 等、 戰後 獨逸의 社會는 드디어 集中하기에 이르렀다.

어떤 사람은 〈라인〉江의 奇蹟의 要因을、 첫째、 勞動者의 勤勉、 두째、 企業家의 自由로운 創意와 實行、 세째、 政治人의 犧牲的인 努力과 科學的인 施策等을 들기도 하

지만、 보다도 이같은 課業을 成就하게 하기 爲한 國民的인 性格 即 國民性을 높이 사야 할 것이다。

勿論、一九四八年에 實施한 貨幣改革의 成功、美國의 經濟援助、世界市場의 擴大、東獨으로부터의 勞動力의 大量 流入、勞使間의 圓滿한 協調 等의 事由가 없었었다는 것은 아니다。

그러나、이런 契機를 成功하게 한 것에는、이 民族性의 優秀性을 들지 않고서 論理가 달리 될 수 밖에 없다。

그들은 먹을것을 참았고、입을 것을 아꼈으며、쓸 것을 모아 살았다。耐乏하고、節約하고 貯蓄하는 個人生活에 徹底한 것이었다。

그들의 私生活이 어떠하였는가。

來日 結婚하는 사이일지라도 그들은 茶값을 따로 따로 치르었다고 한다。

觀光旅行의 길에서도 이들은 獨逸의 車를 利用하고、獨逸의 빵을 싸가지고 다녔으며、〈필름〉、休紙까지도 自國製를 썼다고 한다。

또한 버리고 가는 것이라곤、休紙와 用便物 뿐이라니、觀光營業으로 사는 〈스위스〉나 伊太利사람들로 봐서는 괘씸한 觀光客이 아닐 수 없다。

또한 獨逸民族처럼 秩序를 尊重하고 服從하며、職業을 神聖視하는 國民도 없을 것이다。

이 奇蹟의 要因

秩序가 얼마나 徹底하게 지켜지고 있는 가는 學園內에서도 찾아볼 수 있다.

勿論 學園이라면 自由가 保障되는 곳이기도 하지만, 獨逸의 境遇는 教授는 王이요, 學生은 臣下에 比할 수 있다는 것이다.

學園의 秩序가 이러니, 他部門은 可히 짐작될 수 있는 일이다.

美國의 思考方式은, 階級이 있기 前에 먼저 사람이 있었다고 하나, 獨逸人은 사람이기 以前에 學生이요, 下士官이요, 係員이라는 것이다.

그렇다고 그 社會에 民主主義가 없고 自由가 制約되고 있다는 것은 아니다.

이러한 國家觀이나 社會의 倫理, 또는 그러한 哲學은 벌써부터 遺傳되어 오는 〈게르만〉民族의 信仰이라고도 할 수 있는 것이다.

참으로 明哲한 〈分別 있는 民族性〉이다.

그리고 〈물려 받아서 펴고, 펴서 물려주는 氣風〉의 〈게르만〉精神은, 固有한 傳統으로 이어지고, 펴지고 넘겨져 오늘에 이르고 있다.

祖父 때 못한 것을 父代에 이룩하고, 父代에 못한 것은 子孫代에서 成就시키고야 만다는 것이다.

이러한 傳統은 곧, 全 獨逸國民으로 하여금, 科學하고 研究하는 性格으로 進展케 하고, 나아가 한 사람을 그 分野의 專門家나 熟練工으로 만들었던 것이다.

아무리 戰爭에 져도 技術이나 知識은 빼앗아 갈 수도 없거니와 滅亡하지도 않는 것이다.

獨逸은 이와 같은 豊富하고 優秀한 資力을 保有하였던 것이다.

따라서 職業에 對한 觀念도 至極히 實質的이다.

英語가 뜻하는 〈돈과 勞動의 交換〉과는 달리 獨逸語의 職業이란 語意는 〈부름을 받았다〉는 뜻으로 되어 있는 것이다.

佛蘭西人은 먹기 爲하여 일하고, 獨逸人은 일하기 爲하여 먹는다는 比喩도 여기에서 온 것이다.

이러한 復興의 原動力이 된 國民性 以外에 또 하나의 큰 要因이 된 것에 좋은 指導者를 가지고 있었다는 것을 들 수 있다.

이 指導者는 權力을 掌握하려는 俗된 慾心이 없었다. 國民에의 奉仕와 國家의 發展 그뿐이었다.

競爭者들도 보다 나은 政策에 熱中하고, 個人의 人氣 以前에 自黨의 安定에 努力하였다.

스스로 감당 못할 일은 一切 公約도 하지 않았으며, 國民에게 强要도 하지 않았다. 그들은 말을 먼저 하지 않았고, 다만 行動이나 實踐이 있고 난 다음에 비로소 그것을 說明하였다.

〈비스마르크〉나 〈히틀러〉에 이르러서도 그들의 政治家는 國民을 爲하여 일할 수 있는 人物이었던 것이 事實이다.

戰後, 그같은 奇蹟이 일어난 것도 結局은 指導者의 힘이라 하여도 過言이 아닐 것이다.

아무리 優秀한 民族性을 지닌 國民이라 하여도, 이를 指導하고 運用한다는 것은,

이 奇蹟의 原因

指導者 如何에 달려 있기 때문이다.

方向의 指示 없는 前進은 있을 수 없지 않은가.

〈아데나워〉首相이나, 그의 閣僚들은 戰後 世界가 漸次 共産主義에로 기울어져가자, 實속 없는 反共의 口號보다 適切하고 效果的인 方案으로써 經濟安定을 講究하였다.

이들은 實로 防共이란 標語를 實利的인 祖國再建에 天才的인 手腕으로 發揮하였다.

그같은 戰後의 難局에서도 獨逸에는 좋은 指導者가 있었던 것이다.

四、 百億弗의 美國援助와 韓國動亂의 影響

一九四六年에서 一九五六年까지、 西獨이 美國으로부터 받은 總 受援額은 一〇〇億弗에 達한다.

〈아데나워〉는 이 中에서 六三億五、 五〇〇萬弗을 經濟再建 復興에、 三五億八〇〇萬弗을 西伯林에 各各 投入하였다.

西伯林에 그와 같은 巨額을 들였음은 共産 東獨에 西獨의 威力을 誇示하는 〈自由展示〉를 爲하여서였다.

西獨이 美國으로부터 받아온 援助額은 이것만이 아니다.

一九四六年 以前의 것과 加算한다면、 每年 平均 十億弗에 相當하는 것인데、 이는 西獨 人口 五千二百萬名에 對하여 實로 每人當 二十弗에 該當하는 것이 된다。

얼마나 많은 援助額인가、 可히 짐작될 것이다。 떠들고 싸우고、 榮座에 앉아 族譜에 벼슬의 이름을 남기는 政治란、 別것이 아니다。

이것이 奉仕하는 期間中에 땀 흘리고、 단 한 푼의 돈이라도 많이 벌어 들이고、 잘 입히고 잘 먹게 하는 것 以外 아무 것도 아니다。

이와 같이 莫大한 美國의 援助를 받아 經濟復興을 이룩한 〈아데나워〉 앞에 또 하나의 좋은 機會가 왔다。 이것이 곧 韓國의 動亂이다。

우리는 이래 저래 남 좋은 일에 利用만 되었다.

〈아데나워〉는 이 東方의 悲劇을 自己들의 祖國과 民族을 爲하는데 最大限으로 利用하였다。

戰後、 美・英・佛等 西歐 國家들은 戰時産業을 平和産業으로 轉換하였다。

이런 즈음 勃發한 韓國 動亂의 收拾을 爲하여서는 平和産業을 一部 中斷하고 軍需工業으로 再整備하지 않을 수 없게 되었다.

이리하여 世界에는 經濟의 空白期가 到來되고、 到處마다 需要不足이 掩襲하여 왔다。

西獨이 이 機會를 놓칠理 없었다。 그들은 이 空白期를 재치있게 捕捉하여 밀고 나갔다。

〈에지프트〉、 印度、 〈말레이〉、 泰國、 印尼等、 世界市場의 구석 구석에까지 파고 들어갔다。 이들은 또한 이 좋은 時機에 西獨 商品의 使用度를 높이기 爲한 餘裕도 잊지 않았다. 正確하고도 堅實한 商品을 比較的 低廉하게 하여 世界市場에 내어보냈다.

이것은 成功이었다. 美·英·佛이 韓國動亂 以後, 平和産業으로 다시 復歸한 後에도

이 競爭은 조금도 支障이 없을 만큼, 確固不動한 것이었다.

〈아데나워〉는 西歐의 危機를 最大限 高調하면서 西獨의 役割을 强調하여, 마침내

여러 일에 無條件으로 聯合國의 認定을 받는 바가 되었다.

그리하여 그는 第二次大戰의 敗北가 가져온 모든 쇠사슬과 屈辱에서 벗어나 發言

權 있는 獨逸로 登場시키는데 成功하였다.

獨逸의 再武裝, 一九五五年 五月 五日의 NATO 加入等이 그것을 端的으로 말하는

것이다.

그리하여 一九六○年代에 와서 이미 十二個 師團의 常備軍을 가진 實力國家가 되었고,

一九五七年 四月에는 NATO 機構의 心臟部라 할 수 있는, 中歐地上軍司令官에 自國

人 〈한스·슈파이델〉將軍을 보낼 수 있게까지 發展하였다.

놀라운 〈位置轉換〉이라 않을 수 없다. 어제의 敗戰國이 지금은 戰勝國의 軍隊를 指

揮하게 되었으니 말이다.

이같이 獨逸은 第一次 大戰에서도 그러하였지만, 언제나 十年 後에는 再起하였다.

〈偉大한 獨逸〉

이는 참으로 全 世界人이 注目하는 對象이다.

〈天才란 努力의 結晶〉이란 格言을 낳은 〈괴테〉의 母國에 合當하는 國民性이라 할 것
이다.

우리는 흔히 〈라인〉江의 奇蹟을 奇蹟으로만 보려고 한다.
그러나 이 奇蹟은, 〈괴테〉의 格言에서와 같이, 〈奇蹟은 努力의 結晶〉이라 할 것이
아니겠는가.

祖國과 民族과, 그리고 獨逸의 歷史 앞에 부끄러움 없는 努力!
그것은, 이 나라 사람들이 自己의 能力을 다함으로 結果(報酬)된 歡喜요, 感激이
요, 至高의 藝術이라 할 것이다.

〈아니 땐 굴뚝에 煙氣 날까〉
世上에는 공짜가 없고, 不勞의 所得이 있을 까닭이 없다.

〈우리는 무엇을 하여야 할 것인가〉

남들은 이미 무엇인가를 이룩하여 놓고 사는데, 우리는 여기서 무엇을 하여야 할 것
인가를 窮理하는 形便이다.
解放된 二十年 前의 거창한 出發이, 別로 앞서 나가지도 못하고 있다.
아니, 그만큼 뒷걸음으로 달려가고 있는 것이 아닌가.
앞집에는 幸福을 滿喫하는 日本의 家庭을 두고, 이웃 동네엔 西獨의 境遇를 바라

百億弗의 美國援助와 韓國動亂의 影響

다 보며 우리는 무엇을 느끼고 무엇을 決意하여야 하는가.

언제까지 이러고서만 앉아 있을 것인가.

〈일어서자!〉

그 나라 사람들처럼 부지런하고, 싸움하지 말고, 努力하는 國民으로 行動하자.

그 길만이 사는 길이다.

남이 잘 사는 秘法을, 다만 知識으로 삼는다거나 鑑賞만 한다는 것은 얼마나 어리

석은 노릇이랴.

第六章

우리와 美·日 關係

第六章 우리
와 美、日 關係

1. 韓、美間의 關係 우리의 境遇는 美國을 떠나서 論議될 수 없는 處地에 있다.

一九四五年 八月 十五日 以後 오늘에 이르기까지, 한 時라도 이 關係를 잊어본 일

이 없는 韓國 國民이다.

民主主義라는 思想的 世界에서나, 共同의 運命으로 맺어진 六·二五 動亂、 그리고

軍事 經濟面 等에서 더욱 그렇다.

뿐만 아니라, 韓國의 分斷이、 美國을 비롯한 戰勝 諸國의 戰後 措置에서 起因된 것

이므로、 이 엄청난 悲劇을 건어줄 責任이 美國에 또한 있다는 것을 알 때、 美國과 韓

國의 距離는 새삼스럽게 늘어놓을 必要가 없다.

앞에서 本人은 美國의 援助政策에 얼마간의 批判과 分析을 加한 바 있었다.

그러나 그것은, 그 때마다 强調한 대로 寸毫도 兩國間의 友誼에나、 援助精神 自體

를 毀損하려는 뜻이 아닌 것은 勿論이다.

이 點、國民 諸位의 諒解를 다시 求하려 한다。

어디까지나 革命 以前에 있었던 主觀的인 韓國의 實情을 槪括的으로 批判하고、그 缺

陷、未備된 諸 虛點을 캐어、美國 援助의 效果的인 改善을 通하여、兩國間의 實效를

促求하려는데 主眼點이 있었을 뿐이다。

이러지 않고서는、주는 側이나 받는 側에 何等 도움이 될 수 없기 때문이다。

其實、韓國으로 보아서는、願、不願을 莫論하고 現實的으로 美國의 影響下에 있음

을 率直히 否定 못한다。

一九五五年 以前、即 解放 直後부터 받은 各種 緊急 救濟 援助와、그리고 其後 六·

二五 動亂에 所要된 數十億弗의 戰爭 遂行費를 除外하고서도、美國은 一九六二年까지

七個年間에 約 二十億弗의 經濟 援助와 十五億弗의 軍事 援助、都合 三十五億弗이란

巨額을 이 땅에 投資하였던 것이다。

우리는 이것으로 政府의 豫算도 編成하였는데、相當한 浪費가 있었고、不合理한 點

이 없지는 않았으나、그래도 얼마만큼 經濟施設이 이룩된 것도 事實이다。

이렇게 보면、美國과 韓國과의 事情은 各別히 親한 處地에 있다。

그러므로 우리에게는 善意의 批判도 建設的인 異見도 있는 것이 아니겠는가。이러

한 批判、異見은 自由롭게、그리고 앞날에도 더욱 活潑하여야 할 것으로 믿는 바이

당。

왜냐하면, 그것이 長久한 眼目으로 보아서 兩國間의 利益을 圖謀하는 것이기 때문

이다.

그렇다고 細部까지 파고 들어, 小乘的인 不滿이나 짜증은 삼가야 할 것이다.

그것은 禮儀面에서도 그렇고, 相對方의 計劃에 蹉跌을 가져다 줄 憂慮가 또한 있기

때문이다.

우리는 그러한 信念에서 兩國間에 胸襟을 털어 놓고, 이 援助問題에 對한 檢討가

있기를 歡迎한다.

本人은 此際, 美國에 對하여 몇 가지 意見을 말하려 한다.

이것은 韓美兩國의 友好增進을 爲하여 不可缺한 要件이라는 點에서 어느 時機, 어느

누구에게든 한 번은 論議하여야 할 性質의 것이다.

없고, 設或 이 意見이 美國에 多少 不滿이 가더라도, 어차피 早晩間 알려져야 할 問

題라면, 그 時機는 빠를수록 좋은 것이다.

우리는 美國을 좋아한다. 自由民主主義의 制度가 그렇고, 우리를 解放시켜 준 것이

그렇고, 共產으로부터 우리를 防衛한 것이 그렇고, 經濟援助를 주어서 그렇다.

그보다도 우리가 美國을 더욱 좋아하는 까닭은, 그와 같은 恩惠를 주었으면서도,

우리를 부려먹거나, 無理를 強要하려 하지 않는다는데 있는 것이다.

萬若, 그러한 不當한 干涉이나 氣味가 엿보였다면, 우리들의 態度는 이미 다른 方

向으로 表示되었을 것이다.

이런 點에서 韓國民의 神經은 참으로 銳敏하다.

이 神經의 發達은 今後에도 繼續 더하여 갈 것으로 믿고 있다. 五千年 韓國民族의 愛國的인 遺産이 바로 그것이기 때문이다.

美國은 그같이 우리에게 恩惠로운 對象이다.

그러나, 그렇다고 우리대로의 할 말이 없을 수 있겠는가.

美國이 韓國을 爲하여 싸워 주고 도와 주는 것은 백 번 고맙지만, 이러한 結果 (美國이 援助하지 않을 수 없는)를 韓國이 免치 못하게 됨으로써 입는 우리의 苦難은 世界史에서도 찾아보기 힘들만큼 甚大하다는 것이다.

그 要因이 무엇인가.

《國土 分斷》이다.

이것은 勿論, 美國의 單獨 行爲가 아닌것을 모르는바 아니나, 적어도 그 一端의 責任이 그 사람들에게 있는 것만은 事實이다.

以北은 蘇聯과 中共과 손을 잡고 날뛰고 있으며, 以南은 以南대로 美國과 親하고 있기는 하다.

그러나 이러한 分斷된 설움 속에 個人 家庭의 悲劇, 國家民族의 不幸이 그 얼마인가.

이 分斷은 東西 獨逸의 境遇나 越南의 境遇와는 全然 그 性質을 달리하는 것이다.

韓·美間의 關係

敗戰國 獨逸로서는 不可避한 것이고、越南의 例는 自體的인 內亂의 産物이니 어찌 할 수 없다 하겠지만、우리는 日本에 시달렸고、또 臨政이 聯合國 편에 서서 鬪爭한 交戰國家가 아니었던가. 참으로 억울한 일이었다.

또한 우리는 六・二五 動亂을 잊을 수 없다. 이 모두가 分斷의 씨로 뿌려진 所産이기 때문이다.

이 動亂이 單純히 韓國의 防衛만을 主目的으로 치르어졌다고는 생각할 수 없는 것이다. 그것은 곧, 美國을 비롯한 自由陣營의 平和와 太平洋地區 防衛政策에 直結된다는 것을 앞에서도 指摘한 바와 같다.

萬若에 韓國動亂에서 우리가 不幸을 當하였다고 假想하여 보자. 그랬더라면 共産圈의 妄動은 어김 없이 全亞細亞、全世界에 戰爭의 불씨를 던졌을 것이다. 그리하여 당장에 日本이 危殆로왔을 것은 勿論이요、蘇聯의 潛水艦은 沖繩基地를 威脅하였을 것이다. 그렇게 되면 美國의 西部 防衛線은 實質上 〈샌프란시스코〉 沿岸으로 後退하게 되었을 것이다. 뿐만 아니라、貧困과 執權層의 腐敗로 恒時 不安한 弱少 自由國家群의 動搖는 어떻게 되었을 것인가.

以上 要約하여 보건대、韓美 兩國間의 關係는 그럴만한 理由가 있기 때문에 結果된 것이라 할 수 있다.

이러한 基本精神에서 다시 몇 가지의 所信을 밝히고자 한다.

첫째, 美國은 西歐式 民主主義가 우리의 實情에는 알맞지 않는다는 것을 理解하여야 한다는 것이다.

百步를 讓步하여, 하나의 民族社會가 現代 資本主義 制度를 받아들일 수 있는 程度의 諸要件이 갖추어져 있다고 하더라도, 그것은 그 社會의 傳統과 文化, 그리고 自主國家인 以上 無條件 同化될 수는 없기 때문이다. 하물며 經濟的으로 政治的으로, 社會全般이 均衡되지 못한 우리 現實에 그 制度의 實現을 期待한다는 것은 無理라 하지 않을 수 없다.

그것은 마치, 年輪을 無視하고 하루 아침에 成人이 되기를 바라는 어리석은 어버이의 心理와 같다. 그리고, 이러한 過程을 거치지 않는다면 有害한 副作用만 自招하는 것이 되고 말 것이다.

두째, 民主主義의 理想과 經濟 援助의 精神的인 意慾은 높이 사는 바이나, 그렇다고 이를 通하여 韓國社會로 하여금 一律的인 美國化를 期待하여서는 안된다는 것이다. 自由라는 理想과 美國의 經濟的인 援助를 밑거름으로 하여 韓國 固有의 主體性, 確固한 自我 意識이 確立되고, 그 위에 自律的인 社會가 이루어져야만 비로소 美國의 참된 希望은 成就되는 것이요, 또한 外敵과도 對決할 수 있는 堅固한 防波堤가 될 수 있을 것이다.

세째, 軍事, 經濟面에 걸친 美國의 援助는, 이왕에 줄 바에야 우리의 뜻에 맞도록 하여 달라는 것이다.

勿論 우리는、美國의 經濟施策에 對한 實力을 못미더워하고 있는 것은 아니다.

그러나、前述에서도 論及한 바와 같이、우선 먹고 입는 主義에서、將次 살아나갈 기틀을 잡기 爲하여 使用되어야 하겠다는 것이다. 말하자면、달콤한 사탕보다는 한 장의 벽돌을 우리는 願하고 있다는 말이다.

지금 우리의 關心은 經濟再建 하나에 달려 있다. 우리는 이 課業의 遂行을 爲하여 온갖 苦痛을 참고 있다.

美國은 此際、果敢하고도 大幅的인 援助를 함과 同時、그 政策을 積極的으로 改善하여야 할 때라고 믿고 있다.

現在 韓國 國民은 무엇보다도 政局의 安定과 確固한 政治 指導權의 確立을 要請하고 있다. 是非와 混亂은 願하지 않고、다만 조용한 討論、말없는 實踐、意慾的인 建設을 民衆은 要請하고 있다.

우리는 美國 市民의 果敢한 西部 開拓精神과 〈케네디〉大統領의 〈뉴·프론티어〉政策을 尊敬한다.

이 精神、이 政策이 고스란히 韓國에서 實踐될 時機가 바로 이 때라고 本人은 믿고 또 期待하고 있는 것이다.

허술한 反共의 旗幟나 口號는 이미 한물 갔다.

勝共의 捷徑은 〈피와 땀과 눈물〉로만 자라는 〈經濟의 再建〉, 이 하나에 달려 있는 것이다. 이것은 오래 前에 이미 〈아데나워〉가 提示한 산 證據가 아닌가.

美國의 加一層한 理解와 關心을 促求하여 마지 않는다.

2. 韓、日間의 關係　　韓國과 日本의 國交再開는 解放 以後 十餘年間의 宿題로 되어왔다.

그러나、最近 二、三年間에 와서 이 國交 再開는 國際 外交舞臺上의 한 重要 課題로 登場하였다. 이와 같이 하나의 國交問題를 가지고 十餘年을 끌고 온 例는 外交史上 드물다.

何如間、韓日國交의 正常化는 彼此의 利益이나、會談 自體의 本質的 性格上으로 보더라도 이제는 더 以上 오래 끌 수 없는 內外의 條件을 갖고 있다. 다시 말해서、解決을 지어야 할 段階에 서 있다는 것은、그만큼 太平洋을 둘러싼 國際情勢의 趨移를 뜻한다.

그렇다고 우리는 日本의 過去 所行、特히 法律上으로나 或은 實際 부딪치는 諸問題를 包括하여 그대로 默過하자는 것이 아니다.

設或、우리가 財産上으로 主張하는 모든 것이 貫徹된다고 하더라도 數十年間 입어온

精神的인 打擊은 一朝 一夕에 가실 길이 없는 것이 아닌가.

本人이 여기에서 明確히 말하고 싶은 것은, 日本이 完全한 自由世界의 一員으로서

眞心으로 悔改하고 當面한 內外 情勢에 韓國에 協調만 한다면, 不愉快한 過去之事인

歷史의 傷處는 再論하지 않겠다는 것이다.

그러나 日本이 解放以後 단 한 마디도 그러한 過去의 罪惡에 對하여 謝過가 없었다는 것은 遺憾이라 않을 수 없다.

더구나, 우리가 請求하는 最少限의 條件마저도 回避하고 있음은 問題의 解決에 全혀 誠意가 없다는 것이 아니고 무엇인가.

在日 僑胞의 法的 地位、平和線、漁撈協定等에서도 그러하였지만、財産 請求權에 와서 더욱 그렇다.

財産請求權이란、〈샌프란시스코〉條約의 原則에 依하여 解放과 同時에 自動的으로 우리에게 歸屬되어야할 우리의 財産을 日本人들이 제멋대로 앗아간、그 財産을 돌려 달라는 것이다. 即、

1、日帝下에 强制 徵兵、또는 徵用이란 名目으로 日本 帝國主義의 侵略戰爭에 犧牲된 韓國 國民에 對한 補償、

2、韓國人이 所有하고 있던 日本政府 發行의 國債、貯金의 償還、

3、日本人이 韓國銀行에서 搬出하여간 金塊와 解放當時 燒却한 韓國銀行 所有 日本 銀行券과 日本에 있는 韓銀 財産의 返還、

4、韓國人이 所有하고 있는 日本 法人體의 株式、其他 有價證券의 償還、

5、韓國人 船舶의 返還、

6、數千點의 文化財、國寶의 返還 等이 그 重要한 內容이다.

여기서 우선 金塊와 船舶에 對하여 살펴보자.

解放 直前, 그들은 當時 評價 價格 十五億圓 相當의 金塊를 秘密裡에 옮겨 갔다.

그 때의 十五億圓은 解放 直後의 七對一의 換算率에서 보면, 二億弗에 該當되는 巨額이다.

船舶은 解放 當時 韓國 沿岸에 있었던 것이 그 請求 對象이다.

우리 請求 噸數는 十六萬噸으로 萬噸級 十六隻에 해당하는 것이다.

이 두 가지만 보더라도, 우리의 經濟事情에 얼마나 影響 있는 請求權인가를 쉽게 알 수 있는 것이다.

이와 같이 우리가 請求하는 內譯은 單只, 우리의 財産을 그대로 돌려달라는 것일뿐

三十六年間 强制 占領에서 빼앗긴 《一切의 返償》은 한 푼도 包含되어 있지 않고 있는 것이다.

越南政府에 對하여는, 七千萬弗의 占領 賠償金을 支拂하면서도 우리의 그같은 正當한 財産請求에는 끝내 無誠意한 채로 있으니, 都是 理解가 안가는 日本의 속심이다.

그러나, 우리는 其間 大乘的인 見地에서 이 會談의 早速한 妥結을 爲하여 努力하여 왔다. 그러나 그들의 誠意는 언제나 입 언저리에서 맴돌았을 뿐이었다.

그러나 兩國間은 이렇게 江을 두고 살아갈 수는 없는 일이 아닌가.

自由 太平洋을 保全하기 爲하여서도, 亞細亞 十億의 有色 人種의 明日을 爲한 共同

關心으로서도, 彼此에 등을 지고 살 수는 없는 일이다.

더구나, 우리의 境遇는 더욱 그렇다. 歐洲共同市場(EEC)을 通한 自由歐洲의 統

合運動, 中近東의 〈카사블랑카〉 憲章下의 〈아프리카〉 團結, 〈아랍〉 世界의 統合運動,

그리고 最近에는 〈말레이지아〉의 誕生等, 이러한 世界의 組織 改革에서 본다면 도저

히 이대로 孤立이나 對立으로는 살아갈 수 없게 되어 있는 것이다.

흔히, 韓日 兩國 關係가 흡사 지난날의 獨·佛을 닮았다 하는 이가 있으나, 本人은

그렇게 생각하지 않는다.

왜냐하면 우리는 아직도 日本의 보다 積極的인 誠意를 期待할 수 있다고 생각하기

때문이다.

第 七 章

祖國은 統一될 것인가

第七章 祖國은 統一될 것인가

우리의 最大 悲願은 祖國의 統一이다

統 一 !

單一民族으로 連綿 五千年을 이 地土에 先祖의 뼈를 묻으며 살아온 이 나라 白衣同胞, 그러나 오늘은 날이 갈수록 낯이, 風俗이 자꾸만 설어지는 먼 이웃, 이웃들…。

이러다간 國土의 兩斷이 아니라, 終局은 民族의 分斷이 될까 두렵기만 하다.

一、 民族의 悲劇 三八線

一九四三年 十二月 一日, 〈에지프트〉의 〈카이로〉에서 美、英、中 三個國의 巨頭會談

이 열렸다는 것은 國民 諸位가 잘 아는 일이다.

이 〈카이로〉 會談에서 決定된 韓國의 自主獨立은 그 後 一九四五年 七月 十七日부터

八月 二日까지에 열린 〈포츠담〉 會談에서도 承認되었다.

그러나, 不幸한 國土 分斷은 日本軍에 對한 占領 事務를 핑계로 約定되고 말았다.

그러나, 그와 같은 節次가 끝났는데도 不拘하고, 蘇聯은 以北을 强占하고, 美軍은

南韓에 繼續 駐屯한 것이었다.

지금에 와서 이같은 運命을 새삼스럽게 들먹이고 싶지는 않다.

國聯을 通한 끈덕진 統一에의 所願도 번번이 蘇聯의 拒否權으로 默殺되는 以上, 外

勢에 依한 他律的 統一은 口頭禪에 不過하다는 것을 또한 모르고 있지도 않다.

그러나, 언젠가 한번은 이루어지고 말 것을 우리는 믿고 있다.

왜냐하면, 우리의 피 속에 躍動하는 民族的인 感情이 가시지 않는 以上, 우리는 祖

國이나 民族을 언제나 생각하고 있기 때문이다.

아무리, 解放동이가 늘어서 한 平生을 다하는 동안 이쪽 저쪽을 보지 못한다 하더

라도, 그들은 틀림없이 祖國의 統一만은 遺言할 것이기 때문이다.

또한 이들 만큼 統一을 希求하는 世代도 없을 것이다.

이같이 우리의 統一熱은 해가 갈수록 젊어질 것이다.

그러므로 우리는 잠시라도 絶望할 必要가 없다.

우리 當代에서 못 이루면 子代에서, 子代에서 不能하면 孫代에서, 우리의 念願은 틀

림없이 풀려질 날이 있을 것을 믿고 있다. 우리의 後孫이 우리의 恨을 꼭 풀어주고,

그 方案은 얼마든지 獎勵되어야 할 일이다.

그렇다고 우리는 그저 來日로 이 일을 미루어 놓을 수는 없다. 統一에 對한 研究와

야 恨의 素因들도 꼭 除去하여 줄 것을 우리는 믿고 있다는 말이다.

二、分斷에 몸부림 친 十八年史

解放이 되고 곧 獨立이 實現될 줄 알았다. 그러나 一九四五年 十二月 下旬의 三相會議에서 決定된 美、英、蘇、中의 信託統治案이 發表되자, 國民들의 反對 感情은, 드디어 爆發하였다.

이들 四個國은 이 決定의 實踐을 爲하여 美蘇共同委員會를 設置하여 그대로 强行하려 하였다.

그러나 結局은 民衆의 反對로 挫折되는바 되고, 一九四七年 九月 十七日에、美國은 第三次 國聯總會에 〈UN 韓國臨時委員團을 派遣하여 自由總選擧를 實施할것〉을 提議하여 壓倒的 多數로 決議를 보게 되었다。

그러나、以北의 反對에 부딪쳐 結局、UN 監視下 以南만의 總選擧로써 大韓民國이 樹立되었다。新憲法이 公布되기는 一九四八年 七月 十七日、그리고 八月 十五日에는 解放 三周年을 慶祝하는 兼 政府樹立을 世界에 宣布하였다。

그後 第三次 國聯總會는 四十八對六으로 韓半島에 있어서 〈大韓民國〉이 唯一한 合法政府임을 承認하였다.

事態가 이렇게 되자, 總選擧를 拒否한 蘇聯 當局은、 一九四八年 九月 九日、 北韓에 最高 人民委員會를 召集하여 그 決議로써 所謂 〈朝鮮人民共和國〉을 樹立하였다。

이렇게 됨으로써、 〈포츠담〉 宣言의 〈一時 日本軍 武裝解除란 名目〉下의 三八線은、 永遠한 國境 아닌 國境으로 굳어버리게 된 것이다。

一九五〇年 六月 二十五日에는 南韓을 强占하려는 共産徒黨의 南侵이 있었다。

아무런 軍備가 없었던 우리는 밀려 내려갈 수 밖에 없었다。

그러나 이 事態는 韓國의 國內 問題에 그치는 것이 아니고 世界平和에 對한 正面 攻擊으로 看做하고、 美國을 비롯한 自由陣營은 때를 놓치지 아니하고、 六月 二十五日、 二十七日에 國聯 安全保障理事會를 召集하여 南韓에 侵入한 北傀軍의 撤退를 要求하기에 이르렀다。

그러나 北傀軍의 野慾이 그칠 理가 없었다。

그리하여 七月 七日 世界史上 처음으로 國聯軍을 組織하고 韓國 出兵을 斷行하였다。

〈더글라스·맥아더〉 將軍을 司令官으로 하는 國聯軍은 敵을 몰아 北韓 全域을 解放하게 되었으나、 十一月 二日 中共 侵略軍의 人海戰術로 絶好의 統一 機會는 무너지고 말았다。

動亂은 結局 休戰으로 끝났다.

一九五三年 七月 二十七日, 韓民族의 恨을 남긴채 休戰 條約은 맺어지고 말았다.

그러나 韓國의 統一問題는 이 때를 비롯하여 漸高되어 갔다.

一九五四年 五月 二十二日 〈제네바〉 會談에 參加한 우리 代表는 韓國統一 十四個 項目을 提議하여 十六個國의 贊成을 얻었으나 共産側의 拒否로 失敗하였다.

〈統一, 獨立, 民主 韓國의 樹立을 爲하여 國聯 監視下에 眞正한 自由選擧를 實施하며, 이와 같이 하여 選出된 國會議員은 韓國의 人口에 比例하여 代表된다〉

이같은 內容의 이 案은 一九五四年 十二月十一日, 國聯 總會에서 報告 承認되고, 그 後 一九五五年, 一九五六年, 一九五七年, 一九五八年, 一九五九年에도 繼續 一貫된 案으로서 追認되었다.

國聯과 韓國이 한결같이 共同의 焦點으로 指向하자, 以北 徒黨들은 마지못해 엉뚱한 兇計를 드러내는 所謂 統一方案을 提示하여 왔는데, 이것이 곧 〈外軍撤收後의 自律的인 平和統一論〉이다. 그리고서 北傀는 이를 뒷받침한 것이라 하면서, 뒷집에 도둑 숨긴 格으로 된 中共軍 撤退를 나팔 불었던 것이다.

그러나 그로부터 오늘에 이르기까지 兩側의 統一方案에는 相當한 變化를 가져온 것도 事實이다.

〈北進統一案〉이 〈十四個 項目〉으로 修正되었고, 〈外國軍의 撤收〉를 前提로 삼던 北

傀側도 《中立國 監視下의 總選擧》로 바꾼 것이다.

또한 國聯이나 美國側의 態度 亦是 相當한 變化를 가져온 것도 注目할 일이다.

第十六次, 十七次 國聯 總會에서 南北韓 代表 同時 招請을 要求한 蒙古 提案에 對하여,

지금까지 《無條件 參席을 反對》하던 自由陣營이 《國聯의 權能과 權威를 受諾》하는 條件

으로 北傀를 同時 招請하자는 泰國, 希臘의 共同提案을 支持하게 되었다는 事實이다.

이것은 前次 總會에 比하여 一八〇度의 轉換을 가져왔다는 것을 뜻한다.

그것은 무슨 까닭에서였을까.

그것은 그만큼 한 해 사이에 世界情勢의 變動이 많아졌다는 것을 間接으로 表示하

는 것이 된다.

《아시아》, 《아프리카》를 連結하는 亞阿勢力이 四十個國으로 集團되어 國際外交에

進出함으로써, 東西 兩陣營의 兩極 中間에 第三勢力을 形成하고, 그 餘波가 韓國의 統

一問題에까지 反映되었다는 것으로 解釋하여도 過히 어긋남이 없을 줄로 안다.

三、 統一을 위한

우리의 覺悟

우리의 統一을 圍繞한 國際聯合의 動向은 叙上한바 대로이나, 그 間의 狀況에서 우

리는 무엇을 느끼고 또 어떤 일을 決心하여야 할 것인가.

첫째, 以上의 槪要에서 본 바와 같이 韓國 統一問題에 關한 國聯의 動態는 恒時 流動的인 일 뿐만 아니라, 近者에 와서는 相當한 激動을 一方에서 일으키고 있다는 것이다.

即, 美國을 비롯한 西方側은 第十五次 國聯 總會를 起點으로 하여 두 가지 面에서 重大한 變化를 보여주고 있다.

그 하나는 美國, 〈캐나다〉等을 中心으로 하는 一聯의 새로운 摸索이 十年來의 持論인 國聯 監視下의 總選擧를 止揚하고, 새로이 〈國際監視下의 總選擧案〉을 眞摯하게 檢討하게 되었다는 것이고, 또 다른 하나는 上記한바 있는 北傀 招請案을 正面으로 拒否하는 대신, 節次法을 通하여 이를 막으려는 戰略으로 轉換하게 되었다는 것이다.

이 持論이나, 基本 戰略의 變化는 西方側이 自進하여 取한 能動的인 것이 아니고, 어디까지나 國際情勢의 樣相에서 비롯된 것이라고 보는 것이 妥當할 것이다. 우리가 아는 事實로서 第二次 大戰 後에 數많은 民族이 解放되고 獨立, 自治를 얻었다.

이 數많은 新生國家는 集團的으로 第三의 勢力으로 擡頭되어가고, 이것이 蘇聯과 中共의 理念鬪爭으로도 發展되었다.

또한 宇宙科學의 發達은 漸次 戰爭 無用論으로 現實化되어 가고, 東西가 戰爭을 避하고 平和共存으로 나아가려는 움직임도 보인다.

여기에서 우리가 생각할 것은 十九年前, 韓國의 分斷이 不過 數三個 强大國家의 秘

密會談에서 決定되었다는 일이다.

한 國家의 運命이 이와 같이 몇 나라의 氣分으로 亡쳐질 수 있는 問題일까?

이런 억울한 일들을 排除하기 爲하여서도 우리는 國際 裏面 外交는 勿論, 全般的인

國際情勢의 觀察에 敏感 正確하여야 하고, 그와 같이 無視할 수 없는 中立陣營 第三의

世界에로 不斷한 關心을 集注하여야 할 것이다.

革命政府가 過去의 姑息主義 外交에서 脫皮하여 中立陣營, 特히 亞阿〈블럭〉에 關心

을 가진 까닭도 그런 理由에서였던 것이다.

두째, 우리는 이와 같은 對外的 與件을 考慮하고, 또한 우리의 統一問題가 主觀과

客觀의 混合 속에 그 歸結이 調整될 수 밖에 없는 現實을 想起하면서, 언제 어떤 事

態가 어떤 形態로 提起된다 하더라도 微動도 하지 않고, 또한 直刻的으로 對處할 수

있는 堅固한 對內 體制의 確立에 注力하지 않으면 안된다는 것이다.

政治, 經濟, 社會, 文化가 安定되어 劃期的인 新興 實力國家로 育成된다는 것은, 이

에더 바랄 수 없는 統一에의 確實한 方策이라 할 수 있다.

混亂한 政局, 無政府狀態의 社會, 空白狀態의 經濟的 破綻을 지닌채, 不時에 統一

이라는 現實에 直面하고 본다면 우리는 어떻게 될 것인가.

本人이 革命의 結實을 切實히 希求하는 까닭이 여기에 있는 것이다.

우리는 恒時, 이러한 緊張에서 풀려나서는 안될 것이다.

强力한 政局의 安定, 新社會의 秩序確立, 民族의 總力을 經濟建設에 集注하여 實力

統一을 위한 우리의 **覺悟**

으로써 勝共할 수 있는 眞實한 터전을 築造하지 않으면 안된다.

세째로, 本人은 統一 獨立에 對한 國民의 不斷한 關心이 提高되어야 하겠다는 것을 强調하는 바이다.

事實, 解放後 十九年間은 정작 해야 할 建設은 度外視하고 虛妄된 自由追求와 政爭만을 일삼은 空白期라 할 수 있다. 이 동안에 輕薄한 外國의 風潮가 이 땅을 휩쓸었고 모든 不安은 國家觀念이나 主體意識을 喪失케만 했고, 따라서 民族正氣는 衰退一路에 있었던 것이 아닌가.

祖國의 統一問題는 자나 깨나 잊을 수 없는 일이다.

우리 民族의 앞날, 中興創業은 分割된 國土와 分離된 同胞가 함께 뭉쳐 統一됨으로써 비로소 期約될 수 있을 것이다.

자라나는 世代로 하여금 불 붙는 그 情熱에 더욱 더 統一에의 決意를 提高하기 爲하여는, 저 臨津江 北녘에서 몸부림 치는 兄弟 姉妹들의 血願을 가슴에 아로새겨 주어야만 할 것이다.

第八章

우리는 무엇을 어떻게 할 것인가

第八章 우리는 무엇을 어떻게 할 것인가

一, 五千年의 歷史는 改新되어야 한다

《國史大觀》의 序頭에 다음의 글이 있다.

《사람의 高貴한 點은, 文化의 創造와 進步에 있다. 文化의 創造와 進步는 自己의 過去를 回顧하고 反省하고 批判하려는데서 생기는 것이다.

사람의 生活에는 元來 過誤와 缺點이 많다.

그러나 過誤를 過誤로, 缺點을 缺點으로 알아, 다시 그것을 되풀이하지 않고 自己의 現實을 보다 나은 狀態로 改善 向上하려는데서 進步 發達이 생긴다. 여기서 偉大한 文化가 發生하는 것이다.

即, 人類는 歷史를 갖고, 歷史를 土臺로 삼아 自己保全, 自己發展, 自己完成의 길에 邁進하는 것이다.》

그러면, 우리는, 우리의 歷史를 回顧, 反省, 批判할 때, 무엇을 느끼게 되는 것인

가. 歷史를 整頓하고 偉大한 새 歷史를 創造하기 爲한 精神的인 새로운 터전을 마련하

지 않으면 안 될 것이다.

1, 退嬰과 粗雜과 沈滯의 連鎖史 漢武帝 東方 侵略의 古朝鮮時代에서부터 高句麗, 新

羅, 百濟의 三國 鼎立時代, 그리고 新羅의 統一時代를 거쳐, 後百濟, 後高句麗, 後新

羅의 後三國時代, 다시 統一高麗時代에서 李朝 五百年에 이르는 우리의 半萬年 歷史

는 한 마디로 말해서 退嬰과 粗雜과 沈滯의 連鎖史였다 할 것이다.

어느 한 時代에 邊境을 넘어 他를 支配하였으며, 그 어디에 海外의 文物을 廣求하

여 民族社會의 改革을 試圖한 일이 있었으며, 統一天下의 威勢로써 民族國家의 威勢

를 밖으로 誇示한 적이 있고, 特有한 産業과 文化로써 獨自的인 自主性을 發揚한 바

가 있었던가. 언제나, 强大國에 밀리고, 盲目的인 外來 文化에 同化되거나, 原始的인

産業의 範圍內에서 單 한 치도 나아가지 못하였으며, 기껏하여 同胞相殘에 寧日이 없

었을 뿐, 姑息, 惰怠, 安逸, 無事主義로 表現되는 小兒病的인 封建社會의 한 縮圖版

에 不過하였다.

이제 여기서 그와 같이 두드러진 우리 歷史를 차분히 解剖하여 보기로 하자.

이는 어디까지나, 우리 歷史의 過去를 回顧하고 反省하고 批判함으로써 새로운 文

5千年의 歷史는 改新되어야 한다

化와 進步를 이룩하려는데 있다.

첫째, 우리의 歷史는 앞에서도 말하였지만, 自初至終 남에게 밀리고 거기에 기대어 살아온 歷史다.

古朝鮮時代, 漢武帝의 侵略을 받아 그들의 封領으로 樂浪、眞蕃、臨屯、玄菟의 四郡을 設置 當한 데서부터 시작하여, 高句麗 新羅 百濟의 三國時代에 있었던 隋、唐의 漢民族의 侵略, 唐의 支援을 받은 新羅의 統一과, 高句麗 遺民의 渤海國 創建 및 그 反目, 高麗朝에 있었던 契丹 蒙古 倭寇等의 入寇、李朝 中葉까지의 壬辰倭亂、丙子胡亂을 거쳐, 그 뒤의 淸日戰爭을 前後한 三國의 干涉을 끝으로 日本의 單獨 侵略으로 마침내 大韓帝國이 終幕을 告할 때까지 이 나라의 歷史는 하루도 平安한 날이 없이 外勢의 强壓과 征服의 反復 밑에 겨우 生活 아닌 生存을 延長하여 왔다.

그런데 딱한 일은, 이 長久한 受難의 歷程 속에서도、單 한 번도 形勢를 反轉하여 밖으로 밀고 나아가 國家의 實力을 펴보지 못하였다는 것이다.

그리고 언제나 이러한 侵略은、半島라는 地域的인 運命이나、우리의 힘이 不足해서 연유된 것이 아니고、擧皆가 우리들이 불러들인 것이 되고 있다.

또한 外勢에 對하여 우리가 一致하여 對抗도 없었던 것은 아니나、많은 境遇에서는 敵과 內通하고 附同하는 무리를 볼 수 있었던 것이다.

스스로를 弱者視하고 남을 强大視하는 비겁하고도 事大的인 思想、이 痼疾、이 惡 遺産을 拒否하고 拔本하지 않고서는、自主나 發展은 期待할 수 없을 것이다.

두째、 우리의 黨派 相爭에 關한 것이다。

이것은 世界에서도 드물 만큼 小兒病的이고 醜雜한 것이다。

이런 點에서는 中世紀까지 우리의 先祖들은 比較的 豁達하고 男性的인 氣質이 있었

으나、 李朝에 들어오면서 漸次 그 氣象은 자취를 감추게 되었다。

佛敎에서 儒敎로 文物의 制度가 바뀌어지게 됨에 따라 그것은 急進的으로 民族 自

主的인 氣慨를 좀먹게 되었다。 黨爭、 派爭은 참으로 些小한 일에서 시작되었음은 歷

史에서 우리가 知悉하고 있는 터이다。

沈義謙과 金孝元의 참으로 些小한 對立이 〈東人〉、 〈西人〉으로、 東人은 다시 〈南人・

北人〉으로、 北人은 다시 〈大北・小北〉으로、 大北은 다시 〈肉北・骨北〉으로 갈라지고、

小北은 別途로 〈淸小北과 濁小北〉이 되고、 後에 와서 南人은 〈淸南과 濁南〉으로、 西人

은 〈淸南・勳南・少南・老南〉으로 分裂되고、 老論 少論의 學派가 일어나고、〈少論〉은

다시 〈僻派와 時派〉로 갈라지는 等 참으로 어떤 系譜가 어떻게 되었는지 갈피를 잡지

못할 分裂相이다。

이 以後의 歷史가 어떻게 굴러 왔는가、 그것은 여기에 더 以上 說明이 必要없는 것

이 아니겠는가。

李朝는 結局、 이 黨派싸움에서 날이 새고 지다가 亡國의 悲運을 맛보게 된 것이

었다。

2、 改新의 時點에 서서

〈言〉으로는 首를 가고、 〈行〉으로는 末을 차지하면서、 거기다

5千年의 歷史는 改新되어야 한다

가 是非와 패거리라면 창자를 움켜 쥐고 달려들었던 이 惡遺傳을 우리는 이제 拒否

할 때도 되지 않았는가.

小英雄主義的인 小人癖을 淸算하지 않고서는 決코 大國民的인 襟度나, 大乘的인 團

合은 不可能한 것이다.

세째, 우리는 自主, 主體意識이 不足하였다.

우리의 波瀾 많던 歷史의 그 늘에서 固定할 수 없었었던 文化, 政治, 社會는 마침내 〈우

리의 것〉을 잃었고, 代身 〈남의 것〉을 우러러 보게 되고, 거기에 迎合하는 民族性으로

奈落케 하였다.

여기에 對해서는 詳細하게 前項에서 論及하였으므로 省略한다.

우리에게 다만 남아 있는 〈우리의 것〉은 〈한글〉(訓民正音) 밖에 다른 무엇이 뚜렷

한가. 우리는 早速히 우리의 哲學을 創造하여야 하고 獨自的인 文化의 形成에 나아가

지 않으면 안된다.

왜냐하면, 이 哲學이나 文化는 民衆의 길잡이가 되기 때문이다.

네째, 經濟向上에 조금도 創意的인 意慾이 없었다는 것이다.

國民諸位가 아는 바와 같이, 우리가 잠자고 있는 동안 世界는 재빨리 自國의 經濟

向上에 눈부신 活動을 展開하고 있었다.

그러나 우리는 海外進出은 念頭에도 두지 않고, 기껏 앉아서 새끼나 꼬고 있었을 뿐

이 아니었던가.

高麗磁器等이 겨우 民族文化財로 남아 올 뿐이다.

그것도 겨우 貴族들의 趣味에 그치고 있었을 뿐이었다.

그러나 이것도 途中에서 命脈이 끊어졌으니 답답한 일이다.

經濟生活에 主가 된 것은 단지 農業生産 뿐이다.

〈農은 天下之大本〉이라, 그것도 먹기 爲한 目的이 아니었다면 이것마저 途中에서 廢止되었을는지도 모를 일이 아닌가.

우리는 이같은 經濟的인 國民性을 根本的으로 改造하는 經濟至上 觀念에 立脚할 수 없다면, 우리가 目標하는 强力한 民族國家 建設은 한갓 空念佛에 不過하다 않을 수 없을 것이다.

以上과 같이 우리 民族史를 考察하여 보면 참으로 寒心할 수 밖에 없다. 勿論, 어느 한 時代에는 世宗大王, 李忠武公 같은 萬古의 聖君, 聖雄도 계시지만, 全體的으로 돌이켜보면 다만 啞然할 뿐, 漠漠할 따름이다.

우리가 眞正 一大 民族의 中興을 期하려면 우선 어떠한 일이 있더라도 이 歷史는 全體的으로 改新되지 않으면 안된다.

이 모든 惡의 倉庫 같은 우리의 歷史는 차라리 불살라 버려야 옳은 것이다.

우리는 莫然한 未練이나, 허술한 歷史의 年輪만을 자랑할 수는 없다. 大膽한 새出發이 있지 않으면 우리의 發展은 끝내 沮害되고 말 것이기 때문이다.

아것이 當代의 使命을 負荷한 우리들의 義務가 아닌가.

그렇지 않고서는 우리의 새 歷史는 到底히 이루어질 수 없기 때문이다.

슬기롭고, 勤勉하고, 堅固한 意志와 새로운 整理가 要請된다.

있어야 하고, 남을 꺾느니 보다는 도울 줄 알고 아낄 줄 알아야 한다.

백 가지의 理論보다 한 가지의 實踐이 要望되고, 즐거운 分裂보다는 괴로운 團合이

우리는 정말 새로운 決意가 있어야 하는 것이다.

二、新政治

風土의 마련

政治는 國家 社會의 全般事에 關한 基礎的인 始發이자 그 結果다.

그런 故로 이 政治 自體가 먼저 올바른 位置를 차지하지 않는다면 餘他의 問題는

可히 미루어 짐작될 일이다.

우리의 歷史나, 舊政權時의 모든 不合理한 結果가 모두 이 政治의 腐敗 또는 無能

에 起因되었음은 再論할 必要도 없는 事實들이다.

本바탕이 貧土인데 어찌 거기에 알찬 收穫을 期待할 수 있다는 말인가.

그러므로, 새로운 政治 風土의 마련은 實로 國家의 기틀을 잡는 길이라 하여도 좋은 것이다.

그러면 當面한 韓國政治에 있어 새로운 風土의 마련이란 무엇인가.

一切의 前近代的인 封建 要素를 脫皮하게 하고, 體質의 改善, 世代 交替等 許多한 課題가 있다.

이러기 爲하여 本人은 다음 몇 가지 所信을 披瀝하려는 것이다.

첫째, 過去의 〈사람 中心〉을 앞으로는 〈理念 中心〉에로 키를 돌려 잡으려는 것이다.

政黨, 政治活動에 있어 지금까지는 理念 中心이 아니고, 單只 몇몇 特定 人物의 求心力으로 維持되던 集團活動이었다.

그러므로 그러한 結果는 政黨이란 肯定的인 〈理念〉, 〈意識〉의 連結體가 아니라, 莫然한 〈感情〉의 烏合體일 수 밖에 없었다.

이러니 公黨은 이름 뿐이고, 모두가 朋黨으로 墮落될 수 밖에 달리 道理가 없었던 것이 아닌가.

朋黨이란 두말 할 것도 없이 國家나 民族을 爲한 것이 아니고, 오직 하나의 個人과

個人의 利益에 얽매이는 迎合體이다. 이것이 自黨 外의 他를 排斥하게 되는 것은 當然한 理致다.

이 朋黨은 언제나 政治를 墮落하게 하는 불씨다.

그들은 外觀上、形式上으로는 一旦 政黨의 體制를 假裝한다.

그러나 하는 일이란 公益性을 떠나 純全히 自體의 利害에만 沒頭하게 되는 것이다.

따라서 이들은 언제나 政權의 爭取에만 目標를 두게 된다.

手段과 方法이 있을 수 없고、닥치는 대로 所謂 極限鬪爭을 마치 政治의 常道처럼 恣行한다.

또한 이들은 그와 같은 潛在欲求를 充足시키기 爲하여 國民 大衆에게 理念을 밝히기 前에 甘言과 煽動을 武器로 示威한다.

우리 國民이 지금까지 苦生한 것은 選擧를 잘못 하여 《사서 苦生》하였다는 말이 바로 이것을 뜻하는 것이다.

우리가 《사람 中心》의 朋黨으로부터 《政爭 中心》의 公黨으로 轉換하여야 한다는 것도 그와 같은 《검은 속심》을 事前에 防止하자는데 目的이 있다.

朋黨은 《사람》과 《系譜》와 《利害關係》의 迎合에서 이루어지지만、公黨은 《哲學》과 《理念》、《政策》이 主요, 그 다음이 《사람의 實力》으로 이루어진다.

朋黨은 그 門이 偏狹的이고 排他的인데 對하여、公黨은 開放的이요 普遍的인데서 區別되기도 한다.

또한、 朋黨은 대개 感情的이요、 非妥協的이며、 破壞的이나、 公黨은 理性的이고、 協調的이고 建設的이다。

朋黨은 그 新陳代謝가 封建的이고 系譜的인데 比하여、 公黨은 그것이 進取的이며 能力 本位이며、 朋黨은 그 運營이 秘密的인데 反하여 公黨은 公開的이며 豁達한 것이다。

實로 公黨과 朋黨은 이같이 判然한데、 우리는 어찌하여 朋黨만을 執權하게 하였던 것일까。

그도 그럴 것이、 그러한 舊政客들은 한결같이 自黨이야말로 天下 公黨이라 우리를 속였기 때문이다。

우리는 앞으로 果然 어느 黨이 公黨이고 朋黨인가를 判識할 수 있는 政治的인 眼目을 길러야 할 것이다。

朋黨이야말로 時代的인 改革을 沮害하는 大敵이 아닐 수 없고、 封建的인 殘滓性의 最後障壁이며、 獨斷과 腐敗와 陰謀의 溫床이요、 또한 混亂과 分裂과 派爭의 곳간이며、 一部 反動 權力層의 伏魔殿이다。

이 朋黨의 打破와 公黨의 育成、 이것이 바로 韓國 政治가 直面한 急先務다。

두째、 韓國的인 新 指導理念의 確立이다。

우리에게 지금 큰 隘路가 되고 있는 것은 指導理念의 缺乏이다。

指導原理로서 지금까지 우리 社會에 있어 온 것은、 前近代的인 封建思潮와 事大的 依他觀念의 두 가지 型이었다。

여기에 對하여는 機會 있을 때마다 言及하였으므로 再論 않기로 하고、 다만 적어도

新 政治 風土의 마련

한 社會의 指導者가 되려면, 自身의 人生觀의 確立과 함께 指導理念에 信念을 가져야

하는 것이 先決 要件이어야 할 것이다.

特히 西歐的인 民主主義의 直輸入이 韓國的인 體質에 如何히 作用할 것인가에 이르

러서는, 이 指導理念은 바로 愛國의 理念과도 通할 수 있는 것이다.

敎導民主主義이건, 規範民主主義이건, 이것 또한 指導理念에서 擇하여질 수 있는

것이다.

그러므로 新民族社會 建設에 있어 그 指導者는 먼저 自身의 理念의 確立이 先務가

아니되어서는 안될 것이다.

세째로는 世代交替에 關한 것이다.

政治的인 地土가 마련되고, 指導 原理가 確立되었다 하여도 結局 政治를 하게 되는

것은 〈사람〉이다.

그러므로, 이 사람의 思考나 行動이 不備하다면 萬事休矣다.

우리는 이 〈사람〉을 얻기 爲하여 世代의 交替를 主張한다.

이 交替의 範圍나 그 方法은 人事에 關하는 以上 相當한 研究와 注意가 支拂되지 않

으면 안된다.

여기에는 첫째, 時代의 氣運이 隨伴되어야 하고, 人爲的으로는 執權 勢力의 強力한

支援과 國民的인 要請을 通한 選良 意識의 高度化, 그리고 退陣對象의 自進 後退, 自

我 謙讓에 맡기는 道理 밖에 없다.

勿論, 實際方法으로서 우리가 抽出할 수 있는 것은 政治力으로, 即 人爲的인 執行이다.

그러나 이같은 方法은 不幸하다.

여기에는 오직 國民들의 自覺으로 淘汰시키는 方法이 가장 理想的이다.

그러나 時急한 韓國의 實情에서 본다면 이것은 너무나 高踏的인 理想論에 不過한 것이다.

如何間, 새로운 政治風土의 確立을 爲하여서는 國民의 中堅層과 庶民의 代表 勢力이 하나의 時代的인 新興勢力으로 進出하여 理念上, 政策上, 社會 運用上에 轉機를 마련하는 主人公으로 脚光받아야 할 것이다.

이것은 새 歷史의 嚴肅한 要請이요, 時代와 民衆의 希求이다.

本人은 이 나라와 新民族 社會의 創建을 爲하여 이와 같은 新勢力의 進出을 크게 熱望하여 마지 않는 바이다.

이리하여 우리들의 政治 風土에는 다시는 前날과 같은 獨善, 腐敗, 無能이 寄食 못하게 하고, 分派와 派爭이 없고, 小英雄主義者와 賣名行商들을 一掃하고, 實踐하고, 誠實하며, 協調하며, 建設하는 美風을 심지 않으면 안된다.

이 淸新한 新思潮의 바탕은 民族 第一主義, 經濟 優先主義의 生活上 實際觀念이 새

新 政治 風土의 마련

로운 民族 國家 社會의 永遠하고 줄기찬 通念이 되어야 한다.

三、 自立 經濟의
建設과 産業革命

自立經濟의 建設과 産業革命의 成就 與否、 이것은 實로 革命을 通한 民族國家의 一大改革과 中興創業의 成敗 與否를 판가름하는 問題의 全部이며、 그 關鍵이다.

1、 經濟危機와 革命의 目標

우리가 二次에 亘한 革命을 겪은 所以도 畢竟은 이 經濟의 貧困에서 온 것이며、 또한 이 經濟事情을 改善하려는 絶對한 國民的인 欲求의 爆發에서였다.

정녕, 우리는 이대로는 살 수 없는 것이고、 끝내 이 狀態대로 나간다고 하면、 앉아서 굶어 죽거나、 國家의 破滅을 눈앞에 보지 않으면 안될 것이다.

우리는 確實히 가진 것이 없다.

아니, 할 일이 있어도 하려고 하지 않았다.

우리의 個人生活이나 國民經濟、 國家産業은 悲慘한 形便에 있었고、 앞으로 나아가는 것이 아니라 날이 갈수록 뒷걸음만 쳐 갔으며、 따라서 언제나 늘어나는 것은 **債務**와 負擔밖에 아무것도 없었다.

眞正、 《空白狀態》 그것이었다.

이러므로 富益富、貧益貧의 現象이 나타나고、失業者의 洪水、饑餓等 이루 말할

수 없는 悲劇이 나타났다。

이러면서도 韓國에는 奇現象이 일어났다。

民主主義를 憑藉한 西歐의 노라리風을 타고 消費에만 指向한 結果、年年 增加하는

國際收支의 逆調와 年間 七十萬臺의 人口增加는 決定的으로 韓國經濟의 暗膽한 歸結

을 豫告하였다。

그런데 이러한 狀態가 其實은 一九四五年 以來 三十五億弗、休戰後 二十五億弗의 莫

大한 美國援助를 받고 있으면서도 나타난 現象이란 것에 注目하여야 할 것이다。

우리는 그만한 돈을 다 어쩌고 그 모양으로 살지 않으면 안되었던가。

美國의 援助를 받아 온 各國이 저마다 自治와 復興의 軌道를 邁進하고 있을 때、十

大 受援國中 第四位를 차지하였다는 韓國만이 唯獨 그 잘 사는 隊列에서 落後한 原

因은 무엇인가。

우리는 얼마간의 建設된 工場마저 輸入原料、輸入 中間製品、加工類의 것으로 援助

依存度만 높여 놓았을 뿐、農業國인 韓國이 每年 食糧難을 當해야 하였고、莫大한 弗

援助를 받았으면서도、恒常 外換不足에 울지 않으면 안되었다。

二十億弗에 達하는 經濟援助、十五億弗에 오르는 軍事援助로 支撑되어 온 韓國의 經

濟體制와 六十萬의 軍力維持 때문에 그래도 그만큼 援助가 있어 온 힘이라 할 것이다。

그렇지 않았다면 우리의 오늘 形便은 어떻게 되었을까。

自立經濟의 建設과 產業革命

온갖 생각이 든다.

一九五六年부터 一九六二年까지 七個年間의 援助 總額은 年 平均 經濟援助가 約 二億八千萬弗, 軍事援助가 約 二億二千萬弗인데, 이러고 보면 年 平均 約 五億弗의 計算이 된다.

換言하면、韓國經濟가 完全히 自立하자면 軍事面을 除外하고도 純 經濟援助 部面의 二億八千萬弗과 舊政權 末期까지의 年 平均 五千萬弗 相當의 赤字貿易을 合하면 年 平均 三億三千萬弗線의 돈을 새로이 더 벌지 않으면 안된다는 計算이 되는 것이다.

또 그렇게 된다 하더라도 그것은 겨우 現狀을 維持하는데 그치는 일이다.

이에 加重되는 年 平均 二·八八%의 人口增加、即 七十二萬名의 壓力은 또 어찌할 것인가.

우리의 事情은 援助를 받지 않고 赤字貿易 만을 메꾸어 現在 以下의 線에서 살기를 바라는 것만도 꿈같은 이야기인데、하물며 한 걸음 나아가 우리 만의 힘으로 經濟를 再建하고 運用하기를 期한다는 것은 奇蹟 以外에 바랄 것이 못되는 일이 아니겠는가.

그러므로 우리는 將來에 問題를 둘 餘裕가 없다.

莫重한 經濟事情을 어떻게 打開하여 나갈 것인가 하는 現在가 問題되는 것이다.

지금도 危機를 告하는 數많은 國民의 生活難을 덜고、해마다 當하여야 하는 食糧의 不足을 克服하여야 하고、일자리가 없어 不得已 놀고 있는 失業群의 解決이 앞서고 있는 것이다.

앞으로 나아가지는 못할망정 後退할 수는 없다.

最大限 現狀을 維持하는 程度에서 싸워 나가지 않을 수 없게 된 것이다.

韓國의 經濟問題는 그 解決의 深幅이 實로 複雜 多岐하고 無限 尨大할 뿐만 아니라,

모두가 다투듯 時急함을 要하고 있다.

本人이 이 革命을 決心한 動機나 그 딱한 狀況에 對하여서는 前項에서 詳論한바 있으

므로 여기서는 省略한다.

그러나 五・一六 軍事革命의 核心은, 民族의 産業革命化에 있었다는 것을 再強調하

고 싶다는 것이다.

勿論, 이 五・一六 革命의 本領이 民族國家의 中興 創業에 있는 以上, 여기에는 政

治革命、社會革命、文化革命 等 各分野에 對한 改革이 包含되어 있지 않았던 것은 아

니나, 그 中에도 本人은 經濟革命에 重點을 두었다는 말이다.

먹여놓고, 살려놓고서야 政治가 있고、社會가 보일 것이며、文化에 對한 餘裕가 있

을 것이기 때문이다.

또한 이 經濟部門에 希望이 없다면 他部門이 改革되고 온전히 나갈 理가 없다는 것

도 當然한 말이다.

重言 復辭가 되겠으나、이 經濟再建 없이 共産黨에 이길 수도 없고、自主獨立도 期

約할 수 없는 일이다.

經濟는 참으로 다루기가 어렵다.

知識만으로, 熱意만으로 되는 것이 아니다.

그러나 그렇다고 내버려 둘 수도 없는 일이 아니겠는가.

우리는 싸워서 이겨내야 한다.

이 싸움에서 이기면 살고, 지면 이젠 영영 죽는 道理 밖에 없다.

五·一六 革命이 〈國民革命〉으로, 國民革命이 民族의 〈產業革命〉으로 다시 進展되어야 할 理由가 바로 여기에 있는 것이다.

이같은 우리의 至上課業, 이 經濟 產業革命은 무엇을 어떻게 하는 革命인가.

한 마디로 말해서 이 亂脈相의 經濟를 完全한 軌道에 올려 놓는 일이요, 各種 國家經濟를 現代化하는 것이다.

2. 十年戰爭의 어귀에 서서 本人은 이 目標를 爲하여 그 동안 最大 最高의 力量과 努力을 傾注하였다.

經濟開發 第一次 五個年 計劃을 樹立하고 實踐에 着手한 것이 그것이다.

蔚山의 工業都市化는 바로 이것을 表象하는 것이다.

本人은 行政力의 全部까지 動員하여 이 經濟 解決에 集約하고 싶었던 것이 事實이다.

可能만 하다면 軍政期間 全部를 經濟第一主義로써 國政의 全般을 執行하고 싶기까지 하였던 것이다.

이같이 悲壯한 決意와 斷乎한 覺悟로써 經濟再建의 砲門을 열었다.

前述한 바도 있지만,

1、 農漁村의 高利債 整理

2、 第一次 經濟開發 五個年計劃의 樹立과 그 實施

3、 通貨改革

4、 蔚山 工業센터 設置

5、 國土建設團의 創設

6、 外資導入 態勢의 强化

7、 豫算會計制度의 改善

8、 稅制의 改革

9、 國民貯蓄運動의 展開

10、 金融體制의 整備

11、 物價 安定措置의 强化

12、 大單位 炭鑛開發 方式의 採擇

13、 中小企業의 育成

14、 鑛業開發 造成策의 確立

15、 開墾促進法의 公布

16、 外換政策의 强化

自立經濟의 建設과 産業革命

17、輸出振興策의 確立

其他의 施策에 依한 革命政府의 實績은 이미 第二章에서 밝힌바 그대로다.

革命政府는 이와 倂行하여 經濟制度의 改革을 斷行하고, 새로운 行政制度를 創案하며, 經濟外交를 强化하여 制度的인 面에서 急速한 經濟成長을 이룩할 수 있는 基盤을 마련하는 同時에 經濟 構造面의 一大 改編을 斷行하였다. 이는 經濟의 成長과 發展을 爲하여 取하여진 措置이다.

一例로 그 成長率을 보자면,

部門	年度		%	備考
	一九六一	一九六二		
電力 製造業 鑛業	一○五·七	一二三·五		革命前 一九六○年을 一○○%基準

그런데 여기서 우리가 留意할 것은, 같은 革命期間에 있어서도 一九六二年에 있어서는 一九六一年보다 一七·八%나 增加를 보고 있다는 點이다.

이는 그만큼 일할 수 있는 기틀이 잡혀 있다는 것을 말하는 것이고, 앞날의 發展을 豫告하고 있는 것이라고 믿어도 좋을 것이다.

特히 鑛業部門에 있어서는 一八·七%란 놀라운 成長으로 實로 鼓舞的이라 아니 할 수 없다。 왜냐 하면 우리가 外貨를 獲得할 수 있는 가장 有望한 對象이기 때문이다。

그리고 以上 各部門을 다시 革命이 나던 一九六○年 五月을 基準으로 본다면 더욱

實感 있는 成長으로 注目될 것이라 본다。

即 一九六二年 末에 鑛業은 四七・一%、製造業은 二六・一%、電力은 二三・六%

로 各各 增加하여、總體的으로 二九・四%의 增加를 보여 주는 것이 된다。

그러나 好事多魔格으로、이같은 成長의 한편에는 農作物에 突然한 凶作을 가져온 것

이다。

그 위에 政治活動 以後에 舊政客들의 空然한 是非로 政局마저 다시 混亂해졌다。

이 被害가 얼마나 甚하였던가는 이미 國民 諸位가 다 알고 있는 事實이다。

가다가 아니가면
아니간만 못하리

그러나 우리는 〈아니 갈 수〉 없었다。

가야 한다는 民族의 命令이 우리에게 내려진 지는 이미 오래이기 때문이다。

意識的으로 政爭을 提起하고、凶作이나 災害를 속심으로 반기면서 그들은 執權하

나에 血眼이 되었지만、우리는 默默히 所任을 다하는데 멈추는 일이 없었다。

事實、그와 같은 突變이 없고、萬事가 제대로 돌아간다 하더라도 收拾과 發展은 참

으로 超人的인 힘이라도 감당하기에 힘드는 일이라 할 것이다。

私私로운 感情、不滿은 國家나 民族의 來日과 오늘의 難局을 爲하여 버려야 할 일이

요, 누가 하든 우선은 참으며 協調하는 것이 正常的인 政治家、한 人間의 姿態가 아

니겠는가.

그러나 舊惡에서 나고 자란 그들에게 이것을 바란다는 것은 한갓 徒勞일 뿐、어리

석은 일이다.

韓國의 悲劇은 여기에도 있다.

3、 全國民의 聰明과 피·땀·忍耐를   革命 二年間에 있어서 우리가 到達한 經濟實

績이 이와 같이 驚異的인 것이라 하더라도, 이것으로 우리는 樂觀하거나 滿足할 수는

없는 일이다.

出發 두 걸음의 成果란 未來의 긴 歷程에서 본다면 實로 大魚一鱗之效에 不過한 것

이다.

〈自主經濟의 建設!〉

아무리 政爭이 常業이라 하더라도 여기 하나의 課題 앞에서는 舊政客도 嚴肅하여지

는 一沫의 良心이 支拂되어야 마땅할 것이다.

우리는 여기서 하나의 格言을 想起한다.

其實、 우리가 至上目標로 進軍하는 〈自主經濟〉는 難攻不落의 要塞인 것이 分明하다.

〈나폴레옹〉이 넘은 雪岳 〈알프스〉는 오히려 조각배도 나다니는 湖水가 아닐까.

그만큼 우리는 險路를 걷고 있는 것이다.

그만큼 險峻한 障壁의 城을 차지하려는 것이다.

더구나、 이제는 뒤로는 물러설 수도 없는 것이다. 革命에는 後退가 없다.

여기에 어찌 與・野가 있으며、 贊・反의 是非가 있는 것인가.

全國民이 一致 團結하여、 最大限의 努力을, 最高度의 忍耐와 最高度의 피와 땀을

그리고 情熱을 傾注하는 곳에서만 保障되는 民族의 結實인 것이다.

教授는 좋은 理論을 提供하고、 政治家는 適切한 施策과 國民을 啓導하며、 學者는 民

族 再生의 哲學을 創造하고、 文化 藝術人은 建設의 意慾을 高潮시키고、 全商工人은 各

其 産業에 邁進할 것이며、 農民、 勞動者는 땀을 흘리고、 學生은 儉素한 氣風으로 一

新되고、 軍은 千金의 重量으로 凛凛하고、 全公務員은 眞實한 奉仕者가 되어야만 우리

도 〈漢江의 奇蹟〉을 이룩할 수가 있는 것이다.

다시 整理하자면、 儉素 剛健한 生活 氣風을 이룩하고、 消費生活을 貯蓄生活로 轉換

하고、 헐뜯는 思考에서 協和하는 理念으로、 〈돈〉中心 社會에서、 〈사람〉中心으로、 圓

滿하고 正義있는 社會로、 物質 爲主의 觀念에서 信用 優先主義로 社會가 改革되어야

한다는 것이다.

〈經濟 至上〉
〈建設 優先〉
〈勞動 至高〉

이러한 國民의 行動綱領이 提高되어야 할 것이다.

〈나세르〉革命이 〈아스완·댐〉을 그 象徵으로 하듯, 우리의 五·一六革命은 그 象徵으로 蔚山工業〈센터〉와 第一次 五個年 計劃을 들 수 있다.

어려운 일이, 이 일 앞에 기다리고 있을 것이다. 大敵일 것이다.

그러나 우리는 벌써 進軍하였다. 十年戰爭을 宣言하고 나섰다.

戰爭은 一線에서만 左右하는 것이 아니다.

後方의 뒷받침이 이를 左右하는 것이다.

一線은 生命을 거는 代身, 後方 二線은 그만큼 支援을 支拂하여야 한다.

괴로울 것이다.

지치기도 할 것이다.

그러나, 死活을 건 이 嚴肅한 現實은 外面할 수가 없는 것이 아닌가.

第一次 五個年 計劃 遂行에 따른 國民의 괴로움이나, 그 지침도 이만저만이 아닐 것이다.

本人은 그것을 모르는바 아니다.

우리 韓國은 二十代의 靑年이다.

〈젊을 때 苦生은 사서라도 한다〉는 우리의 俗談이 있다.

젊은 韓國은 이만한 苦生은 사서라도 얻어야 한다.

그만큼 가난하고 억눌려온 지난 날 우리는 곧잘 苦生을 참아 왔다.

苦生으로 그대로 持續할 것인가, 아니면 좀더 苦生을 自願하여 後日의 安樂을 期할 것인가.

答은 스스로 나올 것이다.

第一次 五個年 計劃, 그 다음에는 더욱 苦生이 되더라도 宜當 第二次、第三次 五個年 計劃을 遂行하지 않으면 後日의 安樂은 있을 수 없다. 子孫들을 爲한 遺産은 到底히 남겨 줄 수 없는 일이다.

〈苦生하자〉
〈十年만 참자〉

이러고 나면, 우리는 〈라인江의 奇蹟〉도 〈神武 以來의 隆盛〉도 부러울 것이 없다.

自立經濟의 建設과 産業革命

남은 다 이룩할 수 있었는데, 우리만이 못한다는 까닭은 없을 것이 아닌가.

더구나, 우리가 이룩하려는 經濟再建의 機會는 이 機會밖에 없는 것이다.

〈쇠는 달았을 때 때린다〉

그렇다.

이 經濟再建의 氣運이 달았을 때, 우리는 〈해머〉를 들어야 한다.

美國의 援助가 줄어지거나 끊어지기 前에, 우리는 우리가 먹고, 입고, 살 수 있는 環境을 만들어 놓아야 한다.

아니, 美國의 援助가 있는 동안에도, 우리의 自主獨立을 運用하기 爲하여서는 이룩하여 놓지 않으면 안되는 經濟再建인 것이다.

〈우리 形便에…〉

〈어려울 것이다〉

이러한 妄念부터 버려야 한다.

消極的이고 懷疑的이고 自棄的인 傳統은 버릴 때가 지나지 않았는가.

〈하면 되는 것이다〉

· 268 ·

〈泰山도 하늘 아래 뫼이다〉

우리는 먼저 이 〈信念〉부터 確固히 하고 武裝을 하여야 한다.

여기 좋은 본보기가 있다.

〈이스라엘〉의 奇蹟이 그것이다.

國民 諸位도 아시다시피, 이 나라는 山도, 들도, 草木도, 河川도 없는 漠漠한 沙漠이다.

그러나, 이 沙漠에 驚異로운 近代都市가 서고, 理想的인 農土가 마련되었다면 무슨 생각이 들 것인가.

單只 그만한 條件이 되어 있었을 것이라, 이렇게 대견스럽지 않게 돌려 버릴 수 없는 衝激을 받을 것이다.

생각하여 보자.

우리와 〈이스라엘〉을 比較하여 보자.

알맞은 氣候, 肥沃한 農土, 適當한 資源, 거기에다 아직도 얼마든지 開墾할 수 있는 땅이 있고, 물이 있다.

이만한 條件下에 있으면서도 우리가 아직도 原始的인 草家에서 살지 않으면 안되고, 된장, 고추에만 副食을 依持하고 살지 않으면 안될 까닭이 무엇인가.

勿論, 外勢로 因한 疲因한 理由도 있고 政治가 잘못된 까닭도 없지 않았고, 돈이 없

自立經濟의 建設과 産業革命

고 技術이 없고, 物資가 없었었다는 遠・近因이 없는 바도 아니다.

그러나, 要는 國民의 《마음가짐》, 이것이 크게 缺陷되었었다는 것을 아니 느끼는 사람이 있고, 否定할 사람이 있겠는가.

決心하고, 鬪志있고, 向上하려는 몸부림이, 일찌기 없었었거니와, 지금 稀薄하다는 事實이 가장 큰 怨望이라 할 것이다.

우리는 이제라도 늦지 않다.

올바른 歷史的 方向으로 向하여 나아가는 일이다.

굼고 빚을 져가면서도 奢侈와 豪華에 自由를 謳歌하려는 머리를 돌려야 하는 일이다.

工場의 굴뚝이 하품을 하여도, 國會議員이 되고 싶어하는 마음을 씻을 일이다.

愛人만 만나면 〈택시〉를 타야 하고, 값비싼 食堂에 들어가야 한다는 虛飾을 一切 털어버려야 하는 일이다.

소를 팔아도 大學을 다녀야 한다는 學究熱의 脫線을 삼가는 일이다.

땀을 흘려라!
돌아가는 기계소리를
노래로 듣고
......
二等 客車에
佛蘭西 詩集을 읽는
少女야.

나는, 고운
네
손이 밉더라.

우리는 일을 하여야 한다. 고운 손으로는 살 수 없다.

고운 손아, 너로 말미암아 우리는 그만큼 못살게 되었고, 빼앗기고 살아왔다.

少女의 손이 고운 것은 미울理 없겠지만, 全體 國民의 一% 內外의 저 特權支配層의 손을 보았는가. 고운 손은 우리의 敵이다. 보드라운 손결이 얼마나 우리의 마음을 할퀴고, 살을 앗아간 것인가.

우리는 이제 그러한 政客에 對하여 憎惡의 彈丸을 發射하여 주자.

永遠히 그들이 우리를 부리는 機會를 다시는 주지 말자.

이러한 自覺, 이러한 決意, 이러한 實踐이 있는 곳에 비로소 經濟도 再建되고, 政治도 淨化되고, 文化도 發展되고, 社會도 健全하고, 宗敎도 昇華되는 것이다.

이것 없이, 우리에게는 奇蹟도 發展도 바랄 수 없는 것이 아니겠는가.

〈피와 땀과 눈물을 흘리자!〉

기름으로 밝는 燈은 오래 가지 못한다.

〈피〉와,

自立經濟의 建設과 産業革命

〈땀〉과、
〈눈물〉로

밝히는 燈만이 우리 民族의 視界를 올바르게 밝혀 줄 수 있는 것이다。

四、五・一六의 理想

革命과 民主的 現實

本人은 이제 이 小著의 末尾를 맺으면서 五・一六 革命의 性格과 그 方向 및 이것이 民主主義的 現實과 어떤 關係에 있는가에 關하여 얼마間 論及하지 않을 수 없다。 그런데 여기 먼저 究明해야 할 것은、이 五・一六 革命의 性格、形態、方向에 關한 問題다。

1、理想革命과 조용한 改革

두말 할것 없이 五・一六 革命은 當初 純粹한 軍事革命이었다。그리고 이 革命은 本是 그 性格이 明確하였고、그 目標에 있어 限界가 分明하였다。

그 때、本人이 志向했던 希望과 目標는 概要 세 가지로 나누어질 수 있었다。

革命公約에 闡明되어 있는 바와 같이

첫째는、이 나라 社會의 모든 腐敗와 舊惡을 一掃하고 頹廢한 國民道義와 民族正氣

를 바로잡아 民族 國家를 再建할 수 있는 새로운 터전을 마련하는 일이었고,

둘째는, 形式的이고 口號에만 그친 反共態勢를 再整備 強化하여 緊迫한 赤色 危機를 막아내는 同時에, 絕望과 飢餓線上에서 허덕이는 民生苦를 時急히 解決하고 國家 自主經濟 再建에 總力 態勢를 갖추되,

세째, 이와 같은 基礎作業이 成就되면 斬新하고도 良心的인 政治人에게 언제든지 政權을 移讓하고 軍 本然의 任務에 復歸한다는 것이었다.

이것을 다시 한 마디로 要約하면, 軍은 어디까지나 冷嚴한 客觀的 立場에 서서, 破滅의 危機에서 허덕이는 國家의 現實에 對하여, 그 危險한 過去를 淸算케 하고 現在의 터전을 確固히 하여 未來의 方向을 正確히 設定하되, 이 일이 끝나면 軍은 軍 本然의 位置로 되돌아가겠다는 것이었다.

五・一六 革命의 特殊性과 그 意義의 重要性이 바로 여기에 있었다.

우리는 本是 軍이 아니고서는 到底히 할 수 없는 民族 國家의 危機를 救出하려는 것 뿐이었고, 끝내 軍 本然의 世界를 떠나지 아니하려 하였음이 우리들의 眞正한 決意였다. 그런 까닭에 우리는 單 한 사람도 다치지를 아니했고, 革命의 敵對 勢力에 對하여는 거의 無關心한 同時에, 오직 우리는 우리의 할 일을 遂行하면 그만이라는 單調한 心境이었다.

그런데 여기에 있어서, 革命의 責任者로서 本人은, 本人 個人의 信念으로 몇 가지

의 革命指導原則을 가지고 있었다.

첫째、 革命은 하되、 革命의 敵對勢力에 對하여 革命的 手段을 通한 革命的 處理를 避하고、 어디까지나 法秩序의 範圍內에서 이것을 順理的으로 調整하는 것인데、 그 理由는 過去 우리의 歷史에 있어 몸서리치는 報復 殘忍政治를 저주한 까닭으로、 다시는 이를 되풀이하지 않기 爲해서였고、

두째는、 革命은 하되、 그것은 어디까지나 民主主義的 原則을 堅持하자는 것으로、 그 理由는、 革命이 不可缺하기는 하지만 半萬年만에 처음 얻은 國民의 民主主義를 죽일 수는 없다는 것이며、

세째는、 이같이 피흘리지 아니하고 民主主義 原則을 堅持하면서 民族 國家의 改革 再建을 試圖하는 이 理想革命을、 國民의 自覺과 知性과 決意에 準하여 遂行해 보자는 것이었다.

本人은、 本人 自身이 擇한 이같은 方式의 革命이、 그 過程에 있어 얼마나 至難하고 힘드는 일일 것인가는 事實 革命 以前부터 推測하고도 남음이 있었다.

뿐만아니라、 本人은 革命의 反對 勢力에 對하여、 革命的 手段을 通한 徹底한 掃蕩이 革命의 功效를 빨리 決定的으로 結實케 한다는 通俗된 原理는 백번 알고도 남음이 있었으나、 군이 힘드는 歷程임을 충분히 알면서도、 順理的 理想革命을 自選하였던 것이다.

이것은 거의 不可能한 일인 줄 알았으나 이것을 可能케 함으로써 다시는 이나라에 相殘과 流血의 悲劇이 없도록 새 出發의 歷史的 매듭을 지어 보자는 切實한 念願이 있었다.

本人은 이같은 原則에 依據하여 舊政治人에 對한 政治活動을 全面解除、許容하는 同時에 이 새로운 政治活動의 世界에서、革命을 繼承할 수 있는 嶄新하고도 良心的인 新政治勢力이 擡頭해 주기를 眞心으로 渴望하면서、나라를 亡치게 한 大部分의 舊政治人들이 歷史的 轉換期란 重大性을 勘案하여 스스로 自肅自戒하거나、民族的인 革命課業에 眞心으로 協調해 줄 것을 굳게 믿어 疑心치 않았던 것이다.

그런데도 不拘하고 政治活動 再開 以後의 國內 政局은 本人의 이러한 期待와는 너무나 엄청난 正反對의 現象을 露呈하였다.

첫째로、그들은 거의 全部가 寸毫도 自肅 自戒하는 빛이 없었을 뿐만 아니라、舊態 그대로의 言行으로 政局의 全面的 混亂을 일으키게 하였고、

두째、革命課業의 遂行 協助는커녕、모조리 敵對 勢力으로 돌아서서 革命의 破壞와 政局의 不安、社會的 混亂을 惹起시켜 極端的 危機의 造成으로 政權을 簒奪하여、오로자 舊日의 狀態로 還元을 試圖하는가 하면、

세째、이들의 傍若無人한 言動이 漸次 頂點을 志向하자、이번에는 大膽하게도 正面으로 革命 自體를 否認하는 態度를 公公然히 하게 된 것이다.

그들의 言動이 이같았으므로 事態의 趨移는 自明한 것이었다.

1、政權을 移讓받을 嶄新하고 良心的인 新政治勢力 擡頭의 素地가 完全히 抹殺 當

하게 된 것이며、

2、革命에 對한 確認이나 繼承은 且置하고、根本的으로 革命 自體가 抹殺 當하는 것이고、

3、두 차례의 革命을 겪은 韓國은、早晩間 그 以前의 狀態、아니 그 以上의 最惡 狀態의 舊政으로 되돌아간다는 歸結이었다。

事態가 이에 이르매、本人은 實質的으로 再次 第二段階의 革命을 決心하지 않으면 안되었다。

革命이 抹殺되고、斬新한 새 勢力의 登場이 封鎖 當하고、舊惡의 展示場같은 集團에 政權을 물려 준다고 한다면 大體 革命은 무엇 때문에、누구를 爲하여 한것이며、또 한 이 나라 이 民族은 어떻게 될 것인가。이에 對한 가장 正確한 解答은、革命을 일으킨 者나、革命을 當한 者가 할 것이 아니라 마땅히 나라의 主人公인 國民 諸位가 해야만 할 것이다。

또、이 解答은 어디까지나、特定한 人物이나 勢力의 人氣、利害에 基準될 것이 아니고、國家 百年의 將來와 民族 千年의 後孫을 基準하여 設定되어야 할 것이다。

여기서 本人은、本人 個人의 聲望 與否를 超越하여 兩次의 革命을 無로 돌리고 祖國과 民族을 다시금 舊惡에 明渡한다는 것은 民族 國家에 對한 一種의 叛逆이라는 信念에 到達하게 되었다。

그 어떠한 方法을 講究해서라도 이 危機는 沮止되어야만 했다。

그런데 이것을 막는 길에는 두 가지의 길이 있었다.

그 하나는 革命的 手段을 通한 方法이며, 그 두째는 民主主義 原則에 依한 國民意思의 判斷에 맡기는 길이었다.

事實, 이 時期의 本人은, 本人이 願하기만 한다면 그것이 國家 民族을 爲한 길인 以上, 그 무엇이고 할 수 있는 힘과 權力을 가졌었다.

그러나 本人은 이 第二段階의 實質革命의 方法을 또다시 고요한 革命——理想的 方法을 스스로 擇하였다.

本人은 國民이 納得할 수 있는 政局이 造成될 때까지 革命政府의 存續與否를 國民投票에 붙이기로 作定하였다.

그러나, 이에 對하여 舊政治人은 全面反對의 暴擧로 나오게 되었다. 그들의 이러한 反對는 言必稱, 民主主義를 口頭禪으로 하는 그들로서는 스스로 民主主義를 拒逆하고 國民의 存在를 否認하는 自我撞着이었다.

國民投票를 反對하는 그들의 理論은 簡單한 것이었다. 이 措置가 끝내 國民投票를 實施하게 되면 틀림없이 革命政府의 措置가 支持를 받을 것이라는 主張에서였다. 그리고 그들은 그 通過가 그들 自身이 使用했던 不正投票가 될 것이라는 逆說을 革命政府 自體에 강제 適用하려 하였다.

참으로 이렇게도, 저렇게도 通할 수 없는 딱한 論理가 아닐 수 없었다.

要컨대 그들의 意圖하는 바는 簡單하다. 오로지 敵을 打倒하여 政權만 쥐면 그만이라는 것이고、 그 길을 爲하여는 論理도、 名分도、 오직 自身들의 願하는 바、 選擇하는 바에 따라 그것은 一方的인 自由와 權利에 屬한다는 理論인 것이다. 이리하여 그들은 所謂 無條件 〈極限鬪爭〉을 展開하고、 하늘 아래 처음 보는 大統領 候補들의 〈散策騷動〉이 벌어졌던 것이다.

그리고 그들의 唯一한 抗拒 理由는、 所謂 軍政 延長 反對를 憑藉한 國民投票 實施 拒否였다.

여기에서 本人은、 不得已 第三의 斷을 考慮하지 않을 수 없게 되었다.

그것은 國民投票의 結果나、 그러한 措置가 가져올 將來의 國家的 危機는 姑捨하고、 그들의 猪突的인 挑戰이 釀成하는 社會的、 政治的 混亂이 國民의 精神生活과 民生에 끼칠 事態의 重大性을 憂慮한 까닭에서였다.

事實 이즈음 革命의 敵對 勢力들은 經濟問題와 必死的 맞씨름을 하고 있는 革命政府의 발목을 묶었으며、 食糧危機、 物價高의 不安等을 最大限으로 煽動 助長하고 있었다.

本人은 再次 이같은 事態에 直面하여 이미 漢江 渡江時에 가졌던 決心에 따라、 그 무슨 措置고 願하는 手段을 講究할 수 있었고、 또 그러한 位置에 있었다.

그러나、 本人은 또다시 革命的 方法을 回避하고 조용한 方法――理想革命의 길을 擇하기로 하였다.

그것은 叙上의 經過가 빚어낸 어쩔 수 없는 當然한 歸結이었다.

革命을 認定하는――이를 繼承할만한 汎國民的 新政治勢力의 登場은 可望이 없고、 現實的으로 革命의 推進派와 革命의 反對派가 劃然하게 新・舊로 對立된 以上은、 이 兩

者擇一의 最後 權限은 마땅히 國民이 가져야만 한다는 것이다.

이리하여 우리는 軍 本然의 位置로 復歸하려던 當初의 希望이 他律的 情勢에 依하여 挫折되었다.

우리는 革命의 意義를 維持하기 爲하여, 우리 스스로 政局의 擔當 勢力으로 登場하고, 또 그것을 培養、構築하지 않을 수 없게 된 것이다.

事態가 이같은 經路를 따라 이 時點에 이르렀는데도 不拘하고 國民投票를 拒否하던 野黨이 이번에는 本人으로 하여금 强制 隱退를 强要하고 있다.

勿論, 本人이 隱退하고 안하고는 全혀 本人 自身의 自由일뿐만 아니라, 또한 그것은 簡單한 問題일지 모른다.

그러나 하나 하나 그들이 主張하는대로 하면, 兩次의 革命은 걷어치워야 하는 것이며, 따라서 韓國의 位置는 一九六〇年이나 四・一九 以前으로 되돌아가야 한다.

本人의 苦悶이 바로 여기에 있고, 全國民이 생각해야 할 焦點이 여기에 있다. 兩次의 革命을 無로 돌리고, 몸서리쳐지는 昔日로 돌아가야 하느냐, 아니면 軌道에 올라선 바퀴를 굴려 前進의 革命街道를 驀進할 것이냐.

우리는 中南美처럼 革命의 〈복놀이〉를 하고 있는 것은 아니다.

또 本人은 斷乎한 革命的 措置가 얼마든지 있음을 알면서도, 끝내 어려운 理想革命의 길을 自擇하였다.

지금 舊政客들은 革命課業의 失敗를 소리를 높여 僞裝 煽動하고 있다.

그러나 우리는 世界 革命史에 없는 平和的인 理想革命을 推進하고 있다.

5・16의 理想革命과 民主的 現實과의 關係

中南美、東南亞、中近東、〈아프리카〉 또 已往의 歷史上에 우리의 境遇와 같은 紳士

革命이 또 그 어디에 있었던가.

本著 第四章에서 瞥見해 본바와 같이, 그 모든 革命들은 實로 피와 살과 뼈를 도리

는 流血의 鬪爭이었으며, 몇 번의 反復, 몇 차례의 進退를 通한 敵에의 無慈悲한 彈

壓、懺滅的 鬪爭으로써 비로소 하나의 革命들을 結實시킨 것이 아닌가.

單一名의 死亡, 單一名의 負傷도 없이, 革命의 全 敵對勢力을 對等한 位置에 開放

하고, 順理와 自由競爭의 原則에서 革命의 結實을 試圖한 例가 世界 革命史의 그 어느

대목에 있는가.

實로 革命도 安價한 것이 아니려니와, 한 民族國家의 再建이 그렇게 값쌀 수가 없다.

우리는 이 길이 아무리 嶮難하고 어렵다 하더라도, 이 조용한 革命、民主主義的 理想

革命을 國民의 意思에 依하여 完遂함으로써 世界에 으뜸가는 民族의 優秀性을 誇示하

고、兼하여 黨爭과 流血과 報復으로 點綴된 歷史的 惡遺産을 淸算해야 할 것이다.

2, 國民의 眞正한 民主主義的 判斷

革命을 革命的 方法에서 擇하지 아니하고 民主

主義的 理想革命에서 擇한 우리들의 眞正한 問題點은 이 革命이 가지는 民主主義的

體制와의 調節、倂立 關係이다.

누차 言及한 바와 같이, 韓國에 있어서의 民主主義는 오늘의 美國이나 佛蘭西나 英

國에 있어서의 民主主義와 맞지 않는 點이 있다고 하는 것은, 이미 모든 識者가 共認

하는 바이다.

贊論할바 없이 眞正한 民主主義는 무엇보다도 먼저 健全한 經濟的 土臺위에 確立될

수 있다.

그런데 우리의 境遇는 健全한 經濟的 土臺는커녕 오직 生死의 岐路에서 허덕이는

經濟的 破綻과, 政治와 經濟와의 不正去來로 畸形 財閥이 續出하여 國民 個人의 貧富

의 差, 都市 農村間의 激甚한 生活 隔差로, 至極히 不均衡한 〈절름발이〉 經濟 위에 苦悶

하고 있다. 또 健全한 民主主義는 眞實과 正直과 法律本位의 政治的 土臺위에 설 수

있는 것이로되, 우리의 그것은 虛僞와, 誇張과, 腐敗, 無能, 獨善으로 彌備되어 民主

主義의 虛點을 逆利用해서 歪曲된 〈僞裝 民主主義〉를 助長해 놓았다.

그리고 健實한 民主主義는 國民 一般의 平行的 知識과 民度의 高度化된 發揚의 反

映이라야 한다.

그런데, 우리의 境遇는, 아직 民主主義는 一部 限定된 知識層의 專賣特許的 玩賞物

이거나, 職業 政商輩의 生活 밑천처럼 되어, 歪曲된 僞裝 民主主義에 시달린 國民으로

하여금, 意識的인 嫌惡가 아니면 苦痛, 煩憫, 不平의 排出口처럼 誤用되고 있다.

健全한 經濟的 바탕, 均等된 國民의 知識水準, 理性的 言動이 바탕된 健全한 政治的

傳統이 있는 社會라면, 本人이 擇한 民主主義的 理想革命은 훨씬 쉽고 그 進度가 빠

를지 모른다.

그러나, 現下의 이 나라 現實처럼, 좋은 일에 보다도 나쁜 일의 境遇에 偏重되는 듯

한 誤算된 民主主義는, 良貨의 大義보다는 惡貨의 奸智가 이를 逆用하는 弊端이 더욱

많다 해도 過言이 아닐 境遇가 非一非再하다.

5·16의 理想革命과 民主的 現實과의 關係

그러나 同時에 眞正한 民主主義에의 길 또한 이러한 힘드는 歷程을 거쳐야만 바로 소 되어진다는 것도 社會進化 法則의 한 原理이다.

그런 故로 우리는 지금 두 가지의 難關에 부딪치고 있다.

革命도 完遂해야 하고, 民主主義도 길러가야 한다는 그것이다.

그러면 이에 있어서 最後의 正確한 審判者는 그 누구인가. 두말 할것 없이 全體 一般 國民이다.

本人이 史上 無比의 公明選擧를 通하여 第三共和國을 세워 보려는 切實한 衷情이 바로 여기에 있다.

이제, 國民 諸位는 革命의 推進 勢力과 革命의 反對勢力, 舊勢力과 新勢力을 앞에 놓고, 建設과 協調와 前進의 新民主主義를 開拓하여, 보다 福되고 希望的이고, 意慾的 이고, 眞實된 嶄新한 社會에의 길이 그 어느 길인가를 選擇해 주지 않으면 안된다.

一九六三年 十月, 十一月에 내려야 할 韓國 國民의 瞬間的인 一直의 判斷들은 實로 안 으로 國家와 民族과 歷史의 運命을 판가름할 것이며, 밖으로는 어제까지의 韓國으로 부터 來日에의 新韓國의 門을 여느냐 닫느냐의 歷史的 岐點이 될 것이다.

五、 祖國 의 未來像

以上에서 本人은 革命의 責任者로서 革命의 前後相과、 하여온 일、 그리고 그 밖에

革命과 關聯되는 諸問題를 살펴 왔다.

그러면, 이 모든 事象들을 基底로 하여, 우리가 세우려 하는 祖國의 未來像은 어떤

것이어야 하겠는가 檢討하여 보자.

다음에 大綱 그 要幹을 整理하여 본다.

〈政治分野〉 첫째, 國民의 政治 過熱을 正常化한다.

職業 政治家와 社會的 各階層을 代表하는 人士로서 政治社會를 形成하여 政治의 權

威를 確保하게 하고,

두째, 嶄新한 人士를 除外한 舊政治人은 第二線으로 물러서게 하고, 새 歷史의 創

造에 原動力이 될 新勢力 中堅層의 登場을 支援한다.

이 理由는 여기서 새삼스러이 說明할 必要가 없을 것이다.

亡國의 要因이던 朋黨의 出現을 막고, 前近代的인 諸政治惡을 豫防하며, 確固한 主

體性을 堅持하여 前進하는 力量을 期待하기 爲함에서이다. 이러지 않고서는 創意가

있을 수 없고, 新氣風이 造成될 수 없을 것이다.

세째, 反共, 經濟 至上主義의 共通 理念下에 批判의 自由가 保障되는 兩黨制의 實現、

네째, 歪曲된 政黨觀과 機會萬能主義를 止揚함으로써、 政府、 議會、 政黨의 責任限

界를 分明히 하고,

다섯째, 迎合, 阿附主義가 없는 確固한 指導原理下의 敎導政治와 煽動, 誇張, 僞善, 利說 等의 속임수 없는 眞實, 正直, 誠實로써 國民을 따라오게 하는 政治 氣風의 確立을 期한다.

〈經濟分野〉 至上經濟, 冷却政治의 新 〈모토〉下에, 個人의 家庭에서부터 全社會 各部門에 이르기까지 一大 經濟 再建 意識을 提高하여, 儉素하고, 耐乏하고, 節約 貯蓄하는 新生活을 確立한다.

또한 傍觀, 安逸, 惰怠, 不勞, 奢侈를 徹底히 排擊하며, 勞動을 神聖視하게 하며, 지금까지 都市에로 集中하던 모든 關心을 農村, 漁村, 鑛山地區에로 돌리게 하고, 金力權, 力爲主의 經濟觀을 勞動, 誠實, 信用爲主의 經濟觀으로 바꾸게 함으로써, 庶民 中産層의 健全한 進出과 國民經濟 再建에 새로운 活力素가 되게 한다.

〈文化·社會分野〉 封建的 前近代性과 盲目的인 外勢 事大 觀念을 徹底히 排擊하고, 우리의 過去와 現在에서, 外來 思潮의 長點을 取擇하여, 民族의 固有性, 傳統, 主體意識을 土臺로 新韓國觀, 新民族文化觀을 確立하게 한다.

새로운 文化觀을 創造하고, 새로운 社會風潮를 이룩하고, 〈우리의 것〉을 形成 堅持하게 하고 자랑하게 할 것이다.

自我喪失症、民族嫌惡症、浮華虛飾、寄生主義를 止揚 一掃하고 自立 更生의 氣象을 振作한다。

거짓 없고、不信이 없고、疑心이 없고、正直과 信用과 相互扶助하는 新氣風을 喚起하여、新國民性을 造成하는 것이 되어야 한다。

이같이 함으로써、우리는 안으로 우리 規範대로의 福祉社會를 建設할 수 있고、同胞로서의 溫情社會를 일으킬 수 있고、各界 各層의 分野에 熱中함으로써 社會分業性을 最大限 發揮하여、그 結集된 民族力量을 한데 모아、新韓國의 새로운 面貌를 갖추고、밖으로는 卑屈하지 않고 虛弱하지 않은 떳떳한 主權國民으로서 遠交 近親하여 海外에 進出하여야 할 것이다。

本人은 여기서、本人이 構想하고 希望하는 今後의 國民 行動 綱領으로서 다음 六個 事項을 提議한다。

〈完遂 革命〉〈前進하자〉
〈建設 經濟〉〈勞動하자〉
〈團結 民族〉〈實踐하자〉

祖國의 未來像

六、親愛하는
同胞 에게

親愛하는 同胞 諸位。

이제 本人은 一旦 할 이야기를 여기서 그치려 한다.

元來, 이 글은 하나의 完成된 冊子로 出版할 것을 目的하여 執筆한 것도 아니거니와, 또 諸位가 아시다시피, 本人은 그만한 時間도 갖지 못한 터였다.

다만, 革命 以前, 舊政 末期로부터 五・一六 當時 漢江을 건너와 오늘에 이르기까지, 그 동안 本人이 느낀바 憤怒와 決斷, 그리고 悲憤、哀情、所懷를 政務의 餘暇에 몇字 적어 둔 것이 이것이 되었을 뿐이다.

本人은 革命의 責任者로서 언제나 諸位와 같이 생각하고、같이 行動하여야 할 것이지만, 革命이란 特殊 與件으로 因하여, 本人의 平素 생각과는 달리, 자주 大衆과 接觸할 수 있는 機會와 時間을 얻을 수 없었던 까닭으로, 이런 冊子의 出版을 通하여 呼訴하고、理解도 얻고 싶은 생각이 아주 없었던 것은 아니었다는 心懷를 이 자리에서 펴 본 것일 뿐이다.

事實 그렇다. 本人은 文筆家나 職業的인 政治家가 아니므로、拙文이고 能爛한 內容이 되지 못하면서도 印刷에 붙이게 되었다.

다만、國民 諸位와 같이 있고 싶고、같이 걱정하고 싶고、같이 일하고 싶은 欲望이 앞선 까닭일 것이다.

諒察을 바란다.

나의 眞正한 呼訴 革命政府의 終盤에 臨하여 本人이 國民 諸位에게 呼訴하고 싶은

일이 어찌 한두 가지랴.

第三共和國의 前夜와 밝은 그 날을 爲하여 本人은 祈求하는 것같이 경건한 마음으로 國民 諸位에게 당부하려 한다.

첫째, 이 革命만은 무슨 限이 있더라도 지키고 發展하게 하고 昇華되게 하여야 하겠다는 것이다.

우리의 歷史가 있은 뒤 오늘 이 때까지, 때때로 純粹한 民衆革命이 없은 것은 아니었으나, 그 하나도 成功을 보지 못하고 싸늘하게 식어간 것이 아니었던가.

멀리는 洪景來의 亂이며, 東學의 亂, 甲申政變으로부터 가까이 三·一運動이나

四·一九 革命에 이르기까지, 그 어느 한 몸부림이 제대로 열매 맺은 일이 있어 왔던가.

이中、單 하나라도 온전히 結實되었더라면, 우리의 悲劇은 그만큼 短縮되었을 일이었다.

그러나 아깝게도 모두가 惡에 되말리어 義는 끝내 숨지고, 惡은 더욱 도끼날로 시

퍼래 왔으니, 참으로 國運이 이렇게도 不運하였던가.

그렇지만 五·一六 軍事革命은 實로 이같은 우리의 歷史에서 처음으로 찾아내는 成功이다.

이는 以前에 있은 四·一九 革命의 延長으로서 國民革命으로 昇華되었다. 이 革命을 놓치고 잡는 것은 國民이다. 國運을 알거든 모두들 이 隊列에 나서라.

親愛하는 國民 諸位.

獨裁와 腐敗의 牙城을 넘어뜨린 四·一九 革命을 橫取한 무리들로부터 國權을 되찾고, 사라지는 自主精神과, 숨지는 經濟에 生氣를 돋우어 가지고 國民 諸位에게 돌렸다.

우리의 一次 일은 이것으로 다 한 셈이 되었다.

다만, 今後의 歷史와 民族 國家의 運命은 여러분의 判斷, 決意 如何에 달렸을 뿐이다.

後退도 復古도, 前進도 革新도 여러분의 良識에 달렸다.

金을 손에 쥐고도 돌이라 내버린다면, 그것으로 그 일은 끝나고 마는 것이다.

잘 사는 나라와 못 사는 나라의 差는 簡單히 證明할 수 있다.

金을 金으로 알았다는 것과, 金을 돌로 밖에 보지 못하였다는 差異 以外에 다른 것이 없는 것이다.

五·一六 革命을 革命으로 받아들이거나 버리거나 兩者 擇一함에서 우리의 死活은 決定되는 것이다.

하도 속은 우리들은 남의 이야기를 믿지 않게 되었지만, 그 믿지 않았던 일에 믿어 서 좋은 일이 果然 하나도 없었던가, 생각하여 보자.

있었을 것이다. 돌아다보면, 지나고 나면 그 眞否는 드러나기 마련이다. 그러나 그 때는 이미 늦다. 미치지 못하는 것이다.

두째로, 〈純粹한 民衆〉으로 되돌아가 주기를 付託하는 바이다. 解放과 함께 急激히 밀려 온 歐美式 思潮로 하여 우리들 民衆의 生活相은 完全히 攪 亂되고 말았다.

智異山 山谷의 農夫의 生活마저 그렇게 되어 버렸고, 政治와 結付되고 謀利와 直 結되어, 그 純粹하던 韓國의 風情은 逸散되어 찾아볼 길이 없게 되었다.

한 사발의 濁酒, 한 마디의 甘言에 辱을 보게 되었고, 착한 여러분으로 하여금 차 차 야박한 世上에 適應하는 더욱 야박한 사람으로 登場하게 만든 그 者가 누구였던 가.

다시 한번 속을 것인가. 이러한 무리를 國政에 또 다시 발 붙이게 하고 안 하고는, 오직 여러분들의 意思에 달렸다 할 것이다.

親愛하는 同胞에게

우리 民族은 健忘症도 많았다.

그러나 이번 第三共和國의 樹立에 있어서만은, 그럴 수 없는 것이다.

목숨과 맞바꿀 健忘症일 수는 없기 때문이다.

끝으로, 本人이 다시 한 번 당부하고자 하는 것은, 어려운 고비일수록 참고 견디어 나가자는 것이다.

革命에 밀려난 腐敗 舊政治 勢力들은 最後의 힘을 다하여 最大限의 煽動과 破壞的인 言動을 다할 것이다.

그 中에도 저들은, 革命이 일어난 다음부터 우리가 못살게 되었다는 것으로 화살을 돌릴 것이다. 그러나 우리는 그저 못하는 것이 아니다. 또한 못살아도, 過去 저들이 政治하던 그 때 살림하고는 次元을 달리하고 있다는 것을 알아야 하는 것이다.

저들은 不正하여 먹는 바람에 우리가 못 살았지만, 지금 우리는 집안 살림을 늘이느라고 우선 고생을 하고 있는 것이니까 말이다.

더구나, 생각하여 보자.

뜻하지 않던 凶作과 風水害가 겹쳐, 우리에게 많은 試鍊을 주었다.

運이 없다면 몰라도, 저들처럼 惡政治의 餘派로서 우리가 못살고 있는 것이 아니다.

限없는 苦痛이 앞으로도 다가올 것이다.

本人이 앞에서 各國의 革命 前 苦痛相을 詳記한 까닭도、 우리의 忍耐를 事後에 想起

코자 한 때문이었다。

거기에 比하면 우리는 참으로 좋은 條件下에 있다고 느껴질 것이다。

우리가 第一次 五個年 計劃이란 苦生을 사서 하는 까닭도、 그와 같은 悽慘한 事情을

事前에 防止하고자 하는 뜻임을 國民 諸位는 이미 理解하고 있을 것으로 믿고 싶다。

모든 苦難을 이기지 못하는 民族은 그로서 끝이 나고 말았다。

이것은 儼然히 歷史가 證明하고 온 바 그대로다。

反對로 이를 克服하고 이긴 民族은 어떤가。

〈에지프트〉가 어떠하며、 日本이 어떠하며、 中國이 어떠하며、 土耳其가 어떠한가。

苦難은 實로、 그 民族으로 하여금 榮光을 주는 交換臺가 되어왔던 것이다。

그러므로 消極的인 安樂보다、 우리는 積極的인 苦難을 스스로 求하여야 하는 것이다。

〈良藥은 입에 쓰다〉고 하지 않았던가。

우리는 希望있는 苦難을 찾고、 참는데 어린아이가 되지 말자。

建國 二十年이면 의젓한 靑年으로、 知覺도 判斷力도 갖추어야 할 것이다。

不正과 奸計를 박차고 여러분은 여러분의 〈權利의 自衞〉에 果敢하여야 할 것이다。

그렇지 않고서는 政治고、 經濟고、 民主主義는、 한갓 絕望하던 옛날로 되돌아가고 만

다는 것을 銘心하여야 할 것이다。

나의 갈 길——慶尙北道 善山郡、 이 곳이 本人이 태어난 곳이다。

親愛하는 同胞에게

二十餘年間의 軍隊 生活, 그리고 少年時節에도 本人은 自立에 가까운 生活을 배워
왔다.

그만큼 가난하였기 때문이다. 그것은 本人에 큰 도움이 되었다.

그 環境이 本人으로 하여금 깨우쳐 준 바 많았고, 決意를 굳게 하여 주기도 하였
다.

이같이 〈가난〉은 **本人의 스승**이자 **恩人**이다.

그러기 때문에 本人의 二十四時間은, 이 스승, 이 恩人과 關聯 있는 일에서 떠날 수
가 없는 것이다.

〈素朴하고, 勤勉하고, 正直하고, 誠實한 庶民 社會가 바탕이 된, 自主 獨立된 韓國
의 創建〉 그것이 本人의 所望의 全部다.

同時에 이것은 本人의 生理인 것이다.

本人이 特權階層, 派閥的 系譜를 否定하고 君臨社會를 憎惡하는 所以도 여기에 있
을 것이라 생각된다.

本人은, 한 마디로 말해서 庶民 속에서 나고, 자라고, 일하고, 그리하여 그 庶民의
人情 속에서 生이 끝나기를 念願한다.

眞正, 꾸밈 없이 말해서 그렇다.

酒池肉林의 腐敗 特權社會를 보고 참을 수 없어서 擧事한 五·一六 革命은 그러한
本人의 所願이 成就된 것에 不過하다.

그러나, 本人은 이 所願의 全部를 이룩하지 못한 채 民政으로 넘기게 되었다.

그러나, 本人과 같은, 〈가난〉이라는 스승 밑에서 배운 數百萬의 同門이 健在하고 있는 以上, 結코 쉴 수도 없고, 後退할 수도 없는 〈念願〉인 것이다.

國家와 民族과 革命과, 많은 가난한 사람의 편에 서서 일하여 온 本人으로서 갈 길은 있을 것이다.

그러나, 그 길은 國民 諸位가 指示하는 길이어야 할 것은 勿論이다.

왜냐하면, 軍政을 끝내는 本人으로서는 그것이 마지막으로 남은 義務이기 때문이다.

끝까지 읽어 주셔서 **感謝합니다**　　著者

親愛하는 同胞에게

朴 正 熙 著

國家와 革命과 나

판권소유

값 80원

1963年 8月 25日 찍고　同年 9月 1日 내다

著者　朴 正 熙　發行　向 文 社

박정희 전집 03

영인 **국가와 혁명과 나**

1판 1쇄 발행일 | 2017년 11월 14일
1판 2쇄 인쇄일 | 2021년 11월 10일

지은이 | 박정희
엮은이 | 박정희 탄생 100돌 기념사업 추진위원회
펴낸이 | 안병훈
펴낸곳 | 도서출판 기파랑
디자인 | 표지 디자인54 · 본문 커뮤니케이션 울력
등록 | 2004. 12. 27 | 제 300-2004-204호
주소 | 서울특별시 종로구 대학로8길 56(동숭동 1-49) 동숭빌딩 301호
전화 | 02-763-8996(편집부) 02-3288-0077(영업마케팅부)
팩스 | 02-763-8936
이메일 | info@guiparang.com
홈페이지 | www.guiparang.com

ISBN 978-89-6523-672-6 04810
ISBN 978-89-6523-665-8 04080(세트)